Jerry Raine

Frankie Bosser kommt heim

Deutsch von Maike Harms

Unionsverlag

Die Originalausgabe erschien 1999
unter dem Titel *Frankie Bosser Comes Home*
bei Victor Gollancz, London.

Deutsche Erstausgabe

Auf Internet
Aktuelle Informationen
Dokumente, Materialien
www.unionsverlag.ch

Unionsverlag Taschenbuch 173

Rieterstrasse 18, CH-8059 Zürich
Telefon 0041-1 281 14 00, Fax 0041-1 281 14 40

Umschlaggestaltung: Heinz Unternährer, Zürich
Umschlagfoto: Prisma/Nonstock
Druck und Bindung: Clausen & Bosse, Leck
ISBN 3-293-20173-3

Die äußersten Zahlen geben die aktuelle Auflage
und deren Erscheinungsjahr an:
1 2 3 4 5 - 04 03 02 01 00

Für Pam

1

Bei der Ausfahrt Woodvale verließ der VW-Caravan die Autobahn, und Phil Gator stieg aus. Er hievte sich den Rucksack auf die Schulter und wollte gerade die Tür zuschlagen, als sich der Fahrer mit einem Joint in der Hand rüberbeugte. »Hier, einen auf den Weg«, sagte er lachend und fegte sich sein langes, dunkles Haar aus dem Gesicht.

Gator lächelte und nahm das Angebot an. Er war zwar schon ziemlich breit, aber einer mehr würde ihm bestimmt nichts schaden.

»Besten Dank«, sagte er. »Pass bloß auf beim Fahren.«

»Ich bin's gewohnt«, sagte der Fahrer. »Ich hab meinen Autopiloten an.«

Gator schlug die Tür zu und sah dem davonfahrenden VW nach. Dann griff er in seine Jacke und holte eine Schachtel Streichhölzer raus. Er zündete sich den Joint an und nahm ihn tief auf Lunge, während er die Abfahrt rauflief.

Es war ein nasser Juninachmittag, aber nach einem heftigen Gewitter hatte der Regen vor einer halben Stunde kurz aufgehört. Zum Glück war Gator im VW gewesen und konnte sich den Regen durch einen Schleier von Dope ansehen, statt draußen zu stehen und nass zu werden. Er hatte drei Mitfahrgelegenheiten gebraucht, um von Dover hochzutrampen, und jetzt war er endlich am Rand seiner Heimatstadt.

Während er mit federndem Schritt weiterlief und das Dope genoss, dachte Gator über die drei Monate nach, die er nicht in England gewesen war. Er hatte sich per Anhalter durch Spanien und Frankreich geschlagen, wo er abgetaucht war, nachdem er eine Tankstelle in einer wenige Meilen entfernten Stadt ausgeraubt hatte. Mit einem Knastaufenthalt auf dem Buckel, der drei Jahre zurücklag, und zwar wegen versuchten Raubüberfalls auf eine Bausparkasse in Croydon, hatte er beschlossen abzuhauen, bis sich das Pflaster etwas abgekühlt hatte. Er hatte seinen Job als Automechaniker in einer kleinen Werkstatt in Horley hingeschmissen, sich von seiner Mutter verabschiedet und dann einen Zug zur Küste und dort die erste Fähre genommen. Nun kam er schön braun gebrannt wieder, aber mit der Angst im Nacken, einen Job finden und wieder in den Alltagstrott zurückkehren zu müssen. Seine neunhundert Pfund vom Tankstellenüberfall waren aufgebraucht.

Als er das obere Ende der Abfahrt erreicht hatte, bog er links ab und ging in Richtung des Hügels, an dessen Fuß Woodvale lag. Autos, die entweder zurück auf die Autobahn wollten oder sich in der langsamen Schlange in Richtung Stadt anstellten, fuhren im Kreisverkehr herum. Seit Woodvale vor etwa zehn Jahren an die M25 angeschlossen worden war, war der Ort ein Nadelöhr. Anstatt zum allgemeinen Wohl der Stadt beizutragen, hatte die Autobahn nur neue Probleme mit sich gebracht. Woodvale war nun eine Stadt, wo die Leute nur durchfuhren, statt sich darin aufzuhalten, und viele Geschäfte im Zentrum hatten dichtgemacht. Aber es war immer noch ein netter Wohnort, und in der Gegend gab es viele protzige Kästen, die den Krawattenheinis gehörten, die nach London pendelten. Gators Mutter wohnte aber in einer der weniger schicken Straßen in einem Haus, das der Gemeinde gehörte.

Auf dem Gipfel von Woodvale Hill trieb der Stalldrang Gator den Hang runter. Er war müde vom Trampen und von den Joints, rauchte jetzt eine Zigarette und beobachtete, wie das Regenwasser im Rinnstein den Hügel hinunterfloss. Er kam an ein paar Pubs und Hotels zu seiner Rechten vorbei, während links von ihm freies Land war. In den Wäldern in der Ferne waren immer noch die Schneisen zu sehen, die der Orkan 1987 geschlagen hatte.

Am Fuße des Hügels flachte die Straße ab. Gator näherte sich der Kreuzung beim Bahnhof von Woodvale. Er bemerkte, dass sich das Regenwasser gesammelt und an den Straßenrändern große Pfützen hinterlassen hatte, und ging auf die linke Seite rüber, damit ihn die vorbeifahrenden Autos nicht nass spritzten.

Er näherte sich jetzt einer ziemlich großen Pfütze und hielt sie starr im Blick. Gerade als er auf ihrer Höhe war, raste ein weißer

Laster so nah am Bordstein vorbei, dass das Wasser nur so spritzte. Gator sprang bei dem Geräusch zur Seite, aber es war zu spät. Das Wasser traf ihn wie eine Flutwelle und durchweichte seine ganze rechte Seite – Jacke, Jeans, Rucksack und Turnschuhe. Die Zigarette, die er gerade angesteckt hatte, war dahin, und er warf sie in den Graben. Er sah dem Laster hinterher, wie er weiterfuhr.

»Du Arschloch!«, schrie er und fuchtelte wild mit der Faust.

Er versuchte, sich das Wasser von den Klamotten zu wischen. Weitere Wagen fuhren vorbei, und er fühlte, wie die Insassen dämlich über ihn grinsten. Er fluchte nochmals und ging weiter. Das war also die Art Willkommensgruß, die sie für ihn übrig hatten. Gerade ein paar Stunden wieder im Lande, und schon zeigte ihm die englische Bevölkerung ihren erbärmlichen Sinn für Humor. Er wünschte sich zurück nach Spanien an den Strand.

Seine Schläfrigkeit von vorhin war verschwunden. Als er weiterging, fühlte er, wie Wut und auch Verzweiflung in ihm wuchsen. Die Passanten glotzten auf seine nasse Hose. Dachten die etwa, er hätte sich eingenässt?

Das war auf gar keinen Fall ein Unfall gewesen, denn die Pfütze hatte nicht bis zur Mitte der Straße gereicht. Der Fahrer musste haarscharf neben dem Bordstein fahren, um sie zu erwischen. Was also wollte er damit bezwecken? Gator hatte im Laster nur einen Mann gesehen, also konnte der es nicht getan haben, damit ein Mitfahrer sich darüber totlachte. Es war einfach bloß eine hundsgemeine Schweinerei. Er spürte, wie seine Wut immer größer wurde.

Als er den *Halfway House Pub* erreichte, bog er links ab und ging dann eine Straße runter, die parallel zu den Gleisen verlief. Links waren ein paar Geschäfte und ein weiterer Pub, den man äußerst einfallsreich *The Railway* genannt hatte. Gator lief am schalen Biergestank vorbei und warf einen raschen Blick auf den Parkplatz. Sein Puls schnellte in die Höhe, als er den weißen Laster dort geparkt sah, der ihn gerade nass gespritzt hatte. Und drinnen, mit brennendem Glimmstängel, saß der Fahrer.

Gator marschierte auf den Parkplatz und ging auf den Laster zu. Als er näher kam, bemerkte er, dass der Mann ihn ansah und sich ein erstaunter Ausdruck auf seinem Gesicht breit machte. Gator nahm den Rucksack von der rechten Schulter und ließ ihn beim Vorderreifen auf den Boden plumpsen. Dann ging er zur Fahrertür und machte sie auf.

»Dachtest wohl, das war komisch, was?«, stieß er hervor und zeigte auf seine nassen Klamotten. Der Fahrer sah ihn verständnislos an.

»Was meinen Sie?«, fragte er. Zigarettenqualm kam aus seinem Mund und dem Fahrerhaus. Er war über sechzig und trug schmutzige Arbeitshosen und ein weißes T-Shirt. Er hatte ein zerfurchtes rotes Gesicht, schütteres Haar und die rauen Hände eines Mannes, der gewohnt ist, mit ihnen zu arbeiten. Gator packte ihn beim T-Shirt und zog ihn runter. Der Fahrer des Lasters wehrte sich, aber Gator hatte ihn in weniger als zehn Sekunden vor sich zum Stehen gebracht. Obwohl der Mann etwas größer war als er, packte ihn Gator am Schlafittchen und schlug ihn gegen den Laster. Der angstvolle Ausdruck auf dem Gesicht des Mannes gefiel ihm.

»Du solltest aufpassen, wo du hinfährst, ist das klar?«, sagte Gator mit so leiser Stimme, dass der Mann sie kaum hören konnte.

Der Mann sagte gerade: »Was …?«, als Gator ihn mit voller Wucht ins Gesicht schlug. Der Kopf des Mannes schnellte zurück und schlug mit einem dumpfen Knall gegen den Laster. Dann trat ihn Gator in den Magen, und als der Mann wie ein Klappmesser zusammenbrach, knallte er ihm das Knie gegen das Kinn. Der Mann sackte bewusstlos zu Boden.

Gator schnappte sich seinen Rucksack und ging weiter. Er spürte, wie die Kraft durch seine Arme floss. Eine kleine Schar von Passanten hatte sich auf dem Bürgersteig angesammelt und beobachtete ihn. Als er weiterging, warfen sie ihm missbilligende Blicke zu.

»Warum haben Sie das getan?«, fragte ihn ein Rentner.

Gator grinste höhnisch und sagte: »Dafür bin ich nun mal der Typ, falls es Sie interessiert.«

Er ging unbeirrt weiter und konnte die vorwurfsvollen Bemerkungen hören, die hinter seinem Rücken gemacht wurden. Er hatte nicht übel Lust, sich umzudrehen und die alten Leute zu beschimpfen, beschloss dann aber, es besser sein zu lassen und ein bisschen auf Abstand zu machen, ehe die Bullen auftauchten.

2

Der Mann, der beim *Railway* auf dem Asphalt lag, war ein einundsechzigjähriger Maler und Tapezierer namens Stanley. Er war gerade auf dem Heimweg gewesen, nachdem er eine Arbeit in Epsom erledigt hatte, mit der er zwei Wochen beschäftigt gewesen war. Er wachte aus seiner Bewusstlosigkeit auf, als ihm jemand ein Glas Wasser über den Kopf goss. Als er aufsah, bemerkte er die Leute, die auf ihn heruntergafften und versuchten, ein paar Worte aus ihm herauszubekommen.

»Alles in Ordnung, mein Junge?«, fragte jemand.

Vor Überraschung, dass man ihn Junge nannte, gelang es Stanley, sich aufzurichten. Er wollte den Mann ansehen, der die Frage gestellt hatte. Es war ein kleines altes Hutzelmännchen, das wie ein Hundertjähriger aussah. »Alles in Ordnung«, sagte Stanley und versuchte, auf die Beine zu kommen.

»Bleiben Sie einfach hier liegen, der Krankenwagen ist unterwegs«, sagte ein anderer.

»Ich brauche keinen Krankenwagen«, sagte Stanley und rappelte sich hoch. Er lehnte sich an den Laster und beschloss, dass es ihm gut genug ging, um fahren zu können. Er war ein stolzer Mann und hasste es, dass ihn all die Leute anstarrten.

»Warum hat er das gemacht?«, fragte das Hutzelmännchen.

»Ich hab keine Ahnung«, antwortete Stanley.

»Wir haben uns den Burschen genau angesehen«, sagte eine alte Dame. »Wir können ihn genau beschreiben, wenn die Polizei da ist.«

Stanley stöhnte leise vor sich hin. Das Letzte, was er wollte, war ein Frage-und-Antwort-Spielchen mit der Polizei. Sie würden ihn nach dem Nachnamen fragen, und sie würden ihn wieder erkennen. Sie würden ihm wissende Blicke zuwerfen und herablassend behandeln wegen der Dinge, die früher einmal passiert waren. Und sie würden wahrscheinlich ganz froh darüber sein, dass er eins übergebraten bekommen hatte. Dann würden sie sagen, sie gäben ihr Bestes, um den jungen Mann zu fassen, und in ihren Autos verschwinden, glücklich in der Gewissheit, dass es ja vielleicht doch noch so etwas wie Gerechtigkeit auf der Welt gab. Nein, auf all das konnte Stanley dankend verzichten. Er drehte sich um und stieg in den Laster.

»Sie sollten wirklich nicht fahren«, sagte ein jüngerer Mann. Er trug ein Hemd und eine Krawatte und sah aus wie ein Kellner aus dem Restaurant des Pubs.

»Mir geht's gut, wirklich«, sagte Stanley. »Ich hab schon öfter was auf die Nase gekriegt. Ich komm schon drüber weg. Sagen Sie den Bullen einfach, dass ich kein Schmerzensgeld haben will.« Er zwinkerte ihnen zu, um zu zeigen, dass mit ihm alles in Ordnung war, drehte den Schlüssel im Zündschloss und fuhr langsam vom Parkplatz.

Stanley wohnte in einem frei stehenden Fünfzimmerhaus, nur fünf Minuten entfernt von dem Ort, wo er die Schläge bezogen hatte. Er hatte auf dem Parkplatz beim *Railway* Halt gemacht, weil er von einem plötzlichen Krampf in der rechten Wade überfallen worden war. Das war ein Problem, das in letzter Zeit immer ärger zu werden schien. Wenn er die starken Schmerzen nicht gehabt hätte, hätte ihn dieser junge Lümmel nicht zusammengeschlagen. Als er seinen Laster die Auffahrt zu seinem teuren Heim rauffuhr, hatte er noch immer nicht rausgefunden, warum er diese Schläge abgekriegt hatte.

Er stieg aus und ging ins Haus. Er konnte seine Ehefrau Daniela, eine Italienerin, in der Küche hören, die zu einem fürchterlichen Schlager im Radio vor sich hinträllerte. Er küsste sie auf die Wange, und sie fragte ihn, wie sein Tag gewesen war. Er sagte, er sei sehr gut gewesen, bis vor etwa zehn Minuten. Als er ihr erzählte, dass man ihn verprügelt hatte, fiel sie ihm in die Arme und streichelte sein Gesicht. Sie war eine kleine Frau mit langen, dunklen Haaren.

»Mein armer Stanley«, sagte sie. »Warum ist das passiert? Kanntest du den jungen Mann?«

»Ich hab ihn noch nie gesehen«, sagte Stanley. »Vielleicht hat er mich mit jemandem verwechselt. So was passiert schon mal.«

»Vielleicht wollte er sich auch nur einfach jemanden greifen, und du warst der Erste, der ihm über den Weg gelaufen ist.«

»Vielleicht. Ich glaub, morgen werde ich ein paar blaue Flecken haben.«

Daniela streichelte weiter sein Gesicht. »Ich lass dir ein heißes Bad einlaufen. Schenk dir einen Whisky ein, der wird dir gut tun.«

»Gute Idee«, sagte Stanley und küsste seine Frau noch einmal.

Er fühlte sich gleich viel besser, als er Daniela sah. Sie war erst fünfundvierzig, und sie waren seit sechs Jahren verheiratet. Stanley hatte sich vor etwa zehn Jahren von seiner ersten Frau scheiden lassen, als er rausfand, dass sie ein Verhältnis mit dem Kerl von nebenan hatte. Er hatte den Nachbarn in die Mangel genommen, und seine Frau war daraufhin mit dem Kerl durchgebrannt. Im Nachhinein war Stanley nicht allzu stolz darauf, dass er den Nachbarn verprügelt hatte. Und vielleicht war das, was heute geschehen war, ja eine Art späte Vergeltung. Er glaubte daran, dass man für alles Schlechte, was man in diesem Leben tat, irgendwo und irgendwann die Rechnung präsentiert bekam. Vielleicht war das ja heute passiert. Er ging ins Wohnzimmer zur Hausbar und schenkte sich einen großen Whisky mit Gingerale und für Daniela einen Gin Tonic ein. Dann ging er in die Küche, um Eiswürfel zu holen.

Daniela kam aus dem Badezimmer, und Stanley lächelte ihr zu.

»Dein Bad ist in fünf Minuten fertig«, sagte sie.

Er reichte ihr den Gin Tonic, und sie stießen an.

»Auf dich«, sagte Stanley. »Die hübscheste Frau, die mir je begegnet ist.«

Daniela lachte. »Was auch passiert, du bist und bleibst ein Süßholzraspler«, sagte sie.

Nachdem er den Mann im weißen Laster verprügelt hatte, war Phil Gator rasch die Straße entlang zum Haus seiner Mutter gegangen. Innerhalb von zehn Minuten war er im kleinen Garten hinter dem

Haus angelangt und grapschte unter einem Blumentopf nach dem Hintertürschlüssel. Seine Mutter war noch auf der Arbeit und würde erst in ein paar Stunden zu Hause sein. Sie arbeitete im örtlichen Schwimmbad, wo sie den ganzen Tag in einem Glaskasten saß und von rotznäsigen Schulkindern das Eintrittsgeld kassierte.

Gators Vater hatte Frau und Kind im Stich gelassen, als Phil erst ein paar Monate alt war. Einmal hatte er ein Foto von seinem Vater gesehen – ein stattlicher Mann, der vor einem Haus mit Sozialwohnungen stand und sich auf ein Fahrrad stützte. Gator dachte nur selten an seinen Vater. Er war auch nicht der Auffassung, dass er so aufsässig war, weil er ohne Vater aufgewachsen war – eine Ansicht, mit der ihm in der Vergangenheit diverse Vollzugsbeamte gekommen waren. Gator hingegen dachte, dass aus ihm ein ganz manierlicher Bürger geworden war.

Er schloss die Hintertür auf und steuerte schnurstracks auf sein Zimmer zu. Langsam stieg er die mit Teppichboden belegte Treppe hoch und stieß die Tür auf. Das Zimmer war ordentlich aufgeräumt und bereit für seine Rückkehr. Das Bett war frisch bezogen, und als er die Schubladen seines Kleiderschranks rauszog, lagen vor ihm saubere Unterwäsche und Socken, T-Shirts und Jeans, die alle ordentlich gebügelt waren. Gott segne die Mütter! Er grinste sich einen, ging an die unterste Schublade seines Nachtschränkchens und zog seinen Elektroscherer hervor. Er breitete eine alte Zeitung auf dem Fußboden vor dem Spiegel des Schranks aus und zog sich aus, bis er splitternackt dastand.

Er stellte einen Stuhl auf die Zeitung, nahm einen kleinen Handspiegel, damit er die Rückseite seines Kopfes sehen konnte, und begann, seine langen blonden Haare abzurasieren, die seit etwa sechs Monaten keine Schere mehr gesehen hatten. Bei seinen eigenen Haaren war er ein Fachmann, und seitdem er vor drei Jahren aus dem Gefängnis entlassen worden war, war er nicht mehr beim Friseur gewesen. Er hasste es, im Friseurstuhl zu sitzen und leere Phrasen zu dreschen, und ließ stattdessen seine Haare lieber lang wachsen, um sie dann selber ratzeputz zu scheren.

Eine Viertelstunde später stierte er auf seine kahl geschorene Platte. Er bürstete sich die Haarbüschel von den Schultern, knüllte die Zeitung zusammen und legte sie oben auf die Treppe. Dann griff er sich ein Handtuch und ging den Flur entlang zum Badezimmer.

Er duschte ausgiebig und seifte sich gründlich ein, um den Mief der letzten fünf Tage unterwegs wegzukriegen. Während seines Auslandstrips hatte er nur ab und zu einmal geduscht, und der Gedanke daran, wieder regelmäßig zu baden, behagte ihm. Er hielt viel von schönen Körpern und glaubte, dass seiner zu den prächtigsten gehörte. Er hatte starke Arme und breite Schultern – das Resultat von sechs Monaten Gewichtestemmen im Gefängnis –, und sein Job als Automechaniker hatte ihn seitdem in Form gehalten. Als er fertig war, wischte er den beschlagenen Spiegel über dem Waschbecken sauber und holte eines seiner alten Rasiermesser hervor.

Er rasierte sich den Fünftagebart ab und ließ gerade noch ein Ziegenbärtchen stehen. Das Spiegelbild, das ihm nun entgegenblickte, sah völlig anders aus als der langhaarige Tramper, der den Mann auf dem Parkplatz zusammengeschlagen hatte. Sollten die Gaffer der Polizei doch erzählen, was sie wollten – die Beschreibungen würden in keinster Weise zu dem kahl geschorenen, harten Typ passen, der jetzt vor dem Badezimmerspiegel stand.

Nachdem er sich saubere Jeans und ein T-Shirt angezogen hatte, hob Gator die zerknitterte Zeitung auf und ging in die Küche runter, wo er sie ganz unten in den Mülleimer stopfte. Er zog sich ein Paar Stiefel an, schnappte sich seine Lederjacke und ging zur Hintertür raus.

Er schlenderte die Straße durch die Siedlung und war recht zufrieden mit sich. Er fühlte sich immer erfrischt, wenn er seine Haare abgeschnitten hatte, und es war ein schöner Tag, um draußen zu sein, jetzt, da die Sonne nach dem Wolkenbruch von vorhin wieder am Himmel aufgetaucht war. Er brauchte nicht lange bis zum Schwimmbad, und als er durch die Drehtür ging, saß dort seine Mutter in dem Glaskasten. Sie sah zu ihm auf und lächelte, und er lächelte zurück.

»Hallo Mum, ich bin wieder da«, sagte er.

Während er im dampfenden Bad lag, mit einem zweiten Whisky neben sich auf dem Wannenrand, zerbrach sich Stanley immer noch den Kopf, warum man ihn verprügelt hatte. Er ließ die Ereignisse der letzten paar Wochen Revue passieren und konnte sich an keinen einzigen Menschen erinnern, dem er Ärger gemacht hatte. Er gehörte nicht zu denen, die anderen Leuten Ärger machten. Er war unkompliziert, liebte seine Arbeit, liebte seine Frau und versuchte, die Tage hinter sich zu bringen, ohne einer Fliege etwas zuleide zu tun. Das bisschen Ärger, das er in der Vergangenheit gehabt hatte, war bei den meisten Leuten schon vergessen, außer bei der örtlichen Polizei und einigen seiner Nachbarn, die ihm noch immer hochnäsige Blicke zuwarfen. Aber man hatte ihm damals nichts anlasten können, und er war nicht direkt in irgendetwas Unrechtes verwickelt gewesen. Er hatte sich bloß um seinen Sohn gekümmert, der sich einen ganzen Haufen Ärger eingebrockt hatte.

Nein, Stanley konnte sich beim besten Willen an nichts und niemanden erinnern.

Er hielt die Luft an und tauchte ins Seifenwasser ab. Dann ging ihm ein Licht auf, und er erinnerte sich, dass der junge Mann, der ihm eine verpasst hatte, nasse Sachen trug, als er auf den Laster zukam. Stanley setzte sich wieder auf, und sein Herzschlag ging ein bisschen schneller. Er rief sich die Fahrt den Woodvale Hill hinunter wieder in Erinnerung, als ihn der Krampf im rechten Wadenbein überfallen hatte. Der plötzliche Schmerz hatte ihn gezwungen, scharf auf die linke Straßenseite abzudrehen und … ja! Jetzt erinnerte er sich, dass er just in dem Augenblick durch eine riesige Pfütze gebrettert war, als jemand direkt daneben stand. Das musste der junge Mann gewesen sein, und für seine nassen Klamotten war Stanley verantwortlich. Aber das war ganz sicher kein Grund, jemanden zu verprügeln. Es sei denn, der junge Mann war irgendein Durchgeknallter.

Je mehr Stanley darüber nachdachte, desto sicherer war er, dass es so gewesen sein musste. Er spürte, wie er sich verkrampfte, wütend wurde und hoffte, dass er dem jungen Mann eines Tages wieder über den Weg laufen würde. Und dann würde er für ihn bereit sein.

Wieder spürte er einen stechenden Schmerz in der rechten Wade kommen, und er beugte sich nach vorn, um seine Zehen hochzuziehen und den Krampf zu mildern. Da fühlte er, wie ein leichtes Kribbeln seinen rechten Arm runterlief. Er lehnte sich zurück ins Wasser und merkte, dass er nach Luft rang. ›Was, zum Teufel, ist jetzt los?‹, dachte er. Er schloss die Augen und versuchte, sich zu entspannen, bis der Schmerz nachlassen würde.

Etwa eine halbe Stunde später ließ Daniela das Essen stehen, das sie gerade zubereitete, und ging ins Badezimmer, um nachzusehen, was Stanley machte. Sie öffnete die Tür, und als sie ihren Mann dort scheinbar entspannt liegen sah, dachte sie, er würde nur schlafen. Erst als sie versuchte, ihn aufzuwecken, merkte sie, dass ihr schlimmster Alptraum wahr geworden war. Sie rannte in den Flur und rief den Krankenwagen.

Während sie wartete, ging sie zurück ins Badezimmer und setzte sich auf den Wannenrand. Sie fing an zu weinen und streichelte Stanleys Stirn. Dann riss sie sich zusammen, stand auf, ging ins Wohnzimmer und griff zum Telefon. Sie wählte eine Nummer in Italien, und als am anderen Ende abgenommen wurde, konnte sie den Lärm in der Bar hören, in der Stanleys Sohn arbeitete. Daniela redete auf Italienisch mit einer Serviererin. Sie fragte, ob sie mit ihrem Stiefsohn sprechen könnte, und die Serviererin fragte nach ihrem Namen.

Daniela sagte: »Sagen Sie ihm, hier ist Daniela Bosser. Und sagen Sie ihm, dass es wichtig ist.«

3

In einer anderen Ecke von Woodvale saß Jason Campbell neben dem Telefon und wartete, dass es klingelte. Vor ein paar Wochen hatte er in der Lokalzeitung eine Anzeige aufgegeben, er wollte sein Haus mit einem Untermieter teilen, und so langsam wurde es dringend nötig, dass sich ein vernünftiger Mensch darauf meldete. Vergangene Woche hatte er Anrufe von einem Arbeitslosen, einem Alkoholiker im Trockendock, einem sechzigjährigen pensionierten Busfahrer und einem freischaffenden Fotografen bekommen, der ein großes Haus brauchte, um Fotos von halb nackten Mädchen zu schießen. Er hatte keinen von ihnen gebeten, sich das Haus anzusehen, und langsam fragte er sich, ob dies alles war, was Woodvale, dieser angeblich so feine Pendlerort in Surrey, zu bieten hatte. Sicherlich nicht.

Für Jason war der ideale Untermieter ein Berufstätiger, der den ganzen Tag arbeitete und von daher kaum zu Hause war. Aber er nahm an, dass das wohl zu viel erwartet war.

Jason nahm ein Schlückchen von seinem Glas gekühltem Weißwein. Er war gerade dabei, sich *Weiblich, ledig, jung sucht …* auf Video anzusehen. Es war ein unterhaltsamer Film über eine teuflische Mitbewohnerin, eine Psychopathin, die mit einer berufstätigen Yuppiefrau die Wohnung teilt. Jason wusste, dass es Probleme geben konnte, wenn er einen Teil seines Hauses vermietete.

Er redete sich aber ein, dass solche Dinge im wahren Leben nicht passierten. Am allerwichtigsten war, jemanden zu finden, der sich die Miete leisten konnte, und wenn sich dieser Jemand auch noch als umgänglicher Mensch erweisen würde, dann prima, klasse, toll.

Er hatte das große Haus vor über fünf Jahren gemeinsam mit seiner Freundin Heather gekauft. Vor einem halben Jahr hatten sie sich getrennt, weil Heather vom mageren Anteil, den er als Gitarrenlehrer und Musiker für ihren Lebensunterhalt zusammenkratzen konnte, die Nase voll hatte. Ihre Hypothek betrug fünfhundertfünfzig Pfund im Monat, und Jason hatte etwa zweihundert Pfund dazu beigesteuert, während Heather den Rest und außerdem die ganzen Lebensmittel und Rechnungen bezahlt hatte. Jason konnte Heather nicht vorwerfen, dass sie abgehauen war, aber er wünschte sich, sie hätte durchgehalten. Schließlich waren sie über sechs Jahre zusammen gewesen, also wusste sie sehr wohl, wie viel Geld er verdiente. Vielleicht gab es andere, tief greifendere Gründe dafür, dass sie gegangen war, und sie hatte den Streitpunkt Geld als einfachste Ausrede benutzt. Jason hatte immer geglaubt, dass Heather genug Biss hatte, es mit ihm auszuhalten, aber offensichtlich war das wohl nicht so. Sie war nach London in eine Mietwohnung gezogen, um näher an der Arbeit zu sein und zweifellos auch, um sich mit ein paar Karrieretypen rumzutreiben, die dreißigtausend verdienten. Jetzt wusste er, dass der Spruch ›Die Ratten verlassen das sinkende Schiff‹ absolut wahr war. Sie verlassen dich, und du bist mit der ganzen Scheiße allein.

Das Telefon klingelte.

Fast hätte Jason das Glas fallen lassen, aber er gewann die Fassung rechtzeitig wieder und setzte es auf dem Teppich ab. Er stellte den Videorekorder auf Pause und nahm den Hörer von der Gabel.

»Hallo?«, sagte er.

»Ich rufe wegen des Zimmers an. Ist es noch zu haben?« Eine Männerstimme.

»Ja, es ist noch nicht vermietet«, sagte Jason.

»Gut. Dann wollt ich noch fragen, ob Sie auch eine Garage haben. Ich hab ein paar Autos, und ich brauch einen Platz, wo ich sie abstellen kann.«

»Ein paar Autos?«

»Tja, genau genommen im Moment vier. Ich kaufe und verkaufe Gebrauchtwagen, also brauch ich viel Platz, wo ich sie abstellen kann.«

Jason holte tief Luft. Schnappte denn die ganze Welt über?

»Sie haben vier Autos, und Sie wollen sie alle in meiner Auffahrt und in meiner Garage parken?«

»Es ist natürlich nur für kurze Zeit. Zwei von ihnen werd ich ziemlich schnell verkauft haben.«

»Und dann werden Sie noch mehr kaufen, klarer Fall.«

»Tja, vielleicht.«

»Hört sich für mich wie ›ganz bestimmt‹ an.«

»Damit verdien ich nun mal mein Geld.«

»Tut mir Leid«, sagte Jason, »aber ich glaube, du musst dir eine Autowerkstatt mieten und kein Zimmer. Ich hab selbst ein Auto, und das ist das einzige Fahrzeug, das ich auf meinem Grund und Boden dulde. Mit einem mehr könnte ich klarkommen, aber nicht mit vier.«

»Für die Autos kann ich extra bezahlen.«

Beim Wort ›extra‹ klingelten Jason die Ohren. Extra käme im Moment ausgesprochen gelegen.

»Wie viel extra?«, fragte er listig.

»Sag mir deinen Preis«, sagte der Mann. »Das ist deine Entscheidung. Vielleicht könnt ich mal vorbeikommen?«

Jason dachte einen Augenblick nach. Irgendwann würde er ja mal damit anfangen müssen, potenzielle Mieter zu sich einzuladen. Er konnte nicht ewig jeden am Telefon abwürgen. »Okay«, sagte er und versuchte, eine gewisse Begeisterung aufzubringen.

Er gab dem Mann seine Adresse, und der sagte: »Ich heiß übrigens Karl. Karl mit K. Ich bin gleich bei dir.« Und die Leitung war tot.

Jason legte auf und fragte sich, worauf er sich da wohl einließ. Wollte er tatsächlich ein Zimmer und seine Auffahrt an einen Gebrauchtwagenhändler vermieten? Ging es ihm wirklich so beschissen? Wohl schon. Es musste einfach Geld reinkommen. Er trank seinen Wein aus und überlegte sich, dass er lieber ein wenig nüchtern werden sollte, ehe der Typ aufkreuzte. Wie lange, hatte er gesagt? Gleich. Wie lange dauerte ›gleich‹?

Jason ging in die Küche, stellte sein Glas auf die Spüle und den restlichen Wein in den Kühlschrank. Dann ging er zum Waschbecken in der Toilette im Erdgeschoss und nahm die Brille ab. Er spritzte sich kaltes Wasser ins Gesicht, trocknete sich an einem Gästehandtuch ab und inspizierte seine mittellangen, dunklen Haare im Spiegel. Er schien mit jedem Tag noch ein paar graue dazuzubekommen. Trotzdem sah er noch ganz gut aus für seine neununddreißig, und wenn jetzt noch etwas mehr Geld ins Haus kam, konnte er sogar wieder mit dem Gedanken spielen, sich mit einer Frau zu verabreden.

Er ging zurück ins Wohnzimmer und warf einen Blick in den Vorgarten. Er hatte ein kleines Stück Rasen und eine Hecke, die ein bisschen struppig aussah, weil Jason absolut keine Lust hatte, jeden Monat mit der großen Schere rauszugehen und sie zu schneiden. Seine Finger konnten zwar geschickt über einen Gitarrenhals fliegen, aber sein Daumen war nun mal nicht grün, und früher hatte sich Heather um den ganzen Garten gekümmert. Jason musste auch mit dem Garten hinter dem Haus fertig werden, der mindestens zehnmal größer war als das kleine Viereck, das er gerade betrachtete. Vielleicht würde sich dieser Karl nicht nur als Gebrauchtwagenhändler, sondern auch als preisgekrönter Gärtner herausstellen. Aber das konnte sich Jason irgendwie nicht so recht vorstellen.

Seine Zweifel wuchsen, als er einen Wagen raufrollen sah und ein unangenehm aussehender Typ mit einem Ziegenbärtchen ausstieg. Er hatte kurz geschorene Haare und einen eiförmigen Kopf. Prüfend sah er zum Haus rüber, und dann starrte er geradewegs auf Jason, der die Kraft dieses Blickes fast physisch spürte und erschrocken einen Schritt zurücktrat. Er warf einen kurzen Blick auf die Uhr und sah, dass ›gleich‹ etwa zwölf Minuten gedauert hatte.

Jason ging und machte die Haustür auf. Karl grinste, als er das Gartentor aufstieß, und Jason musterte ihn, als er den Weg raufkam. Er war knapp einsneunzig groß, hatte etwas krumme Beine, breite, schräg abfallende Schultern und trug Jeans und Doc Martens. Er hatte ein eingelaufenes schwarzes T-Shirt an, das so kurz war, dass seine Taille zu sehen war: ein flacher, sonnengebräunter

Bauch, der so hart wie ein Holztisch aussah. Er kam näher und streckte ihm eine riesige Hand entgegen. Jason ergriff sie zaghaft und dachte an seine Zukunft als Gitarrist, als seine Hand in einem vermutlichen Knochenbrechergriff verschwand. Aber er stellte überrascht fest, dass der Händedruck eher schlaff, fast schon feminin war. War das womöglich noch beunruhigender?

»Mein Name ist Karl Spoiler, mit Gebrauchtwagen stopf ich die Mäuler«, sagte der Mann und lachte. Aus der Nähe erkannte Jason, dass er links in seinem Mund, etwa an vierter Stelle von der Mitte aus gesehen, einen Silberzahn hatte. Außerdem trug er einen silbernen Ohrring im linken Ohr.

»Ich bin Jason Campbell. Freut mich, dich kennen zu lernen.« Es klang nicht sehr überzeugend, nicht einmal für Jason.

»Schönes Haus hast du hier«, sagte Karl. »Für mich wär das wirklich ideal.« Er sah sich den Garten an, die Gegend drumherum und ließ alles auf sich wirken. Und dann wandte er sich ab und ging zu der Seite des Hauses, wo die Auffahrt war. Er drehte sich zu Jason um und zeigte auf den Hinterhof. »Kann ich mal einen Blick in die Garage werfen?«, fragte er unschuldig.

Jason griff nach den Schlüsseln auf dem Flurtisch und ging ums Haus herum zur frei stehenden Garage. Er schloss sie auf und zog die Tür hoch. Drinnen waren sein kleiner roter Mini und der übliche Garagenkrempel, der den Wänden entlang und auf der Werkbank rumlag.

Karl nickte vor sich hin. »Schön groß«, sagte er. »Schön groß.«

Jason beobachtete, wie Karl durch die Garage strich, rumschnüffelte, die Werkzeuge betrachtete und sich dann den Mini besah.

»Guter Zustand«, sagte Karl. »Hast du den schon lange?«

»Ein paar Jahre«, sagte Jason. »Er gehört meiner Freundin. Oder besser gesagt Exfreundin. Sie ist nach London abgehauen und hat gesagt, ich könnte ihn für eine Weile haben. Sie sagt, sie braucht ihn dort nicht.«

»U-Bahn«, sagte Karl.

»Wie bitte?«

»U-Bahn«, wiederholte Karl. »Du brauchst eigentlich gar kein Auto in London mit der Underground.«

Jason nickte. Er hatte nie in London gewohnt und wollte es auch gar nicht. Er hatte immer in Surrey gelebt, an verschiedenen Orten, und konnte nie die magische Anziehungskraft des Molochs erkennen, obwohl er dort im Durchschnitt zweimal die Woche einen Gig hatte. Zu diesen Auftritten reinzufahren, war so ziemlich alles, was er an freudiger Erregung haben musste. Auch Heather hatte immer in Surrey gewohnt, aber anscheinend sagte ihr jetzt das Leben in der Großstadt mehr zu. Er fragte sich, ob sie sich wohl schon mit einem anderen traf.

Karl bückte sich, sah unter den Mini und fummelte mit seinen Händen daran rum. »Keine Spur von Rost«, sagte er. »Wenn du ihn mal verkaufen willst, könnt ich dir einen guten Preis aushandeln.«

»Ich kann ihn nicht verkaufen«, sagte Jason. »Da hat Heather noch ein Wörtchen mitzureden.«

»Heather ist deine Ex, hast du gesagt?«

»Ja.«

»Komischer Name.«

»Es geht.«

»Erinnert mich an Laubwerk.«

Jason war erstaunt, dass Karl das Wort ›Laubwerk‹ überhaupt kannte.

Karl kam aus der Garage. »Kann ich den Rest sehen?«

Jason zeigte ihm zuerst den Garten hinter dem Haus. Der Rasen musste mal wieder gemäht und die Blumenbeete gejätet werden. Karl erwähnte nichts, was darauf schließen ließ, dass er an Gartenarbeit interessiert wäre, also gab Jason seine anfängliche Hoffnung auf. Auf der Rückseite des Hauses war eine Terrasse, auf der Jason so manchen geruhsamen Nachmittag mit Lesen verbrachte, und auf der Seite, in der Nähe der Garage, führten ein paar Stufen zur Kellertür. Er ging runter, schloss sie auf, führte Karl in den Keller und machte das Licht an.

»Wow!«, sagte Karl, als er reinging. »Also das ist wirklich nett.«

Der Keller hatte fast die Größe des gesamten Erdgeschosses und erstreckte sich unter der Küche, dem Wohnzimmer und dem Flur. Jason nutzte ihn als Studio und Unterrichtsraum. Er hatte einen kleinen 35-Watt-Verstärker, eine Elektro- und drei Akustikgitarren, ein Mikrofon, ein Keyboard und einen Notenständer für seine Unterrichtsstunden. Der Keller war erstaunlich trocken und hatte einen Heizstrahler für den Winter. Es war das Besondere dieser Räume, das Jason als Erstes davon überzeugt hatte, dass er das Haus haben musste. Hier unten verbrachte er den Großteil seiner Freizeit und konnte so viel Krach machen, wie er wollte, ohne die Nachbarn zu stören. Die Akustik war fantastisch.

»Bist du Musiker?«, fragte Karl.

»So was in der Richtung«, sagte Jason. »Tagsüber und abends unterrichte ich Gitarre, und ab und zu trete ich in London auf. Trotzdem mach ich zurzeit nicht genug Geld. Darum brauche ich einen Untermieter.«

»Nun, ich mach einen Haufen Geld«, sagte Karl.

Jason wartete darauf, dass Karl etwas ausführlicher wurde, aber der sah sich nur weiter im Keller um.

»Wo wohnst du im Moment?«, fragte Jason.

»Ich hab bei so einem Typen in Redgate gewohnt. Aber er hat kürzlich eine spanische Tussi kennen gelernt, und nun zieht sie bei ihm ein. Also, und tschüs, Karl. Ich glaub, sie wollen heiraten. Dem Typen gefiel es auch nicht, dass meine Autos dort rumstanden. Versaut den Anblick vom Haus, hat er gesagt. Ich selbst seh da kein Problem mit vier Autos. Ich mein, die meisten Familien haben doch so viele Wagen, wenn ihre Kinder Auto fahren.«

»Es gibt viel zu viele Autos auf der Welt«, sagte Jason.

»Da hast du Recht, aber wenn ich sie kaufen und verkaufen kann, warum soll ich mich dann darüber aufregen?«

»Und du machst richtig Geld damit?«

»Mehr als richtig«, sagte Karl stolz. »Das ist was, womit ich mich auskenn, und ich mach's gut.«

»Wo leben eigentlich deine Eltern?«

»Die wohnen in Ramsgate«, sagte Karl. »Meine beiden Brüder auch. Ich bin von zu Hause abgehauen, als ich achtzehn war.«

Jasons Eltern lebten in Bristol. Er sah sie etwa zweimal im Jahr und seine ältere Schwester sogar noch seltener. »Und wie alt bist du jetzt?«, fragte er.

»Vierundzwanzig.«

»Vermisst du sie denn nicht? Ich würde ganz gerne am Meer wohnen.«

»Jeder, der nicht am Meer gelebt hat, sagt so was. Aber ich sag, scheiß aufs Meer. Es ist so windig da unten. Wo du auch langläufst, du hast immer das Gefühl, dass dich jemand von hinten festhält. Und Touristen. Einfach viel zu viele von den Arschgeigen.«

Es war an der Zeit, die Geldfrage auf den Tisch zu bringen. »Wie viel wärst du also bereit, für deine Wagen extra zu bezahlen?«, fragte Jason.

Karl sah ihn ernst an. »Ich hab gerechnet mit, sagen wir mal, zwanzig Pfund pro Wagen. Wenn ich also vier Wagen hab, zahl ich dir im Monat achtzig Pfund extra. Das bringt's auf dreihundertachtzig im Monat.«

Die Pfund-Zeichen erschienen in Jasons Augen. Von einem Augenblick zum anderen sah er all seine Sorgen verpuffen. »Klingt fair«, sagte er. »Dazu kommt aber noch eine Mietkaution von dreihundert Pfund, dann eine Monatsmiete im Voraus, und außerdem musst du dich noch an den Rechnungen beteiligen.«

»Mach dir darüber keinen Kopf«, sagte Karl. »Ich hab alles dabei.« Er langte in die Tasche seiner Jeans und zog ein Bündel Geldscheine hervor. Alles rosafarbene Fünfzig-Pfund-Noten.

Jason sah zu, wie Karl sie abzählte.

»Ich hab siebenhundert Pfund dabei«, sagte Karl. »Gehört alles dir. Du kannst mir die zwanzig Eier schuldig bleiben.«

Am liebsten hätte Jason das Geld auf der Stelle an sich gerissen, wäre runter zur Bank gelaufen und hätte sein überzogenes Konto ausgelichen. Stattdessen aber sagte er: »Du solltest dir lieber zuerst den Rest vom Haus ansehen.«

Etwa eine halbe Stunde später verließ Karl mit einem Schlüssel in der Hand das Haus. Jason stand an der Tür und hatte siebenhundert Pfund in der Tasche. Er fühlte sich ein bisschen unwohl bei der Vorstellung, mit Karl unter einem Dach zu leben, aber zum Teufel noch mal, er war fast vierzig und schließlich schon ein großer Junge. Falls es irgendwelche Probleme geben sollte, würde er Karl einfach bitten, das Feld zu räumen. Das Wichtigste war, dass er das Geld hatte. Das würde seine derzeitigen Probleme lösen. Und überhaupt, im Vergleich zu den anderen Leuten, die ihn in den letzten paar Wochen angerufen hatten, schien Karl ganz normal zu sein.

Nachdem sie den Keller verlassen hatten, hatte Jason Karl mit nach oben genommen und ihm das Zimmer gezeigt, in dem er wohnen sollte. Er hatte beschlossen, das große Schlafzimmer wem auch immer zu geben und selber in eins der kleinen hinteren Schlafzimmer zu ziehen. Er hielt sich sowieso niemals oben auf. Er brauchte bloß einen Platz zum Schlafen.

Karl war über die Größe seines neuen Zimmers sehr erfreut gewesen. Von hier hatte man einen Ausblick über den Vorgarten und die Straße. Es gab ein Doppelbett, zwei Kleiderschränke und zwei Kommoden. Begeistert hatte er das Doppelbett beäugt und gefragt, ob er Frauen mitbringen dürfe. Jason hatte gesagt, es wäre ihm eigentlich egal, solange das seinem Unterricht nicht in die Quere komme. Er wollte nicht, dass halb nackte Frauen hier rumliefen, wenn ein Schüler im Haus war. Karl war einverstanden. Keine halb nackten Frauen, außer in seinem Zimmer.

Als Nächstes waren sie zur Auffahrt gegangen und hatten ausgeknobelt, wie viele Autos dort einigermaßen Platz hatten. Wenn eines in der Garage war und zwei in der Auffahrt, mussten nur noch zwei auf die Straße, was ganz normal war. Jason fragte sich, warum er sich solche Sorgen darüber gemacht hatte. Wie gewöhnlich war er zu sehr wegen seiner Nachbarn besorgt gewesen. Zum Teufel, es war schließlich sein Haus und sein Grundstück, und er konnte darauf tun und lassen, was er wollte. Es stand nirgendwo, er dürfe dort keine Autosammlung haben.

Er beobachtete, wie Karls Kopf hinter der Hecke vorm Haus verschwand und er in sein Auto stieg. Dann ging er zurück zum Kühlschrank und griff sich seine Weinflasche. Er schenkte sich zur Feier des Tages ein Extraglas ein und trank einen auf sich selbst.

»Auf Nimmerwiedersehen, Geldsorgen«, sagte er laut vor sich hin. »Hallo, Kröten.«

Er nahm einen Schluck Wein, aber der schmeckte ihm ein bisschen säuerlich.

4

Im italienischen Wintersportort Courmayeur machte sich Frankie Bosser abfahrbereit. Er schnappte sich seinen Koffer, verließ sein Zimmer und ging die enge Holztreppe runter in *Mike's Bar.* Mike machte gerade hinter der Theke sauber, um für den neuen Tag gewappnet zu sein.

»Bist du startklar?«, fragte er.

»Ja. Hast du Veronica gesehen?«

»Sie ist draußen beim Auto und wartet auf dich.«

»Okay. Dann geh ich mal besser.«

»Viel Glück. Bleib, so lange du willst. Im Moment haben wir nicht allzu viel zu tun.«

»Danke.«

Sie gaben sich die Hand.

Frankie öffnete die Ausgangstür und ging die Steintreppe runter. Veronica saß in ihrem roten Alfa Romeo, der Motor lief bereits. Frankie öffnete den Kofferraum, warf den Koffer rein und kletterte dann auf den Beifahrersitz. Veronica trug einen ultrakurzen Rock, in dem sie sehr viel Bein in schwarzen Nylons zeigte. Er lächelte ihr zu, als er den Gurt anlegte.

»Nicht für dich«, sagte sie auf Italienisch. »Nicht für dich.«

Frankie lächelte und drückte ihr das Knie.

Veronica fuhr langsam die enge Kopfsteinpflasterstraße runter und bog dann in die Hauptstraße ein. Sie machte das Radio an und summte zur Melodie eines Schlagers vor sich hin.

»Ich schlaf ma 'ne Runde«, sagte Frankie. »Ich hab letzte Nacht nicht viel geschlafen.«

»Schlaf ruhig«, sagte Veronica. »Auf mir bist du schließlich auch immer eingeschlafen.«

Frankie kicherte und klappte den Sitz etwas nach hinten. Er legte seinen Kopf zurück und machte die Augen zu.

Die Nacht, in der er keinen Schlaf gefunden hatte, war die nach dem Anruf von Daniela gewesen. Tieftraurig hatte er den Verlust gespürt, als sie ihm die Sache mit seinem Vater erzählt hatte. Er hatte sich nicht zuletzt auch deswegen hilflos und total deprimiert gefühlt, weil er in einem anderen Land gestrandet war. Er hatte seinen Vater seit über drei Jahren nicht mehr gesehen, und nun hatte man ihn ihm genommen. Er hatte sich selbst verflucht für das Pech, das ihn gezwungen hatte, England zu verlassen, und für die Dinge, die er seinem Vater niemals gesagt hatte, die Dinge, die sein Vater nun niemals mehr wissen oder hören würde.

Nachdem er die schlimme Nachricht erhalten hatte, war Frankie in sein Zimmer hochgegangen und hatte gegen das Verlangen nach einem starken Drink angekämpft. Bei seiner Ankunft in Courmayeur hatte er das Trinken aufgegeben, als Buße für sein früheres Leben in England. Mike hatte etwa eine Stunde lang mit ihm geredet. Er wusste, was in Frankie vorging, weil seine Eltern vor über zehn Jahren bei einem Autounfall ums Leben gekommen waren. Als Mike das Zimmer dann verlassen hatte, hatte sich Frankie einen Jogginganzug angezogen und war fast eine Stunde lang Laufen gegangen. Obwohl Courmayeur ein Wintersportort war, waren die Straßen immer schneefrei, und Joggen war kein Problem. Irgendwann hatte er sich endlich müde genug gelaufen, um zur Bar zurückzukehren, und er war in seinem Sessel eingeschlafen. Nun versuchte er, in einer anderen Art Sessel zu schlafen, und danach würde er einen dritten Versuch im Flugzeug unternehmen.

Als er vor sich hindöste, dachte Frankie an die Konsequenzen, die sich ergeben konnten, wenn er nach England zurückkehrte. Es war ein Risiko, und er reiste mit einem falschen Pass. Aber er wusste, dass er die Beerdigung seines Vaters einfach nicht verpassen durfte – die Beerdigung des Mannes, der vor drei Jahren alles für ihn aufs Spiel gesetzt hatte, damit er England verlassen konnte. Das war das Mindeste, was er tun konnte. Falls die Bullen dieses Mal schneller waren als er, dann wäre das eben verdammtes Pech, und er würde den Preis zahlen müssen. Aber er würde nie mehr in den Spiegel schauen können, wenn er jetzt den Feigling spielte und es versäumte, seinen Vater dieses eine, letzte Mal zu sehen.

Und bis jetzt war alles reibungslos gelaufen.

Nachdem er aus England geflohen war, war Frankie nach Courmayeur gegangen und hatte sich in *Mike's Bar* eingemietet. Seine Stiefmutter Daniela hatte Verbindungen zu Courmayeur und hatte alles für ihn eingefädelt. Abends hatte Frankie in der Bar ausgeholfen, und tagsüber hatte er in den drei Jahren gut Skilaufen gelernt. Jetzt arbeitete er ganztags in der Bar, von der er auch ein paar Anteile erworben hatte, um den Anreiz zum Bleiben größer zu machen. Mike hatte niemals Fragen über Frankies plötzliches Auftauchen gestellt, und Frankie wusste das zu schätzen. Das einfache Leben auf dem Dorf, sich im Winter um Skiläufer und im Sommer um ältere Gäste zu kümmern, war eine willkommene Abwechslung nach der Unsicherheit und Aufregung in seinem Leben in England.

Mike war ein groß gewachsener, dünner Engländer mit einem roten Kopf, ein ehemaliger Alkoholiker, der seit etwa acht Jahren trocken war. Ursprünglich war er zum Skilaufen nach Courmayeur gekommen, aber dann hatte er sich in den Ort verliebt und war nie mehr nach England zurückgekehrt. Nachdem er jahrelang hinter den verschiedensten Theken gearbeitet und britischen und amerikanischen Feriengästen private Skistunden gegeben hatte, hatte er genug Geld zusammengespart, um einen Anteil an der Bar zu kaufen. Die Bar befand sich an bester Lage, zentral gelegen in Courmayeurs mit Kopfstein gepflasterter Hauptstraße, aber sie war alles andere als eine Goldgrube. Mike schlug vor, den Namen zu ändern, und prompt wurde sie zum Haupttreffpunkt für Briten und Amerikaner. Außerdem warf er noch die ganzen alten Stühle raus und ersetzte sie durch Sessel und Sofas, sodass die Bar nun die Atmosphäre eines Wohnzimmers hatte, mit einem Kaminfeuer und englischen Landschaftsmalereien an den Wänden. Als der Laden Geld abwarf, ließen ihn die italienischen Eigentümer einen größeren Anteil am Geschäft erwerben und wurden zu stillen Teilhabern. Sie blieben lieber zu Hause und passten auf ihre Enkelkinder auf, statt sich mit reichen Touristen rumzuschlagen. Mike führte die Bar, in der drei italienische Serviererinnen angestellt waren. Er hatte einen Koch, der das Essen zubereitete, und nun auch noch Frankie als zusätzlichen Barkeeper und gelegentlichen Rausschmeißer.

Der Wagen machte einen Satz, und Frankie öffnete die Augen. Er sah rüber zu Veronica, die seinen Blick erwiderte und ihm zuzwinkerte. Frankie machte die Augen wieder zu.

Sie hatten eine kurze Affäre gehabt, als Frankie neu in Courmayeur war, aber nun waren sie einfach nur sehr gute Freunde. Veronica war groß und schlank, mit glatten, dunklen Haaren. Sie war die hübscheste Serviererin in *Mike's Bar* und wurde praktisch jede Nacht von Touristen eingeladen. Eines Abends, als Veronica zu viel getrunken hatte, waren sie miteinander im Bett gelandet. Nach mehreren ähnlichen Begegnungen hatte sie jedoch beschlossen, es lieber sein zu lassen. Es war zu viel Stress, mit jemandem etwas zu haben, mit dem man zusammenarbeitete. Frankie wurde zwar immer noch eifersüchtig, wenn er Veronica bei einem Mann im Arm sah, aber er hatte die ganze Zeit, die er in *Mike's Bar* war, nie etwas dagegen unternommen. Außerdem schlug er manchmal selber gern über die Stränge.

Frankie hatte etwa eine halbe Stunde lang tief und fest geschlafen, als er aufwachte und feststellte, dass sie nach Mailand reinfuhren. Er unterhielt sich mit Veronica über die Arbeit, bis sie am Flughafen ankamen und sie ihn aussteigen ließ.

»Gute Reise, Frankie«, sagte sie. »Es ist gut für dich, dass du nach Hause fährst, trotz allem, was passiert ist.«

Frankie nickte. »Es wird schön sein, die Heimat zu sehen. Trotzdem werde ich dich vermissen.« Er beugte sich rüber, um ihr einen Kuss auf die Wange zu geben.

»Und ich werde dich vermissen«, sagte sie. »Ich werde einen Haufen dreckige Gläser für dich stehen lassen!«

Frankie lachte. Er sah in ihre dunklen Augen und küsste sie noch einmal. Vielleicht würde er, wenn er zurückkam, seine Zurückhaltung verlieren und etwas Ernstes mit ihr anfangen. Vielleicht spielten wegen seiner misslichen Lage aber auch bloß seine Gefühle verrückt. Er stieg aus und holte sein Gepäck aus dem Kofferraum. Er winkte, als er wegging. Veronica warf ihm eine Kusshand zu.

Es war kein Problem, mit dem falschen Pass ins Flugzeug nach Gatwick zu kommen, aber während des Fluges brach Frankie mehrere Male der kalte Schweiß aus, wenn er darüber nachdachte, was nach der Landung passieren könnte. Er würde einfach cool bleiben müssen und so an den Zollbeamten vorbeigehen wie alle anderen Urlauber, die nach Hause zurückkamen.

Noch einmal versuchte er zu schlafen, aber es gelang ihm nicht. Er dachte daran zurück, wie er seinen Vater das letzte Mal gesehen hatte …

In dieser verhängnisvollen Nacht vor über drei Jahren war Frankie völlig aufgelöst im Haus seines Vaters in Woodvale aufgetaucht. Er hatte gerade einen Mann erschossen, der im Garten seines Hauses rumgeschnüffelt hatte. Nachdem er die Kleider des Mannes durchsucht hatte, hatte er erschrocken festgestellt, dass es ein Polizist gewesen war. Natürlich war es ein Unfall gewesen, aber Frankie wusste, dass er das Land schnell verlassen musste. Nachdem er die Leiche des Polizisten im Gestrüpp im Hintergarten seines Hauses versteckt hatte, war er nach Woodvale gefahren, um seinen Vater und Daniela aufzusuchen.

Als er die schlimme Nachricht erfahren hatte, schlug Frankies Vater vor, dass er selbst sich der Polizei stellte. Er erinnerte ihn an den Fall ein paar Jahre zuvor, als ein Ganove namens Kenny Boyce einen verdeckten Ermittler in seinem Garten erschossen hatte und davongekommen war, weil der Polizist dort überhaupt nichts zu suchen gehabt hatte. Frankie erzählte seinem Vater, dass Boyce sich gute Anwälte leisten konnte. Er wollte es nicht darauf ankommen lassen und zuerst das Land verlassen, um die Lage aus der Entfernung zu peilen. Sein Vater stimmte widerstrebend zu und bot ihm an, ihn gleich am nächsten Morgen an die Küste zu fahren, damit er ein Hovercraft nach Frankreich nehmen konnte. Daniela telefonierte mit Freunden in Courmayeur, und für Frankie war alles geregelt.

Auf der Fahrt nach Dover in den frühen Morgenstunden erzählte Frankie seinem Vater, was mit seinem Geschäft und seinen Angestellten zu geschehen hatte, während er weg war. Er schrieb ihm Telefonnummern von Personen auf, mit denen er Kontakt aufnehmen sollte, um das Geschäft aufzulösen.

Frankie hatte selbstständig Alkohol aus Frankreich importiert und etwa dreizehn Jahre lang sehr viel Erfolg damit gehabt. Davor war er als Handelsvertreter für ein Glückwunschkartenunternehmen unterwegs gewesen. Das war sein erster anständiger Job, nachdem er den Großteil seiner Jugend damit verbracht hatte, in Fabriken in seinem Heimatort zu ackern. Mit achtundzwanzig hatte er den Verkäuferjob hingeschmissen. Das ständige Herumfahren durch Großbritannien, die Nächte in den billigen Hotels, der tägliche Anzugzwang und das falsche Lächeln, das er den Kunden zeigen musste, auch wenn er sie nicht achtete, waren ihm langweilig geworden.

Und dann hatte sich sein Leben auf so unschuldige Weise verändert. Von einem Tagesausflug nach Frankreich hatte er eine Menge hochprozentiges Zeug im Kofferraum seines Wagens mitgebracht und es dann in England mit einem satten Gewinn verkauft. Bald darauf machte er Schluss mit dem Vertreterjob und begann, regelmäßige Ausflüge über den Kanal zu unternehmen.

Um in Küstennähe zu sein, mietete er sich ein kleines Häuschen im Dörfchen Burmarsh in der Nähe von Folkstone. Dann kaufte er sich einen VW-Transporter und machte von nun an zwei oder drei Trips die Woche. Anschließend verkaufte er den Alk weiter – an Pubs, Bars, private Clubs und an Freunde und Bekannte aus seinen Tagen als Kartenverkäufer.

Schon bald machte er mehr Geld, als er als Vertreter verdient hatte, und nach einem halben Jahr musste er seinen ersten Mitarbeiter einstellen.

Das Unternehmen expandierte im Laufe der Jahre, Frankie stellte zwei weitere Leute ein und kaufte drei Sherpa-Vans. Er hatte zwölf verschiedene Bankkonten, um sein tatsächliches Vermögen zu verbergen. Sein Jahresumsatz belief sich auf über einhunderttausend Pfund, und er stellte einen windigen Buchhalter namens Malcolm ein, der über alles auf dem Laufenden bleiben und die Sache mit dem Finanzamt unter Kontrolle halten sollte. Mit steigendem Ruhm wurde er bekannt als Frankie Alk.

Die ›Euro-Alk‹-Masche, wie sie bald genannt wurde, war so einfach, dass sie schließlich jeder nachmachte. Das organisierte Verbrechen hatte Einzug gehalten, und für Frankie war es an der Zeit, seine Arbeitsweise zu überdenken. Da die Konkurrenz wuchs, fingen die Importeurgangs allmählich an, die Gastwirte und Clubbesitzer mit Gewalt zu zwingen, ihnen den Stoff abzunehmen. Frankie wollte nicht in irgendetwas Großes reingezogen werden und sah ein, dass die fetten Jahre vorbei waren.

Und so verkleinerte er seinen Betrieb. Er ließ ihn zwar weiterlaufen, wickelte jedoch sicherheitshalber seine Geschäfte auf einer schmaleren Spur ab. Die Konkurrenten wurden langsam, aber sicher einer nach dem anderen verhaftet, und noch ein weiterer Großimporteur wurde geschnappt, nachdem ihn der Zoll unter Überwachung gestellt hatte. Frankie wollte nicht der Nächste sein.

Kurze Zeit später bekam Frankie anonyme Briefe, in denen stand, dass er mit seinem Unternehmen von Burmarsh abhauen sollte, sonst würde ihm was blühen. Zuerst hatte er darüber gelacht und gemeint, es wäre irgend so ein stinksaurer Einwohner, der das Dorf sauber halten wollte. Aber als die Briefe weiter eintrudelten, hatte er sich sicherheitshalber eine Pistole gekauft. Nachdem er dann den Polizisten in jener Nacht erschossen hatte, dachte er sich, dass es vielleicht der Polizist gewesen war, der ihm die Briefe geschickt hatte. Vielleicht hatte er versucht, ihn zu zermürben und aus dem Ort zu treiben. Der Polizist war bloß ein Constable gewesen, also hatte er möglicherweise versucht, seine Karriere zu fördern und eine Sprosse nach oben zu klettern. Frankie hatte es niemals mit Bestimmtheit rausgefunden und würde es auch jetzt nie mehr erfahren.

Als Frankie und sein Vater in Dover ankamen, hatten sie nervös auf das Hovercraft gewartet. Beide wussten sie nicht, was sie sagen sollten. Nach einer kurzen, innigen Umarmung machte sich Frankie auf den Weg. Er fuhr mit dem Zug nach Italien, und zwei Tage später kam er in Courmayeur an.

Frankie ging auf die Passkontrolle in Gatwick zu und atmete tief durch, um sich zu entspannen. In seinem falschen Pass stand der Name von Terry Elliott, einem englischen Skiurlauber, den er eines Abends im letzten Dezember unter seine Fittiche genommen hatte. Die Urlauber waren immer scharf darauf, mit den Einheimischen Kontakte zu knüpfen, aber Frankie blieb für gewöhnlich auf Distanz – es sei denn, es handelte sich um hübsche Mädels oder, wie bei Terry, um jemanden, den er vielleicht mal gebrauchen konnte. Frankie hatte gleich erkannt, dass Terry ihm sehr ähnlich sah, wenn er keinen Bart trug. Seit dem ersten Tag in Courmayeur hatte Frankie gewusst, dass er eines Tages einen falschen Pass auftreiben musste, und dies war die ideale Gelegenheit. Er hatte sich ein paar Abende lang mit Terry und seiner versoffenen Clique rumgetrieben. Dann hatte er das Hotel und das Zimmer, in dem Terry wohnte, ausfindig gemacht und eines Morgens, als die Zimmermädchen ihre Putzrunde drehten, seinen Pass geklaut.

Das Bild in Terrys Pass zeigte ihn mit Bart und kurzen Haaren, die fast gleich lang wie Frankies waren und, obwohl etwas heller, fast dieselbe Farbe hatten. Bei dem flüchtigen Blick, den die gelangweilten Passkontrolleure draufhatten, konnte Frankie leicht für Terry durchgehen.

Die Schlange schob sich näher zur Passkontrolle, und Frankie wischte sich den Schweiß von der Stirn. Als er an der Reihe war, reichte er den Pass rüber, und zwei Sekunden später bekam er ihn zurück. Überrascht sah er auf, aber der Kontrolleur inspizierte schon den Nächsten. Frankie ging weiter. Er hatte es geschafft! Am liebsten hätte er vor Erleichterung einen Luftsprung gemacht.

Frankie holte seinen Koffer, ging ins Freie und stellte sich in die Taxischlange. Daniela hatte zwar angeboten, ihn abzuholen, aber Frankie hatte den Vorschlag abgelehnt – für den Fall, dass er irgendwelche Schwierigkeiten bekommen sollte.

»Zum *Station Hotel* in Redgate«, sagte Frankie, als er in das nächste freie Taxi stieg. Er gab Acht, dass er sich schräg hinter den Fahrer setzte, genau in den toten Winkel des Rückspiegels. Der Fahrer nickte.

»Dienstlich oder privat?«, fragte der Fahrer, als sie das Flughafengelände verlassen hatten und auf der Schnellstraße fuhren.

»Weder noch«, sagte Frankie. Er beobachtete, wie der Fahrer in den Spiegel schaute, und war sich sicher, dass er ihn nicht sehen konnte. »Nun ja, privat, schätze ich«, fügte er hinzu. »Ich bin zur Hochzeit eines Freundes eingeladen. Bin aus Spanien rübergekommen. Eigentlich mag ich keine Hochzeiten, also ist es für mich nicht gerade ein großes Vergnügen. Mehr so eine Art Pflichtübung.« Frankie war so trainiert im Lügen, dass ihn die Geschichten, die ihm einfach so einfielen, niemals überraschten.

»Ich weiß, was Sie meinen«, sagte der Fahrer. »Die meisten Leute glauben, Hochzeiten machen Spaß, aber sie können auch ganz schön deprimierend sein. Meistens dann, wenn du Pech in der Liebe hast.«

»So wie ich«, feixte Frankie.

»Ich auch«, sagte der Fahrer. »Dann lieber jeden Tag eine klasse Beerdigung. Ein wahrhaft erfreuliches Ereignis.«

Frankie glaubte nicht, dass die Beerdigung seines Vaters besonders erfreulich werden würde, aber trotzdem lächelte er, ganz der freundliche Urlauber, der in seine Heimat zurückgekehrt war.

Sie redeten noch ein bisschen belangloses Zeug, und Frankie sah aus dem Fenster auf Pubs, in die er als Teenager regelmäßig gegangen war. In diesem Teil Surreys hatte sich eigentlich gar nichts verändert, und dies machte wohl einen Teil der Anziehungskraft aus, die diese Gegend für die meisten Menschen ausübte. Frankie war in einem kleinen Dorf namens Nutfield aufgewachsen und hatte dann den größten Teil seiner Jugend in Woodvale und dem Nachbarort Redgate verbracht. Er war erst aus der Gegend weggezogen, als er den Vertreterjob bekommen hatte. Er kannte diesen Ort wie seine Westentasche und nahm an, dass hier seine wahre Heimat war. Es war schön, sie nach so langer Zeit wieder zu sehen.

Bald kamen sie nach Redgate rein, zuerst durch das Netz von Einbahnstraßen, das das große Einkaufszentrum umgab, dann am Bahnhof vorbei und unter der Eisenbahnbrücke durch zum *Station Hotel.* Daniela hatte bereits ein Zimmer für ihn reserviert. Frankie wollte nicht im Haus seines Vaters wohnen. Das war zu riskant. Er war sich sicher, dass die Dorfsheriffs nach ihm Ausschau hielten.

Er gab dem Taxifahrer ein großzügiges Trinkgeld und ging zum Haupteingang des Hotels. Als Teenager hatte er hier öfter gebechert, als er sich erinnern konnte, und als er die Eingangshalle betrat, stellte er fest, dass alles noch genau so war wie früher. Noch immer unter dem Namen Terry Elliott meldete er sich an. Er nahm seinen Schlüssel und ging die mit Teppich belegte Treppe zu seinem Zimmer hoch.

Das Zimmer war auf der Vorderseite des Hotels und ging zur Hauptstraße. Es war ein Hotelzimmer der Standardklasse: kleines Bett, Kommode, Kleiderschrank, Badezimmer – keine Dusche –, Hosenspanner und Fernseher. Gegenüber war der *Home Cottage Pub*, Frankies Lieblingsort aus Jugendtagen. Als er mit sechzehn von der Schule abgegangen war, hatte er etwa eine Meile von hier in der Fuller's-Earth-Fabrik gearbeitet. Die Fabrikarbeiter gingen vor und nach den Schichten immer zum Saufen in den *Home Cottage* und nach ein paar Bier, wenn nichts los war, rüber zum *Station Hotel.* Oder manchmal auch andersrum. Es war eine glückliche, sorglose Zeit in seinem Leben gewesen. Man zog von Bar zu Bar, verdiente gutes Geld in der Fabrik und schlief in einer billigen, miesen möblierten Absteige. Unten im *Station Hotel* gab es einen großen Tanzsaal, und am Donnerstagabend wechselten sich hier eine Band und eine Reihe von Sängern aus dem Ort ab. Frankie erinnerte sich an einen der Jungs, mit dem er bei Fuller's Earth zusammengearbeitet hatte, der sang und Gitarre spielte. Es war ein ruhiger Typ gewesen, an dessen Namen er sich nicht mehr erinnern konnte. Donnerstagsabends stieg er immer auf die Bühne und sang mit lauter, klarer Stimme Folksongs, während Frankie und ein paar andere von der Fabrik zuhörten. Nach jedem Song jubelten sie laut und machten sich dann auf den Weg die Straße rauf zur Nachtschicht. Das waren schöne Zeiten gewesen, und als er jetzt daran dachte, war Frankie ein wenig geknickt. Er ging zum Bett, öffnete den Koffer, nahm eine Schachtel Zigaretten raus und steckte sich eine an. Obwohl er sich, seit er mit dem Trinken aufgehört hatte, zu einer Art Fitness-Freak entwickelt hatte, qualmte er noch immer die alten Sargnägel. Na ja, man konnte schließlich nicht alles aufgeben, oder? Dann ging er zum Telefon und wählte Danielas Nummer. Beim dritten Klingelzeichen nahm sie ab.

»Der verlorene Sohn kommt heim«, sagte Frankie und nahm einen weiteren Zug von seiner Zigarette.

5

Im *Red Lion Pub*, direkt gegenüber von der Polizeiwache Woodvales, saß Detective Inspector Jesse Morgan an einem Tisch und hörte zu, was Detective Sergeant Ian Kiddie ihm zu sagen hatte. Es war Donnerstag zur Mittagszeit, und Morgan war froh, seinem Büro entronnen zu sein, nachdem gerade für beide eine langweilige Schicht von sechs bis zwei geendet hatte. Im Pub war es still, es waren vor allem ältere Leute da. Das Jungvolk mied ihn größtenteils, denn sie wussten, dass er immer voller Polizisten war.

Kiddie war ein hoch gewachsener Schotte mit roten Haaren und Schnurrbart, blasser Hautfarbe und roter Nase. Er stammte aus Dundee, und obwohl er schon seit über zehn Jahren in England lebte, hatte er noch immer einen starken Akzent.

»Wir kommen also zum *Railway*«, sagte Kiddie soeben, »ich meine, ich und Brazier. Und dann steht da diese Gruppe von Rentnern, und sie sagen, das Opfer ist verschwunden. Der Mann ist in seinen Laster gestiegen und weggefahren.«

»Der Mann, der zusammengeschlagen worden war?«, fragte Morgan.

»Jawoll, ein Knabe so um die sechzig. Schütteres graues Haar. Irgend so ein Bauarbeiter. Er fuhr einen Laster und trug Arbeitskleidung.«

Kiddie machte eine Pause und nahm einen großen Biss von seinem Käsesandwich. Morgan nippte an seinem halben Pint und fragte sich, wohin dies alles wohl führen würde. Kiddie konnte die meisten Menschen in Grund und Boden quatschen, und jetzt war es wieder so weit. Manchmal saßen sie nach der Arbeit ein paar Stunden lang im Pub, und wenn sie aus der Tür gingen, konnte sich Morgan nicht mehr daran erinnern, worüber, zum Teufel, sie den ganzen Abend geredet hatten. Aber Morgan war ein geduldiger Mensch, und Kiddie war sein bester Freund. Er würde ihn gewähren lassen und dann zurück ins Büro gehen, um ein wenig Papierkram nach Dienstschluss zu erledigen. Wenn die Frühschicht zu

Ende war, fühlte er sich immer ein bisschen verloren, weil er in Woodvale fast niemanden kannte. Nach Schichtende vertiefte er sich also einfach in die Papiere, damit sich der Nachmittag nicht mehr so lang hinzog, wenn er nach Hause ging. Dieser Zustand deprimierte ihn sehr, aber er hatte die Hoffnung noch nicht aufgegeben, dass sich die Lage bald ändern könnte.

»Also haben wir ein paar Aussagen aufgenommen«, fuhr Kiddie fort, »und machten uns wieder aus dem Staub.«

»Und was dann?«

»Am nächsten Tag kriegen wir einen Anruf aus dem Büro des Gerichtsmediziners wegen eines Mannes, der an ebendiesem Tag gestorben ist. Der Hausarzt dieses Mannes hat gesagt, dass er an einem Herzinfarkt gestorben ist, aber es gab da möglicherweise verdächtige Umstände. Da war ein leichter blauer Fleck auf Stirn und linker Wange des Mannes und weitere blaue Flecken auf seinem Brustkorb. Der Arzt hat den Gerichtsmediziner gerufen, der Gerichtsmediziner hat ihn sich angesehen und dann mich angerufen.«

»Und der Gerichtsmediziner war auch der Meinung?«

Kiddie nickte. »Er glaubt, der Mann starb an einem Herzinfarkt, nimmt aber an, dass der mit einem seelischen Schock zusammenhing.«

Morgan nahm noch einen Schluck von seinem Bier und sah flüchtig rüber zur Bar. Der wahre Grund, weswegen er meistens am Mittag hier hereinkam, stand jetzt dort. Sie hieß Nicola, und sie war eine der hübschesten Frauen, die er jemals gesehen hatte. Sie bemerkte ihn, formte ihre rechte Hand zu einer Pistole und schoss ihm ins Herz. Morgan fasste sich an die Brust und lächelte ihr zu, als sie auf ihre Fingerkuppen blies. Eines Tages würde er sie bitten, mit ihm auszugehen. Er wusste, dass sie allein stehend war, und schätzte sie mindestens zehn Jahre jünger, als er mit seinen sechsundvierzig war. Aber in dieser Welt bekam man nichts, wenn man es nicht versuchte.

»Also, der Arzt«, fuhr Kiddie fort, »erzählt der Ehefrau des Mannes, dass er keinen Totenschein ausstellen kann, bis es eine gerichtsmedizinische Untersuchung gegeben hat. Die Frau dreht durch, und sie haben einen Riesenstreit. Sie sagt, sie müssen ihren Mann beerdigen, weil sein Sohn für die Beisetzung aus Europa zurückkommt. Und jetzt gebe ich dir den ersten Hinweis.«

»Ich wusste, dass wir irgendwann auf den Punkt kommen würden«, sagte Morgan.

»Die Ehefrau ist Italienerin, und der Name ihres Mannes ist Bosser.«

Morgan sah ihn verständnislos an. Der Name sagte ihm nichts. »Denk daran«, sagte er »dass ich erst seit etwas über einem Jahr hier in der Gegend bin. Ich kenne die Dorfgeschichten nicht. Der Name Bosser sagt mir nichts.«

Kiddie hob entschuldigend die Hand. »Habe ich vergessen. Na, weil das eine lange Geschichte wird, geb ich dir noch einen aus.«

»Wie wär's, wenn du mir das Geld gibst, und ich gehe hin und hole ihn?«

»Okay«, sagte Kiddie. Er griff in die Tasche und zog eine Hand voll Ein-Pfund-Münzen hervor. Er ließ sie auf den Tisch fallen, und Morgan stand auf, um zu Nicola zu gehen. Er bestellte noch zwei halbe Pints Bitter.

»Wieder Alkohol im Dienst?«, flachste Nicola.

Einer der Gründe, weswegen Nicola Morgans Herz zum Flattern brachte, war der, dass sie ihn an ein Mädchen erinnerte, mit dem er in der Schule zusammen gewesen war und das zufälligerweise auch Nicola hieß. Die Nicola, die jetzt vor ihm stand, hatte die gleichen kurzen, dunklen Haare, die gleiche Gesichtsform, die gleiche schlanke Gestalt. Morgan fand es unheimlich, dass jemand, den er vor über dreißig Jahren das letzte Mal gesehen hatte, immer noch zurückkommen konnte, um ihn in Gestalt einer anderen Frau zu verfolgen. So war nun mal die Macht der Liebe. Oder war es Besessenheit?

»Ich bin fertig für heute«, sagte Morgan. »Schnitt! Und wieder einmal ist eine Schicht voller Action in Woodvale zu Ende gegangen.«

Nicola lächelte ihn an, während sie den Zapfhahn runterzog. »Ich dachte, Polizist zu sein, bedeutet ein aufregendes Leben.«

»Heutzutage ganz bestimmt nicht. Je weiter ich befördert werde, desto weniger aufregend wird es.«

»Sie könnten jederzeit etwas Schlimmes tun und zurückversetzt werden.« Nicola zwinkerte ihm zu und stellte die zwei Bier auf die Theke. War diese Antwort etwa zweideutig gemeint? Morgan lächelte unbehaglich und gab ihr drei von Kiddies Münzen.

»Hier drinnen gibt es wahrscheinlich mehr Spannendes«, sagte er, als sie ihm den Rücken zudrehte und den Betrag in die Kasse eingab. Er konnte nicht anders, seine Augen mussten an ihrem Körper entlangtasten. Sie trug einen schwarzen Freizeitanzug und Turnschuhe.

»Sie machen Witze«, lachte Nicola. »Es schneien so viele von eurer Sorte hier rein, dass es der sicherste Pub am Ort sein muss.«

»Darum sind wir ja hier.«

»Und alle Bösewichte trinken woanders.«

»Sie kennen diese Orte, was?«

»Vielleicht.«

»Die müssen Sie mir irgendwann mal zeigen.«

Nicola reichte ihm das Wechselgeld und drückte es ihm in die Hand. Morgan gefiel es, wie ihre Finger ihn berührten. Für einen Moment wurde ihm schwindlig. Oder kam das vom Bier?

»Wann?«, fragte Nicola.

Aber ehe Morgan darauf antworten konnte, stand Kiddie neben ihm und langte nach seinem Bier.

»Ich brauche noch ein paar Nüsse«, sagte Kiddie zu Nicola.

Morgan sah Kiddie ärgerlich an. Jetzt war die Chance verpasst. *Die* Gelegenheit, sich mit Nicola zu verabreden. Er musste an den Tisch zurück, um sich zu beruhigen, bevor er Kiddie ein paar ganz spezielle Nüsse verpassen würde – zusammen mit einem kräftigen Tritt, mit freundlicher Empfehlung seines rechten Stiefels.

Als Kiddie mit ein paar fettfrei gerösteten Erdnüssen im Mund an den Tisch zurückkam, warf Morgan einen schnellen Blick zur

Bar, aber Nicola war verschwunden. Er schmollte vor sich hin, während Kiddie sich setzte und mit seinem Monolog fortfuhr. Er hörte kaum zu, als ihm die Lebensgeschichte von einem Frankie Bosser erzählt wurde, einem Burschen aus Woodvale, der sich zu einem erfolgreichen Ganoven entwickelt hatte. Oder zu so einer Art Ganoven. Morgan wusste, dass die Einfuhr großer Mengen Alkohol nicht legal war, aber viele Leute taten das. Da draußen passierten viel schlimmere Verbrechen.

»Und dann, vor ein paar Jahren, ging alles schief«, schloss Kiddie zehn Minuten später. »Frankie musste sich aus dem Staub machen, weil er einen Polizisten erschossen hatte, der eines Nachts auf dem Grundstück seines Hauses rumschnüffelte. Frankie war der Nächste, den die Zollbeamten im Visier hatten, und dieser Polizist versuchte, sich ein paar Extrapunkte zu verdienen, indem er privat ein wenig Detektiv spielte. Er war Constable und hieß Cady. Wir waren zusammen in Hendon gewesen, also kannte ich ihn flüchtig. Netter Typ, aber nicht allzu helle. Man musste ihm in Hendon alles vorkauen, damit er es schaffte. War immer noch Constable nach all der langen Zeit. Als Frankie also die Biege machte, wurde er vom kürzlich verblichenen Stanley Bosser zur Küste gefahren. Er nahm eine Eilfähre nach Frankreich und verschwand. Seitdem haben wir nichts mehr von ihm gehört.«

»Und jetzt kommt er zur Beerdigung zurück, und du willst ihn dir schnappen?«

»So hab ich mir das gedacht.«

»Sucht man ihn schon auf den Flughäfen?«

»Ja. Aber ich hab den Verdacht, dass er schon wieder hier ist.«

»Also behalten wir das Haus seiner Mutter im Auge und überprüfen alle Hotels im Ort.«

»Eigentlich Stiefmutter. Sie ist Italienerin, wie gesagt.«

»Dann war er wohl dort untergetaucht.«

»Wo?«

»In Italien.«

Kiddie nickte. »Könnte sein.«

Morgan trank sein Bier aus. »Ich frage Cole, ob wir in jeder Schicht einen Mann abstellen können, um das Haus von Bosser zu überwachen. Früher oder später wird Bosser dort auftauchen müssen. Und wenn er das tut, schnappen wir ihn uns.«

»Okay. Hätte nichts dagegen, es selber zu tun. Ich stecke nicht gerade bis zu den Armkuhlen in Arbeit.«

Morgan lachte. Kiddie hatte Spaß daran, das merkwürdige Wort aus seinem Heimatdialekt in Gespräche einzuflechten, um die Leute zu verwirren. Übersetzt bedeutet Armkuhlen Achselhöhlen.

»Und was ist mit dem Mann, der Stanley Bosser umgehauen hat?«

»Tja, der ist spurlos verschwunden. Wir haben ein paar gute Beschreibungen von ihm, und wir halten die Augen auf und befragen die üblichen Verdächtigen.«

»Okay. Das ist so ziemlich alles, was wir tun können. Werden ihn wahrscheinlich trotzdem nicht kriegen. Und jetzt muss ich zurück in die aufregende Welt des Schreibkrams.«

»Ich komme mit.«

»Nein, geh du schon mal vor«, sagte Morgan. »Ich möchte mich noch ein wenig mit Nicola unterhalten.«

Kiddie warf ihm einen viel sagenden Blick zu und verließ den Pub. Morgan nahm die Gläser und ging zur Bar rüber.

Am selben Donnerstagmittag beschloss Phil Gator, dass es Zeit war, mit dem Hintern hochzukommen und einen Job zu suchen. Es musste einfach etwas Geld reinkommen.

Die letzten zwei Tage hatte er damit verbracht, lange im Bett zu bleiben und sich *Home and Away* im Fernsehen anzuschauen (die Schauspielerinnen sahen besser aus als in *Neighbours*). Am Nachmittag wurde er dann unruhig. Er hörte die Nachrichten der lokalen Radiosender, um rauszufinden, ob da irgendetwas über ihn gebracht wurde, wie er den alten Kerl zusammengeschlagen hatte, aber es wurde nichts davon erwähnt. Viel zu unbedeutend, nahm er an.

Wenn seine Mutter abends aus dem Schwimmbad zurückkam, aßen sie zusammen zu Abend und unterhielten sich über die alten Zeiten. Sie kochte ihm irgendein gutes einfaches Gericht, wie aufgebackene Hamburger mit Kartoffeln und Erbsen oder Fischstäbchen und Pommes. Dann lieh sie ihm fünf Pfund, damit er in den Pub um die Ecke gehen und zwei Pints trinken konnte – und sie in Ruhe fernsehen ließ.

Im Pub hielt er die Stammgäste mit seinen Heldentaten in Europa bei Laune, aber dieses Geschwafel ödete ihn an. Er schaffte es zwar, ein paar Extrapints zu schnorren, aber was er wirklich brauchte, war eine Nummer.

Am Abend zuvor war er ziellos von Pub zu Pub gestrolcht, bis er über eine seiner alten Flammen gestolpert war. Wendy war ein niedliches Mädchen mit langem, dunklem, krausem Haar. Sie war nicht besonders aufgeweckt und leicht rumzukriegen, und er hatte sie dazu überredet, ihm auf dem Parkplatz neben dem Pub einen runterzuholen. Hätte er seine eigene Bude gehabt, da war er sich ganz sicher, hätte er sie sogar dazu überreden können, mit ihm nach Hause zu gehen. Ein guter Grund, weswegen er sich langsam nach einem Job umsehen sollte. Aber immerhin, die Handarbeit war gut gewesen, als er sich da so an die Außenwand des Männerklos gelehnt hatte.

Obwohl er vor den Stammgästen im Pub mit seinem Sexleben in Europa rumgeprahlt hatte, sah die Wirklichkeit ganz anders aus. Er hatte es in den ganzen drei Monaten, in denen er weg gewesen war, nur auf eine einzige schnelle Nummer gebracht. Das war auf einem Campingplatz in Südfrankreich gewesen, als ein übergewichtiges australisches Mädel, das ihn den ganzen Tag am Strand angeglotzt hatte, in sein Zelt gekommen war, den Reißverschluss seines Schlafsacks aufgemacht und sich ohne viel Federlesens auf ihn gesetzt hatte. Wie die Sache lag, hatte er kaum eine Wahl gehabt, und als sie ihn zehn Minuten später wieder verließ, hatte Gator es in seinem Gedächtnis abgespeichert als die schlechteste Nummer, die er jemals geschoben hatte. Aber jetzt, wieder zu

Hause in England, erschien ihm dieser kurze Zusammenprall allmählich wie der Fick des Jahrhunderts.

Vielleicht könnte er heute Nacht mit Wendy ein bisschen weiter gehen, dachte er, aber er wusste, dass sie ihm nicht über den Weg traute. Ihre Affäre vor etwa einem Jahr hatte vier Monate gedauert, und Gator hatte sich nebenbei, was Wendy damals nicht wusste, noch mit anderen Frauen getroffen. Vielleicht hatte sie das rausgefunden, als er weg war.

Es gab keine Jobs für Automechaniker im Lokalblatt, also bewarb sich Gator um eine Stelle als Gabelstaplerfahrer in einem Außenbezirk von Redgate, der nur drei oder vier Meilen vom Haus seiner Mutter entfernt lag. Er wählte die Nummer, erfuhr, dass der Job noch zu haben war, und ging schnell unter die Dusche. Er zog sich ein Paar saubere Jeans und ein weißes T-Shirt an und ging zur Haustür raus.

Er nahm einen Bus in der Woodvale High Street und stieg in Redgate aus, bevor der Bus in umgekehrter Richtung um das Gewirr von Einbahnstraßen zurückfuhr. Dann machte er im strahlenden Sonnenschein einen zehnminütigen Spaziergang zum Holmethorpe Industrial Estate, das neben der Bahnlinie lag, die die Pendler nach London reinbrachte. Er ging unter der Eisenbahnbrücke durch und betrachtete das Hinweisschild am Eingang des Gewerbegebiets, auf dem die Standorte der verschiedenen Betriebe aufgezeichnet waren. Es waren etwa dreißig Unternehmen aufgeführt, einschließlich Ausstellungsräumen für Autos, einer Kunststofffabrik, einer Werkzeugfabrik und sogar einer Fabrik, die Thermometer herstellte. Gator suchte Ellis Pipes und folgte der Straße, die nach links führte.

Bis Ellis Pipes waren es noch mal fünf Minuten zu Fuß. Zuerst ging es einen Schotterpfad über unbebautes Land entlang, dann vorbei an einem Werk von British Industrial Sand, an ein paar Großhandelsgeschäften und einer Kantine. Gator kam an Arbeitern vorbei, die gelbe Schutzhelme trugen, und wich einem Lastwagen aus, der direkt auf ihn zufuhr. Dann kam er zu einem Betriebsgelände neben einer Fabrik ohne Namensschild und nahm an, dass das hier Ellis Pipes war. Er ging zielstrebig auf einen Bürocontainer zu, klopfte an die Tür und trat ein.

Der Erste, den er sah, war ein alter Knacker, der hinter einem Schreibtisch saß.

»Ich komme wegen des Jobs als Gabelstaplerfahrer«, sagte Gator. »Ich hab vorhin angerufen.«

»Oh ja«, sagte der alte Knacker. Für Gator sah er aus wie neunzig. Warum arbeitete der überhaupt noch? »Brian wird mit Ihnen ein Einstellungsgespräch führen.«

Gator wandte sich nach links, und ein riesiger Typ mit kurzen, dunklen Haaren und Schnurrbart stand auf. Er reichte ihm die Hand und stellte sich als Vorarbeiter vor. »Gehen wir raus«, sagte er.

Sie verließen das Büro und gingen auf den Hof.

»Du hast doch schon mal einen Gabelstapler gefahren, oder?«, fragte Brian.

Gator nickte und fasste in seine Hosentasche. »Ich hab einen Gabelstaplerführerschein«, sagte er. »Es ist zwar schon ein paar Jahre her, aber ich weiß immer noch, wie man einen fährt.«

Er reichte das Blatt Papier rüber und beobachtete Brian, während der es studierte. Gator hatte niemals eine Prüfung für einen Gabelstapler bestanden. Er hatte das Formular von einem seiner Freunde fotokopiert, der in einer Fabrik gearbeitet hatte, dann den Namen des Freundes mit Tipp-Ex beseitigt und seinen eigenen eingefügt. Gator wusste aber von einem Fabrikjob, den er früher einmal gehabt hatte, wie man mit einem Gabelstapler umging. Sie waren nicht schwer zu bedienen, und da er Automechaniker war, konnte er fast alle Fahrzeuge fahren.

»Das hier ist eine Fotokopie«, sagte Brian.

»Ich hab das Original verloren«, sagte Gator. »Ich musste in der Fabrik anrufen, dass sie mir einen Ersatz schicken.«

Brian nickte. »Ist schon klar. Aber ehe ich dir irgendetwas über den Job erkläre, seh ich mir lieber erst mal deine Fahrkünste an.«

»Okay«, sagte Gator. »Sag, wo's langgeht. Der da drüben?«

Ein paar Meter entfernt stand ein orangefarbener Gabelstapler. Gator sprang drauf, vergewisserte sich, dass der Gang draußen war, und warf ihn an. Brian schrie ihm zu, was er von ihm wollte. Er legte den Gang ein und rollte zu einem Packen brauner Rohre, die auf einer Palette lagen. Vorsichtig schob er die beiden Gabeln unter die Palette, hob sie mit gekonnter Bewegung hoch und setzte zurück. Dann fuhr er zu einem anderen Stapel rüber und setzte die Palette sachte drauf. Er zog die Gabeln vorsichtig raus, fuhr ordentlich zurück und parkte.

Brian winkte ihn zu einem anderen Stapel rüber, und Gator tat das Gleiche noch mal. Er parkte den Gabelstapler und grinste Brian von seinem Sitz aus an. »Sonst noch was?«, fragte er.

Brian kam zu ihm rüber. »Das reicht schon«, sagte er. »Mach ihn einfach aus, und ich zeig dir alles.«

Sie gingen über das Betriebsgelände, das etwa so groß wie ein Fußballfeld und mit Maschendraht eingezäunt war. Dort gab es verschiedene Stapel von Rohren und Muffen in vielen merkwürdigen Formen und Größen. Das Gelände war umgeben von unebenem, ungenutztem Land, und auf einer Seite war ein Abhang, der in ein Tal runterführte. Auf der anderen Seite stieg der Boden wieder an, und auf dem Gipfel des dahinter liegenden Hügels lagen die traurigen Überreste der geschlossenen Fuller's-Earth-Fabrik.

»Alles, was wir hier zu tun haben«, sagte Brian, »ist, Laster zu beladen, wenn sie reinkommen, oder Lieferungen abzuladen. Im Moment haben wir nicht viel zu tun, weil wir erst seit ein paar Monaten geöffnet haben. Also hängt man ziemlich viel rum.«

»Und wo soll ich rumhängen?«, fragte Gator.

»Da ist 'ne Lagerhalle beim Eingang. Direkt bevor du ins Büro kommst. Das wird deine Heimat. Du hast nichts weiter zu tun, als da drinnen zu sitzen, bis ein Laster aufkreuzt. Natürlich wird noch andere Arbeit auf dem Gelände auf dich zukommen. Dafür sorgt Mr. Carroll schon.«

»Mr. Carroll ist der alte Knabe?«

»Jawoll. Er kommt aus dem Norden oben. Dort ist unser Hauptsitz. Die haben ihn hier runtergeschickt, damit er diesen Betrieb eröffnet und in Bewegung bleibt. Irgendwann wird er den Abgang machen und mir die Zügel in die Hand geben.«

»Er sieht aus, als ob er zu alt zum Arbeiten wäre.«

»Hast Recht. Er ist fünfundsiebzig. Er lebt aber allein und hat nichts Besseres zu tun.«

»Wie ist er als Chef?«

»Er ist in Ordnung«, sagte Brian, aber für Gator klang er nicht allzu überzeugend.

»Wie steht's mit der Bezahlung?«, fragte er.

»Wir zahlen fünf Pfund die Stunde bei einer Vierzig-Stunden-Woche. Das sind zweihundert die Woche. Wir können dich wöchentlich oder monatlich auszahlen, das musst du wissen.«

Gator hätte sich beinahe auf den Hintern gesetzt. Als Automechaniker konnte er einen Haufen mehr verdienen, aber für den Augenblick würde es reichen müssen. Er sagte, dass er wöchentlich ausbezahlt werden wollte, und Brian führte ihn zurück ins Büro, wo er ein paar Formulare ausfüllen musste.

»Machst du Gewichtheben?«, fragte Brian auf dem Weg dahin.

Gator sah ihn an. »Nein. Warum?«

»Du hast kräftige Arme. Ich dachte, du würdest vielleicht Konditionstraining machen. Ich mach selbst auch ein bisschen.«

»Ich bin Automechaniker von Beruf«, sagte Gator. »Du kriegst starke Arme, wenn du dich den ganzen Tag unter einem Auto abrackerst.«

Brian nickte. Gator würde diesen Typen im Auge behalten müssen. Er starrte noch immer auf seine Arme. War er ein Schwuler oder so was?

Als sie zum Büro zurückkamen, stellte Mr. Carroll sich vor, und Gator war klar, dass dies ein alter Furzer war, mit dem er niemals auskommen würde. Der Typ war wie einer aus *Die Brücke am Kwai*, ein Armeeoberst der alten Schule, der eigentlich irgendwo in Fernost auf einer Veranda sitzen und an einem Gin Tonic nippen sollte. In einem separaten Zimmer hinter Carroll war noch ein anderer

Mann. Es war ein freundlicher, lächelnder Bursche, nicht jung, nicht alt, der Ridley hieß. Er kam raus und schüttelte Gator die Hand. Ridley trug eine Fliege.

Nachdem die Formulare ausgefüllt waren, stand Gator bald wieder draußen und machte sich mit federnden Schritten davon. Sie hatten ihm gesagt, dass er Montag anfangen könne. Also hatte er noch morgen und das Wochenende, um auf den Putz zu hauen. Nun, wo er einen Job hatte, konnte er sich von seiner Mutter noch ein bisschen mehr Geld leihen und Wendy zum Essen oder so einladen. Vielleicht konnten sie ja noch ein bisschen weiter gehen – vom Rubbeljob auf dem Parkplatz zum Schlafzimmer in ihrem Elternhaus.

6

Am Freitag gegen Mittag saß Jason Campbell in seinem Keller und spielte Gitarre, als er draußen einen Automotor hörte. Mitten im Lied brach er ab, ging zur Hintertür und lief die Steintreppe rauf in den Garten. Als er rechts in die Auffahrt bog, sah er Karl, der aus einem blauen Wagen stieg.

»Jason, altes Haus«, sagte Karl und grinste. »Hier kommt der Erste der Flotte.« Er kam mit ausgestreckter Hand zu ihm rüber, und Jason schüttelte sie.

»Ich dachte, du würdest erst morgen einziehen«, sagte Jason.

»Tja weißt du, ich hatte heute nicht so viel zu tun, also hab ich gedacht, ich könnt genauso gut schon mal anfangen. Es kommt dir doch nicht irgendwie in die Quere, oder?«

»Eigentlich nicht. Es ist nur so, dass ich in etwa einer Stunde Unterricht habe. Ich bereite mich gerade darauf vor.«

»Natürlich, lass dich nicht stören. Beachte mich einfach gar nicht.«

Jason nickte. »Ich hole besser meinen Mini raus, bevor du anfängst, die Autos rüberzukarren. Ich brauche ihn heute Abend.«

»Null Problemo. Ich stell diesen hier gleich um.«

Bei den Worten »Null Problemo« zuckte Jason zusammen. Sprach man heute überhaupt noch so? Wahrscheinlich würde er als Nächstes »Okey-Dokey« sagen. Er ging zurück ins Haus, um seine Autoschlüssel zu holen, kam dann wieder raus und stellte seinen Mini auf die Straße. Er sah zu, wie Karl den blauen Wagen, einen Nissan, in die Garage fuhr. Er konnte nicht anders, er spürte einen Stich des Bedauerns über seine verlorene Freiheit. Aber er ermahnte sich, lieber an seinen erholten Kontostand zu denken.

Wieder im Keller, versuchte Jason, sich auf die Unterrichtsstunde zu konzentrieren. Er hatte vor, jetzt einem seiner besten Schüler eine neue Zupftechnik beizubringen, die er selber kaum anwandte. Er saß da und übte sie wieder und wieder, und als es schließlich an der Tür klingelte, hatte er sie ganz gut drauf.

Er ging die Kellertreppe hoch, die in den Flur führte, und öffnete die Haustür. Sein Schüler war ein langer, schlaksiger Zwanzigjähriger namens Barry. Er hatte lange, glatte, dunkle Haare und gebeugte Schultern. Er erinnerte Jason an Neil Young in seinen jungen Jahren. Als er Barry reingelassen hatte, sah sich Jason um, ob Karl in der Nähe war, aber die Luft war rein.

Sie gingen in den Keller, setzten sich einander gegenüber und begannen mit dem Üben. Aber zehn Minuten später ertönte draußen von der Auffahrt das Geräusch eines anderen Wagens. Barry warf Jason einen fragenden Blick zu.

»Das ist mein neuer Untermieter«, sagte Jason. »Ich musste jemanden aufnehmen, damit ein bisschen Geld ins Haus kommt.« Er versuchte, die Sache mit einem Lachen abzutun. »Am besten, du merkst dir schon jetzt, dass du als Musiker niemals das große Geld machen wirst.«

Sie übten weiter, und Jason glaubte, alles wäre ruhig an der Auffahrtsfront, bis er hörte, dass Karl anfing zu singen. Es war eine laute, kieksende Stimme von jemandem, der glaubt, singen zu können, der es aber in Wahrheit überhaupt nicht draufhat. Und noch schlimmer war das Lied. Karl sang *Wake Me Up Before You Go-Go* von Wham, Jasons Meinung nach einer der schmalzigsten Popsongs der Geschichte. Er begann innerlich zu brodeln und versuchte, sich auf sein Spiel zu konzentrieren. Aber Karls Geträller drang weiter zu ihnen runter, und ein paar Minuten später musste Jason unterbrechen.

»Ich bin sofort zurück«, sagte er zu Barry. »Will mal sehen, ob ich Pavarotti das Maul stopfen kann.«

Jason ging zur Kellertür raus und zur Auffahrt. Karl war gerade dabei, einen Pappkarton in die Garage zu schleppen, wo der Nissan geparkt war. In der Auffahrt stand nun ein roter Fiat. Karl brach mitten im Lied ab, als er Jason sah, der ihm ein süßsäuerliches Lächeln schenkte.

»Du könntest nicht vielleicht mit dem Singen aufhören, Karl? Ich versuche gerade, da unten jemandem etwas beizubringen, und deine Stimme dringt bis zu uns durch. So sehr ich auch Wham mag.«

»Null Problemo, altes Haus«, sagte Karl. »Hab nicht gewusst, dass du da unten bist. Hättest du mir sagen sollen.«

»Das habe ich dir aber gesagt. Ich wusste nicht, dass du so schnell zurück sein würdest. Ich muss dir einen Stundenplan geben, wann ich jede Woche unterrichte.«

»Das ist 'ne gute Idee.«

»Wir sehen uns dann«, sagte Jason, wandte sich wieder ab und ging in Richtung Keller.

»Kannst du Lieder von Wham spielen?«, fragte Karl, als Jason gerade verschwinden wollte.

Jason drehte sich um und sah Karl an, diesen brutal aussehenden Burschen mit dem rasierten Schädel und dem Ziegenbärtchen. Wie er dort stand und einen Pappkarton voller Schrott in den Händen hielt, als ob er nichts wiegen würde. Diesen brutal aussehenden Burschen, der offensichtlich ein Fan von Wham war.

»Hab ich noch nie versucht«, sagte Jason. »Aber ich werd mal sehen, was ich tun kann.« Dann ging er zurück in den Keller.

Karl trug den Pappkarton in die Garage und stellte ihn auf eine Werkbank am hinteren Ende. Dann ging er wieder raus zum Fiat und begann damit, die Einzelteile seiner Stereoanlage ins Haus zu bringen. Er war guter Dinge.

Ihm gefiel sein neues Heim, diese gediegene Doppelhaushälfte mit den drei Schlafzimmern. Er mochte diesen älteren Baustil lieber als seine letzte Unterkunft in einem Neubaugebiet in Redgate. Und dass Nick, der Typ, mit dem er sie sich teilte, als Personalchef bei *Pizza Hut* gearbeitet hatte, fand Karl auch ziemlich widersprüchlich. Sich den ganzen Tag mit den Problemen der Leute auf der Arbeit zu befassen und dann nach Hause zu kommen und Karl wie einen Haufen Scheiße zu behandeln. Eines Tages aber würde Karl sich an Nick und dieser Teresa, seiner komischen spanischen Freundin, die ihn vertrieben hatte, rächen. Er würde sich irgendeine Schweinerei ausdenken, um ihnen alle Schwierigkeiten heimzuzahlen. Es war ein Jammer, denn die Geschäfte waren gerade so gut gelaufen. Nun würde er den Leuten seine neue Adresse geben und die Dinge noch mal ins Rollen bringen müssen.

Solange er sich erinnern konnte, hatte Karl sich für Autos interessiert. Es hatte ihn als Kind gepackt, als er das erste Formeleins-Rennen im Fernsehen sah. Wie die meisten kleinen Jungs hatte er Rennfahrer werden wollen – James Hunt war sein Liebling gewesen –, aber dieser Traum hatte sich bald in Luft aufgelöst, als ihm das nüchterne Leben in der Erwachsenenwelt den Kopf gerade gerückt hatte.

Mit achtzehn hatte er sich seinen ersten Wagen, einen Ford Escort, gekauft, ihn ein bisschen aufgemöbelt und ein paar Monate später mit einem Gewinn von hundert Pfund verkauft. Der Rest seines Arbeitslebens war auf genau diese Art und Weise weitergegangen. Heute durchstöberte er Autozeitschriften und Lokalzeitungen und kaufte Autos auf, die ein wenig unter Preis angeboten wurden. Er hatte einen Freund, der alle anfallenden Reparaturarbeiten ausführte, und Karl verkaufte die Autos dann mit einem satten Gewinn. Er brauchte nur vier oder fünf Autos im Monat zu verkaufen, um sich einen angenehmen Lebensstil leisten zu können. Schließlich zahlte er keine Steuern. Was, verdammte Scheiße noch mal, sollte das auch überhaupt?

Karl trug den Verstärker und das Kassettendeck in sein Zimmer und stellte sie unter dem Fernseher auf den Fußboden. Dann ging er runter, um den Rest seiner Anlage zu holen.

Die nächste halbe Stunde verbrachte er damit, Kabel einzustöpseln und die Lautsprecher auszurichten. Er brannte darauf, ein bisschen Musik rauszudonnern, aber es war wohl besser, wenn er wartete, bis Jasons Unterricht zu Ende war. Jason schien ganz okay zu sein, vielleicht ein wenig spießig, aber von den Typen gab es hier viele. Außerdem war Nick vom *Pizza Hut* auch nicht gerade das Nonplusultra gewesen. Karl dachte, dass es irgendwo auch besser war, bei jemandem zu wohnen, der ein anständiges Leben führte, damit seine eigenen Ecken den Nachbarn nicht so ins Auge stachen. Und anständige Leute waren einfacher zu handhaben und hatten normalerweise nicht den Mumm, ihm die Stirn zu bieten. Außer diesem Scheißkerl Nick natürlich. Nun, eines Tages würde der schon sehen.

Nachdem er seine Stereoanlage aufgestellt hatte, brachte Karl ein paar Klamotten rein und legte sie in die Kommode. Kleidung interessierte ihn nicht besonders. Er besaß hauptsächlich Jeans und T-Shirts, aber auch ein paar elegante Sachen, falls er Lust auf einen Abend in der Disco bekam. Dann ging er wieder die Treppe runter.

Von unten hörte er Stimmen, und im Flur stieß er auf Jason und einen langhaarigen Hippie-Typen. Jason stellte ihn vor, und Karl schüttelte die Hand des schwächlich aussehenden Knaben. Der Knabe warf ihm einen merkwürdigen Blick zu und ging dann mit seiner Gitarre zur Tür raus.

Karl wandte sich zu Jason und sagte: »Ich hab gedacht, die Sechziger wären seit ein paar Jahrzehnten vorbei.«

Jason lächelte und sagte: »Wolltest wohl gerade gehen, was?«, und verschwand dann in der Küche.

Karl gefiel der sarkastische Unterton in Jasons Stimme nicht, auch wenn er mit einem Lächeln serviert worden war. Karl würde ihn im Auge behalten müssen. Er wollte nicht, dass ihm sein neuer Vermieter in die Quere kam.

Am selben Freitagnachmittag saß Frankie Bosser am Steuer eines gemieteten Ford Sierra. Er war jetzt ein Mann mit einer Mission. Was als Trip nach England mit einem grundehrlichen Motiv begonnen hatte – nämlich seinen Vater zu beerdigen –, gestaltete sich jetzt plötzlich wesentlich komplizierter.

Als er Daniela am Dienstag angerufen und versucht hatte, ein Treffen zu arrangieren, hatte sie gesagt, dass das nicht in Frage käme. Sie hatte den Verdacht, dass die Polizei schon bald ihr Haus überwachen würde. Als Frankie den Grund wissen wollte, erzählte Daniela ihm, dass sein Vater von einem Schläger verprügelt worden war. Bei ihrem Anruf in Italien hatte sie das nicht erwähnt. Frankie schlug die Hände vors Gesicht. Er spürte eine rasende Wut im Bauch. Er fragte sie nach Einzelheiten aus, und sie sagte, er solle warten, bis sie sich treffen würden.

Am Mittwoch war Frankie morgens weggegangen und hatte den Sierra gemietet, dann war er aufs Land zu einem abgelegenen Pub in einem Waldstück in der Nähe von South Godstone gefahren. Er kam eine halbe Stunde zu spät, weil der Pub so abgelegen war, dass er das verdammte Ding nicht finden konnte. Dort aß er im Restaurant mit Daniela zu Mittag, die sich aus der Hintertür ihres Hauses davongeschlichen und ein Taxi zum Pub genommen hatte. Sie erzählte ihm alles, was sie über den Infarkt wusste, über den *Railway Pub* und darüber, dass Stanley nicht gewusst hatte, weshalb er zusammengeschlagen worden war. Dann erzählte sie vom Herzinfarkt im Badezimmer. Sie sagte auch, dass die Beerdigung wegen der gerichtsmedizinischen Untersuchung vorläufig nicht stattfinden konnte. Frankie fragte, wie lange das dauern würde, und Daniela sagte: »Wie lang ist ein Wollknäuel?«

Frankie fluchte laut. Vielleicht wäre er besser in Italien geblieben, bis alle Schwierigkeiten aus dem Weg geräumt waren. Nachdem sie sich über die alten Zeiten unterhalten hatten, brachte Frankie Daniela zurück nach Redgate, von wo aus es für sie nur noch eine kurze Taxifahrt nach Hause war. Von nun an würden sie nur noch telefonischen Kontakt haben.

Während er also auf den Termin für die Beerdigung wartete, wollte Frankie versuchen herauszufinden, wer seinen Vater verprügelt hatte. Ein guter Ausgangspunkt war der *Railway Pub*. Er stellte sein Auto auf dem großen Parkplatz ab und ging in die fast leere Bar. Er bestellte sich beim Barkeeper einen Orangensaft und zündete sich eine Zigarette an. Über dem Tresen hing ein Fernseher, in dem ein Tennismatch lief. Die Lautstärke war runtergedreht. Frankie hatte gehört, dass nun fast jede Bar in England einen Fernseher hatte, der

Sportprogramme über Satellit zeigte, und dass die Bars im Winter, wenn Fußball lief, bis zum Bersten gefüllt waren. Frankie fand den Gedanken unglaublich frustrierend, dass für den Großteil der männlichen Bevölkerung das Interesse bei Fußball und Bier zu enden schien. Was war das für ein Leben? Wie es schien, hatte er das Land im richtigen Augenblick verlassen.

Als der Barkeeper ihm endlich sein Wechselgeld gab, sagte Frankie: »Ich habe gehört, Sie hatten Anfang der Woche Ärger hier. Draußen auf dem Parkplatz?«

Der Barkeeper sah ihn argwöhnisch an. »Was für Ärger?«

Frankie nahm einen kleinen Schluck von seinem Orangensaft. »Irgend so ein alter Mann ist auf dem Parkplatz ohnmächtig geworden, nachdem er von einem jungen Burschen zusammengeschlagen wurde.«

Der Barkeeper nickte. »Das war an meinem freien Tag. Ich hab davon gehört. Sind Sie von der Polizei?«

Frankie lachte. »Nein, ich bin der Anwalt des alten Mannes. Ich habe ihm gesagt, er soll auf Schmerzensgeld klagen, also versuche ich, den jungen Burschen zu finden, der das getan hat.«

Der Barkeeper schätzte Frankie mit einem Blick ab. Frankie hatte sich für diesen Anlass in einen Anzug mit Krawatte geworfen – da er ja nun mal die Rolle eines Anwalts spielte – und war der Meinung, dass er durchaus überzeugend aussah, wenn auch vielleicht nicht ganz so elegant wie ein Anwalt. Aber zumindest sah er recht förmlich aus, eigentlich mehr wie ein Polizist, also hatte der Barkeeper ganz gut geraten.

Der Barkeeper zeigte auf einen Tisch hinter Frankie. »Sehen Sie den alten Knaben dort drüben? Gehen Sie hin, und reden Sie mit ihm. Er wohnt praktisch hier. Er heißt Joe.«

Frankie bedankte sich bei ihm und ging mit seinem Glas rüber zu Joe. »Tag«, sagte er. »Was dagegen, wenn ich mich zu Ihnen setze?«

Joe sah überrascht von seiner Zeitung auf. Dann ließ er den Blick einmal durch den ganzen Pub schweifen, um sicherzugehen, dass Frankie mit ihm sprach. Frankie fand das ziemlich komisch, vor allem wenn er bedachte, dass nur etwa fünf weitere Personen in der Bar saßen.

»Zu mir setzen, wofür?«, fragte Joe.

»Der Barkeeper sagte, Sie seien Stammgast hier. Ich muss Ihnen ein paar Fragen stellen.«

Joe faltete seine Zeitung zusammen und winkte ihn zu sich ran. »Nur zu«, sagte er.

Frankie setzte sich und erzählte ihm die Anwaltsgeschichte, die er gerade dem Barkeeper aufgetischt hatte. Frankie schätzte Joe auf etwa fünfundsiebzig. Er hatte ein sonnengebräuntes Gesicht und war, bis auf ein paar schlohweiße, längliche Haare an den Seiten, fast auf dem ganzen Kopf kahl. Er trug ein hellblaues Hemd, das ungefähr bis zur Mitte der Brust aufgeknöpft war und das ein sonnengebräuntes V um seinen Hals und weiße Brusthaare weiter unten enthüllte. Er hatte eine tiefe, raue Stimme und sah, wie Frankie fand, wie ein Handwerker aus. Seine schwieligen Hände passten zur Stimme.

»Das war, glaub ich, am Montag«, sagte Joe. »Montagnachmittag.«

»Etwa um vier herum?«

»Ja, das stimmt. Ich saß natürlich hier. Sitze niemals woanders. Ich war gerade zum Tresen gegangen, um mir ein Bier zu holen, und als ich aus der Tür gucke, hab ich den ganzen Schlamassel gesehen.«

Er hatte Frankies ungeteilte Aufmerksamkeit. »Sie haben den ganzen Schlamassel gesehen?«, sagte er. »Können Sie mir sagen, was passiert ist?«

Joe nahm ein Schlückchen von seinem Bier, gerade mal so viel, dass seine Lippen feucht wurden. Auf diese Weise brauchte er wahrscheinlich eine Stunde, um es ganz auszutrinken. Er stellte das Glas bedächtig auf den Tisch und drehte sich mit dem Gesicht zu der Tür, durch die Frankie gerade eingetreten war. »Ich kam gerade vom Tresen und ging an der Tür da drüben vorbei. Ich sah den Laster des alten Knaben, der draußen geparkt war, und dann geht dieser junge, langhaarige Bursche zum Laster hin und zieht ihn raus.«

»Wie sah der junge Bursche aus?« Frankie wartete, während Joe sein Gedächtnis durchforstete.

»Er hatte lange, blonde Haare, fast bis zu den Schultern. Glatte Haare. Und er war unrasiert. Sah aus wie ein Schmutzfink.«

»So eine Art Hippie?«

»Ja, aber er hatte nicht die Statur eines Hippies. Ich fand das ein bisschen merkwürdig. Er sah stark aus, hatte Kondition. Man sieht nirgendwo Bodybuilder-Typen mit langen Haaren und Bärten.«

Frankie nickte. Das fand er auch. »Hat er ihn sofort aus dem Laster gezogen oder erst etwas gesagt?«

Joe sagte: »Gehen wir raus. Vielleicht kann ich mich besser erinnern, wenn ich da draußen bin.«

Sie ließen ihre Drinks und Joes Zeitung auf dem Tisch zurück und gingen gemächlich nach draußen. Joe war so groß wie Frankie, hatte aber einen schleppenden Gang, der wohl von schmerzenden Muskeln und alternden Knochen herrührte. Sie gingen zum Parkplatz, und Joe fing wieder an zu reden.

»Der Laster hatte hier geparkt«, sagte er und zeigte mit der Hand auf die Stelle. »Dann kam der junge Bursche an und machte sofort die Fahrertür auf. Der Fahrer saß drinnen und rauchte. Der junge Bursche sagte etwas, zog den Fahrer raus und drückte ihn an der Seite vom Laster hoch.«

Joe stellte beim Sprechen alles pantomimisch dar. Frankie dachte, dass dieser Typ eine Menge vor dem Fernseher sitzen musste. Er kannte alle richtigen Bewegungen. Es war, als würde man einem Stuntman bei der Probe für eine Kampfszene zusehen.

»Er krachte dem Fahrer mit der Rechten ans Kinn, dann mit der Linken in den Magen. Als er hinfiel, stieß er ihm das Knie ins Gesicht. Der Fahrer lag k.o. auf dem Boden.« Joe trat einen Schritt zurück, als ob gerade ein Körper vor ihm hingefallen wäre.

Frankie tat es weh, als er einen so präzisen Bericht darüber hörte, wie sein Vater zusammengeschlagen worden war. Aber wenigstens gab ihm dies ein genaueres Bild, wenn es auch gleichzeitig seine Wut schürte. »Was geschah dann?«, fragte er.

Das erste Mal, seitdem er mit seiner Kampfnummer begonnen hatte, sah Joe Frankie an und sagte: »Er ging einfach fort. Die Straße runter.«

»In welche Richtung?«

»Links ab. Ich war da schon nach draußen gegangen. Wenn ich jünger gewesen wäre, wäre ich hinter ihm hergelaufen. Aber du hast keine Chance, wenn du erst mal in meinem Alter bist.«

Frankie sah die Straße hinunter. »Hat das sonst noch jemand gesehen?«

»Ja«, sagte Joe, »ein paar Leute haben es von der Straße her beobachtet. Es haben sich auch ein paar um den Fahrer versammelt.«

»War er lange bewusstlos?«

»Nein. Irgendjemand hat ihm ein Glas Wasser über den Kopf geschüttet, und das hat ihn wieder zu sich gebracht. Wir haben ihm erzählt, dass die Polizei unterwegs ist, aber er ist einfach in seinen Laster gestiegen und weggefahren. Hat noch gesagt, er wolle nicht mit der Polizei reden.«

»Gibt es sonst noch irgendetwas an dem jungen Mann, an das Sie sich erinnern können?«, fragte Frankie. »Glauben Sie, dass er von hier war? Ich nehme an, das muss er wohl gewesen sein, wenn er einfach wegging.«

Darüber musste Joe nachdenken. Frankie wartete geduldig, dann sah er, wie dem alten Mann ein Licht aufging.

»Eine Sache war da noch«, sagte er. »Er hatte einen Rucksack. Er hat einen Rucksack aufgehoben und ihn sich über die Schulter gehängt. Darum muss er wohl so unrasiert und langhaarig gewesen sein. Er muss eine Zeit lang auf Reisen gewesen sein.«

Ein leichtes Kribbeln regte sich in Frankies Magengrube. Jetzt kamen sie endlich weiter. »Aber war er ein Penner? Ein Obdachloser?«

»Nein.« Joe schüttelte den Kopf. »Er sah zu gesund aus, zu stark. Er muss gerade aus dem Ausland zurückgekommen sein. Vielleicht irgendwo hingetrampt oder so was. Ich hab das auch gemacht, als ich jünger war. Außerdem hatte er Wanderstiefel an. Wanderstiefel, Jeans, grüner Anorak, weißes T-Shirt. Und er trug diesen Rucksack. Es ist schon erstaunlich, an was man sich alles erinnern kann, wenn man will.«

Frankie klopfte ihm auf die Schulter. »Sie waren mir eine große Hilfe, Joe«, sagte er. Er fasste in die Tasche und holte eine Zehn-Pfund-Note raus. »Kaufen Sie sich einen Drink. Oder, nein, kaufen Sie sich zwei!«

Joe streckte die Hand aus und griff nach dem Geld. »Das ist das erste Mal, dass ich von einem Anwalt Geld bekommen habe.« Er lachte leise vor sich hin. »Ich nehm es an.«

Frankie lachte, schüttelte Joes Hand und ging zu seinem Wagen zurück. Als er hinter dem Steuer saß, dachte er angestrengt darüber nach, was als Nächstes zu tun war. Er wusste jetzt mehr über den Mörder seines Vaters als vor einer Viertelstunde, aber wo, zum Teufel, sollte er als Nächstes suchen? Er beschloss, ein wenig durch die Gegend zu fahren und auf irgendeine Eingebung zu warten. Er warf den Motor an und bog links vom Parkplatz ab.

7

Bevor er am selben Freitag um sechs Feierabend machte, rief Detective Inspector Jesse Morgan beim Police National Computer in Hendon an, um herauszufinden, ob sie da irgendwelche Informationen über Frankie Bosser hatten. Der Mann am anderen Ende der Leitung erzählte ihm, dass Bosser dort als gesucht aufgeführt sei, aber sehr viel mehr wisse man nicht über ihn. Er sprach kurz über die Einfuhr von Alkohol aus Frankreich, dass Bosser der Nächste auf der Liste gewesen war, den man wegen der Sache hatte überprüfen wollen, und ein bisschen über Constable Cady, den Polizisten, den Bosser erschossen hatte.

Bosser war jetzt einundvierzig. Er war einsdreiundachtzig groß. Er hatte kurzes, blondes Haar. Morgan verließ sein Büro und ging nach Hause.

Auf der kurzen Fahrt zu dem Haus, das er gemietet hatte, hatte Morgan wichtigere Dinge im Sinn als Frankie Bosser. Heute Abend würde er Nicola aus dem *Red Lion* zum Essen ausführen, und zum ersten Mal seit langer Zeit spürte er wieder, wie Adrenalin durch seinen sonst so unerregten Körper strömte. Nachdem er Kiddie losgeworden war, hatte er sie gestern Mittag eingeladen, und zu seiner großen Überraschung hatte sie ohne Zögern angenommen. Morgans Erfahrungen mit Frauen hatten in letzter Zeit einiges zu wünschen übrig gelassen, und alles, was jetzt passierte, erschreckte und freute ihn zugleich. Vielleicht wendete sich sein Schicksal ja zum Guten.

Fünf Minuten später fuhr er seinen Zivilwagen auf den Parkplatz der Wohnsiedlung, in der er lebte. Es gab dort zwar eine Reihe von Garagen, aber er nutzte seine selten. Er kam immer auf einen kurzen Sprung herein und war dann wieder weg, und das Leben war zu kurz, um es damit zu verplempern, ständig irgendein Garagentor auf- und zuzumachen.

Morgan hatte eine Doppelhaushälfte mit drei Schlafzimmern gemietet, die etwa zehn Jahre alt war und ganz genau so aussah wie die übrigen Häuser in der Siedlung. Er schloss die Haustür auf und ließ seine Schlüssel auf den Flurtisch fallen. Er hob die Post vom Fußboden auf und stellte fest, dass nichts Interessantes dabei war. Also warf er alles in den Mülleimer, den er zu eben diesem Zweck an der Haustür stehen hatte. Dann ging er die schmale Treppe hoch in sein Schlafzimmer. Das Haus als »Haus mit drei Schlafzimmern« zu bezeichnen, war ein wenig übertrieben. Es gab ein großes Schlafzimmer, das nach vorne rausging, und zwei kleine Kaninchenställe. Morgan betrachtete es immer als Haus mit einem Schlafzimmer und zwei halbherzigen Versuchen.

Er ging ins erste der kleinen Zimmer am oberen Ende der Treppe und fing an, sich auszuziehen. Hier drinnen waren nur ein niedriges Doppelbett und ein Kleiderschrank – die Wände waren kahl, und es gab kein Nachtschränkchen. Morgan kam nur in dieses Zimmer, um sich umzuziehen oder zu schlafen, also verschwendete er keinen Gedanken an die Ausstattung. Er benutzte das große Schlafzimmer als zweites Wohn- und Lesezimmer und das andere kleine Schafzimmer, um Gerümpel abzustellen. Er hängte seinen Anzug in den Schrank, schmiss alles andere in einen Wäschekorb und ging ins Bad.

Er stand fünf Minuten unter der Dusche und seifte sich die Haare und den Bart ein. Er hatte den Bart erst seit einem Jahr. Von seinem vorherigen Schnurrbart hatte er sich getrennt, nachdem wirklich fast jeder, den er traf, zu ihm sagte, er sehe aus wie der amerikanische Schauspieler Dennis Weaver. Er war kein großer Fan von Weaver oder dem Provinzbullen McCloud, den er in einer Fernsehserie spielte. Wenn er jetzt in den Spiegel guckte, dachte Morgan, sah er ein bisschen aus wie der Countrysänger und Schauspieler Kris Kristofferson. Und weil nicht viele Leute Kristofferson kannten, war er mit seinem neuen Aussehen zufrieden. Der Bart ließ ihn außerdem etwas vornehmer und weltgewandter aussehen, und mit diesem Image konnte er leben. Trotzdem fühlte er sich ungefähr so weltgewandt wie mit zwanzig.

Morgan stieg aus der Dusche, trocknete seinen hageren Körper ab, föhnte sich Haare und Bart und ging zurück ins Schlafzimmer. Als er in den Kleiderschrank starrte, fragte er sich, was von seiner begrenzten Kollektion er wohl anziehen sollte. Er wollte etwas Elegantes und doch nicht zu Förmliches. Er konnte es nicht ausstehen, wie ein Bulle nach Dienstschluss auszusehen. Er entschied sich für ein Paar schwarze Jeans, ein cremefarbenes Hemd, ein hellbraunes Sportsakko und ein Paar Wildlederschuhe.

Zufrieden mit seinem Anblick ging er runter ins Wohnzimmer. Er machte die Stereoanlage an und legte eine CD von einem neuen Countrysänger namens John Berry auf. Dann ging er in die Küche, die Ausblick auf einen gepflegten Hintergarten mit einem Rasen und ein paar kleinen Büschen bot, die Morgan aber kaum Arbeit machten. Er öffnete sein Barfach und mixte sich einen Whisky Soda, weil er sich ein bisschen Mut antrinken musste. Dann setzte er sich an den Küchentisch und sah auf den Garten raus, während Berry im Hintergrund eine romantische Ballade sang. Morgan war schon immer ein Fan von Countrymusic gewesen, seit seinen Teenagerzeiten, und er fand es komisch, dass sie jetzt in Mode gekommen war. Früher war er nämlich von seinen Freunden als Spießer angesehen worden, weil er so einen Hinterwäldlerschrott mochte. ›Alles Gute kommt irgendwann wieder‹, dachte er, als er seinen Whisky vernichtete.

Er wollte gerade den CD-Player abschalten, als Berry anfing, einen alten Song von Bruce Springsteen mit dem Titel *Thunder Road* zu singen. Morgan gefiel Springsteens Version zwar besser, aber dies hier war auch nicht schlecht. Er stand mitten im Wohnzimmer und dachte an ein Springsteen-Konzert vor vielen Jahren in Brighton, noch bevor Bruce richtig berühmt geworden war. Das war einer der Höhepunkte seines Lebens gewesen, eine Nacht voller lauter, aufpeitschender Musik und mit tanzenden Leuten zwischen den Stuhlreihen. Morgan war mit der Menge auf und ab gesprungen, kaum drei Meter von Springsteen entfernt. Das Konzert hatte ihn noch über zwei Wochen unter Strom gehalten, und das Leben schien plötzlich voller Möglichkeiten. Dann, ein paar

Monate später, war Morgan zur Polizei gegangen. Wenn Bruce ihn jetzt sehen könnte, dachte er, was würde er wohl denken?

Als der Song zu Ende war, machte er die Anlage aus, griff nach seinem Autoschlüssel und ging aus der Haustür. Er hatte sich mit Nicola in einem Pub in Woodvale verabredet und wollte vor ihr dort sein, sie sollte nicht allein dort warten müssen, und außerdem würde das eine Ausrede für einen weiteren Drink abgeben. Zuvor musste er aber unbedingt seinen Wagen bei der Polizeiwache abstellen und sich von jemandem in den Pub fahren lassen. Er hatte sich vorgenommen, sich heute Abend ein paar Drinks zu genehmigen, und dann konnte er schließlich nicht mehr selbst fahren.

Als Nicola reinkam, saß er im *Bell* am Tresen und hatte sich fast ganz durch ein Pint Murphy's gearbeitet. Morgan betrachtete sie, als sie mit lächelndem Gesicht auf ihn zukam. Sie trug ein Paar Bluejeans, braune Stiefel und eine schwarze Bluse. Sie war mittelgroß und hatte schlanke, eine Spur krumme Beine. Ihr kurzes, dunkles Haar sah frisch gewaschen aus, und sie war nicht geschminkt. Morgan fand, sie sah ein bisschen aus wie Sandra Bullock, die Schauspielerin aus *Speed*. Bei dem Gedanken lächelte er. Sandra und Kris bei ihrem ersten gemeinsamen Rendezvous.

Als sie näher kam, stand er vom Hocker auf und sagte Hallo.

Nicola sagte: »Trinken Sie aus, und kommen Sie mit. Ich habe es mir anders überlegt mit dem Essen im Restaurant.«

Morgan griff nach seinem Murphy's. »Sie meinen, Sie wollen unsere Verabredung absagen?«

Nicola schüttelte den Kopf. »Nein. Ich lade Sie zu mir ein. Ich habe uns Essen gekocht. Wir können auf dem Weg noch Wein kaufen.«

Morgan gefiel diese Idee, und er kippte sein Bier auf einmal runter. »Gehen wir«, sagte er.

Als sie die Woodvale High Street hochgingen, hatte sich Nicola bei ihm untergehakt. Es war ein warmer Sommerabend, und es würde noch etwas dauern, bis es dunkel wurde. Es war einer dieser

Abende, an dem es großartig war, auf der Welt zu sein, dachte Morgan. Man lebte in England und ging mit einer hübschen Frau im Arm spazieren. Seine Melancholie von vorher war verflogen.

»Wie kommt's, dass Sie Jesse heißen?«, fragte Nicola. »Das ist ein ungewöhnlicher Vorname.«

Morgan lachte vor sich hin. Diese Frage hatte man ihm schon öfter gestellt. Es wunderte ihn, dass Nicola ihn nicht schon früher gefragt hatte, aber andererseits hatten sie im *Red Lion* auch nie viel miteinander gesprochen.

»Mein Vater hat ihn ausgesucht«, sagte er. »Er war ein großer Westernfan. Er wollte, dass sein Sohn einmal Cowboy wird, aber logischerweise standen die Chancen dafür in England ziemlich schlecht. Also gab er mir stattdessen einen Cowboynamen. Scheint so, als hätte er damit nicht weit danebengelegen. Aus mir ist schließlich so etwas wie ein Sheriff geworden.«

»Sie sehen auch wie ein Cowboy aus«, neckte Nicola. »Mit diesem Bart. Ich sehe Sie vor mir, wie Sie in einen Saloon gehen für einen Whisky und eine Schießerei.«

»Nicht viel Gelegenheit für eine Schießerei in Woodvale.«

»Wem sagen Sie das? Wann passiert hier eigentlich endlich mal was?«

Sie machten bei einem Schnapsladen halt und kauften zwei Flaschen italienischen Wein. Dann war es nur noch ein kurzer Weg zu Nicolas Wohnung. Sie schloss die Tür auf, die zwischen zwei Geschäften lag, und führte ihn in ein Treppenhaus ohne Tapeten an den Wänden, das zu den darüber liegenden Wohnungen führte. Sie gingen einen geraden, mit Linoleum belegten Korridor entlang, der schummerig beleuchtet war. Nicola bemerkte Morgans besorgten Blick und sagte: »Keine Sorge, die Wohnungen sind in Ordnung.«

Sie öffnete die Tür der Wohnung Nummer sechs und ließ ihn rein. Er hängte sein Sakko im Flur auf und folgte ihr in ein großes Zimmer. Es war ein Atelierappartement, und zur Linken war ein Doppelbett. Auf der anderen Seite war eine große Fensterfront, und daneben standen ein kleines Sofa und ein Sessel, ein Fernseher und eine Stereoanlage. Morgan ging rüber und sah aus dem Fenster. Unten war ein Parkplatz für die Anwohner, und dann, hinter ein paar Bäumen, konnte er Woodvale Priory sehen. Manchmal ging er zum Joggen dahin. Es gab dort ein paar Ententeiche, Fußballfelder und sanft ansteigende Hügel, nur waren sie leider etwas weniger sanft ansteigend, wenn man versuchte, sie hochzurennen.

»Schöner Ausblick«, sagte er. »Gehört die Wohnung Ihnen?«

Nicola stellte sich zu ihm. »Ich habe sie vor einem halben Jahr gekauft. Ich musste unser Haus verkaufen, als David starb, und habe dafür dies hier gekauft.«

Morgan sah sie geschockt an. »Da komme ich nicht mit«, sagte er. »War David Ihr Mann?«

Nicola nickte. »Ich dachte, Sie hätten das gewusst.«

»Woher sollte ich«, sagte Morgan. »Wir haben im Pub nur über belangloses Zeug geredet.«

»Ich dachte, jeder hier weiß das. Sie sehen mich immer so mitfühlend an, als ob ich niemals darüber hinwegkommen würde. Ich werde es wahrscheinlich auch nicht, aber auf dieses ewige Mitleid kann ich verzichten.«

»Wie lange ist das her?«

»Anderthalb Jahre. Leberkrebs. Von der Diagnose bis zum Tod dauerte es sechs Monate. Es war eine schreckliche Zeit.« Nicola lachte bitter. »Das ist wohl die größte Untertreibung des Jahres.«

»Das ist schlimm. Es tut mir Leid. Ich wusste das nicht.« Morgan wusste nicht, was er sonst hätte sagen können.

»Trinken wir doch etwas«, sagte Nicola.

Sie gingen in die Küche, wo ein kleiner, schon gedeckter Küchentisch stand. Nicola griff in eine Schublade und holte einen Korkenzieher raus.

»Hier«, sagte sie und reichte ihn Morgan. »Männer können das viel besser.«

Morgan kümmerte sich um die beiden Flaschen, während Nicola zwei große Gläser rausholte und zwei Eiswürfel in jedes fallen ließ. Er schenkte großzügig den Wein ein und stellte die Flaschen dann in den Kühlschrank. Er hob sein Glas und sagte: »Cheers.« Sie stießen miteinander an.

Das Essen, das Nicola vorbereitet hatte, bestand aus einem Salat, Schinken, verschiedenen Käsesorten und Baguette. Sie unterhielten sich über Morgans Laufbahn bei der Polizei. Es folgte eine kurze Übersicht über die letzten zwanzig Jahre. Er war mit sechsundzwanzig Polizist geworden, zunächst einmal bei der Metropolitan, dann der River Police, und dann hatte er sich langsam aus der Stadt hinaus in die Randgebiete vorgearbeitet. Er war etwa fünf Jahre lang in Borough Heath im Süden Londons gewesen, ehe er weiter in Richtung Süden, in diese wohlhabende, feine Gegend von Surrey gezogen war.

»Ich dachte, es würde mir hier besser gefallen«, sagte er, »auf dem so genannten Land, aber es ist so langweilig, dass ich manchmal daran denke, alles hinzuschmeißen.«

»Könntest du nicht einfach kündigen und eine gute Pension kassieren?«

»Könnte ich schon, aber was soll ich dann tun? Zum privaten Wachdienst gehen und fett und träge werden?«

»Du könntest einen Pub aufmachen, und ich könnte dir dabei helfen.« Nicola nahm noch einen Schluck Wein und lachte. Sie waren jetzt bei der zweiten Flasche angekommen, der Salat war alle, die Krümel vom Baguette lagen auf den Tellern.

»Wenn ich in einem Pub arbeiten würde, würde ich zum Alkoholiker«, sagte Morgan. »Ich trinke jetzt schon zu viel. Wie lange bist du schon im *Red Lion*?«

»Erst seitdem David tot ist. Nachdem ich das Haus verkauft hatte, hatte ich noch ein ganz hübsches Sümmchen übrig, also brauchte ich keinen Vollzeitjob. Außerdem war David auch noch gut versichert, Gott hab ihn selig. Manchmal denke ich, vielleicht sollte ich wieder ganztags arbeiten, damit ich auf andere Gedanken komme, aber dann wieder denke ich, wozu auch? So wichtig ist die

Arbeit nicht. Ich verdiene lieber weniger Geld und treffe mich dafür die übrige Zeit mit meinen Freunden. Oder ich fahre nach London, wenn ich mich ein bisschen amüsieren will. Ich gehe gern in Konzerte.«

»Welche Art Konzerte?«

»Ich mag Rockkonzerte oder Countrymusic, so was in der Richtung.«

Fast hätte Morgan sein Weinglas fallen lassen. »Du magst Countrymusic?«, fragte er erstaunt. »Ich auch. Wen findest du gut?«

»Komm mit, und sieh dir meine Plattensammlung an.«

Sie gingen mit ihren Weingläsern ins Wohnzimmer und setzten sich vor der Stereoanlage auf den Fußboden. Die folgenden Stunden brachten sie damit zu, Musik zu hören und sich durch Nicolas CD-Sammlung zu arbeiten. Sie legte Nanci Griffith auf, und Morgan verliebte sich auf der Stelle in ihre Stimme. Dann spielte Nicola etwas von Rosanne Cash und Iris DeMent, zwei weiteren großartigen Sängerinnen. Schließlich legten sie Lyle Lovett auf.

»Weißt du, wie das war, als ich das erste Mal Lyle Lovett gehört habe?«, sagte Morgan zu Nicola. Der Wein war jetzt leer, und sie schlürfte an einem Baileys, während Morgan mit einem Bell's beschäftigt war. »Das war, als ich in Borough Heath gearbeitet habe, vor etwa vier Jahren. Da war dieser Typ, den man dort eines Abends überfallen hatte und der rausfinden wollte, wer ihn überfallen hatte, um sich irgendwie zu rächen. Die ganze Sache endete in einem furchtbaren Schlamassel. Tja, ich bin also losgezogen, um diesen Typen beim dortigen YMCA aufzusuchen, wo er abgestiegen war. Als ich in sein Zimmer kam, lief Lyle Lovett in seinem Kassettenrekorder. Ein paar Tage später habe ich mir eine von seinen Platten gekauft. Mir gefiel sie sehr gut. Ich fand, das war geistreiche, witzige Countrymusic. Dann wurde dieser Typ beim YMCA zu meinem großen Erstaunen in eine Anklage wegen Totschlags verwickelt. Innerhalb von ein paar Tagen hatte er sein Leben fast vollständig ruiniert. Ich konnte mir nicht vorstellen, wie es so weit gekommen war. Ich dachte, wenn jemand intelligent genug ist, Lyle Lovett zu hören, warum sollte er es dann zulassen, dass er in ein Verbrechen reingezogen wird?«

»Du willst damit also sagen, dass alle Kriminellen einen schlechten Musikgeschmack haben?«

»Ich meine, kein Krimineller hört wahrscheinlich ernsthafte Musik. Jede Art von Musik erzeugt Emotionen, und Countrymusic macht dich ganz bestimmt nicht aggressiv. Eher im Gegenteil, würde ich sagen.«

»Ich glaube, das verallgemeinerst du. Ich bin sicher, dass selbst Mörder ernsthafte Musik hören«, sagte Nicola.

»Vielleicht. Aber ich war trotzdem enttäuscht. Ich kann mit Fug und Recht behaupten, er war der erste Mensch, den ich verhaftet habe, der Countrymusic mochte. Jedenfalls, soweit ich weiß. Natürlich kenne ich nicht den Musikgeschmack von jedem, den ich eingesperrt habe.«

»Das wäre eine interessante Untersuchung. Vielleicht gibt es irgendwelche Gemeinsamkeiten zwischen dem, was Verbrecher so hören. Vielleicht treiben bestimmte Beats oder Rhythmen sie in die Kriminalität.«

»Vielleicht könnte ich das in meine Verhöre einbringen. ›Was ist denn nun Ihre Lieblingsmusik?‹ Das würde sie glatt umhauen.«

Nicola lachte. »Vielleicht hast du auch nur zu viel getrunken.«

Morgan nickte. »Und morgen muss ich arbeiten.«

»Frühschicht?«

Morgan nickte. »Von sechs bis zwei. Dann eine Woche von zwei bis zehn, dann eine Woche von zehn bis sechs. Natürlich mit freien Tagen dazwischen. Aber im Ernstfall musst du rund um die Uhr auf Abruf sein. Aber seitdem ich hier bin, ist noch kein besonderer Ernstfall gewesen.«

Aus der Anlage tönte Lyle Lovetts *Closing Time*. Sie saßen dort und hörten sich den Text an, in dem es darum ging, dass man eine Bar schloss und nach einer Nacht voller Musik und Zecherei die Gäste loswerden wollte. Es schien ein passendes Lied zu sein, um den Abend zu beenden.

»Ich glaube, er möchte uns etwas sagen«, sagte Morgan, als es vorbei war.

Nicola sah auf die Uhr an der Stereoanlage. »Halb eins. Er könnte Recht haben.«

Eine unbehagliche Stille, die erste an diesem Abend. Dann rappelte sich Morgan langsam auf und reckte sich.

»Kann ich mal telefonieren?«, fragte er. »Ich brauche ein Taxi.«

Während sie auf das Taxi warteten, unterhielten sie sich noch ein bisschen über Countrymusic. Morgan lächelte sie an. Er fühlte, dass sich tief in seinem Inneren etwas regte, ein Gefühl, das er seit langer Zeit nicht mehr gespürt hatte. Er wäre so gerne länger geblieben. Aber sein geschulter Polizistenverstand machte ihm immer einen Strich durch die Rechnung und hielt ihn zurück, wenn er sich manchmal vielleicht einfach hätte gehen lassen sollen. Aber er wusste, dass der richtige Moment noch kommen würde. Dies würde ganz bestimmt zu etwas führen, dessen war er sich so sicher wie seit Jahren nicht mehr.

Es klingelte an der Tür, er schreckte auf und kam auf die Beine.

»Was geschah dann mit dem Lyle-Lovett-Fan?«, fragte Nicola, als sie zur Wohnungstür gingen. »Ist er in den Knast gewandert?«

Morgan schüttelte den Kopf. »Nein. Er kam mit Bewährung davon.«

»Also hört er wahrscheinlich immer noch dieselben Platten?«

»Wahrscheinlich. Und ich hoffe, er hat aus seinen Fehlern gelernt.«

Morgan dankte ihr für den Abend und küsste sie auf die Wange. Er fand, sie sah ein wenig enttäuscht aus.

Dann ging er den Korridor runter. Er würde warten, bis er auf der Treppe außer Sicht war, ehe er mit seinen Freudensprüngen begann.

8

Jason Campbell verbrachte den Großteil des Samstags damit, sich zu fragen, ob er vielleicht einen großen Fehler gemacht hatte. Er war unten im Keller, übte auf seinem Keyboard und versuchte, das Mittelstück für einen neuen Song zu schreiben. Und er gab sich alle Mühe, Karl nicht über den Weg zu laufen, der gerade noch mehr Autos und Plunder rankarrte. Jasons Mini war jetzt auf der Straße vor dem Haus geparkt, und es sah so aus, als würde er von nun an für immer dort stehen, während Karl die gesamte Auffahrt und Garage in Beschlag genommen hatte.

Nachdem er die ersten beiden Wagen gebracht hatte, blieb Karl für den Rest des Freitags verschwunden, und Jasons zweite Unterrichtsstunde war in Ruhe und Frieden über die Bühne gegangen. Aber heute war Karl wieder da mit dem dritten Wagen und noch mehr Singsang in der Auffahrt. Dann brachte ihn sein Freund nach Redgate zurück, um das vierte Auto zu holen. Außerdem hatte Karl gefragt, ob er für den Abend ein paar Freunde zu einer Einweihungsparty einladen könnte. Jason hatte gefragt, wie viele Freunde, und Karl hatte geantwortet, vier oder fünf. Widerstrebend hatte Jason zugestimmt. Jetzt machte er sich langsam Sorgen. Er hörte auf zu spielen, lief die Treppe hoch und ging ins Wohnzimmer. Da Karl zweifellos jeden hier reinholen würde, ließ er den Blick einmal durch den Raum schweifen, um rauszufinden, ob es hier etwas Zerbrechliches oder Stehlenswertes gab. Er beschloss, seinen Hi-Fi-Turm und seine ganzen CDs und Kassetten besser mit in sein Schlafzimmer zu nehmen.

Jetzt saß Karl am Steuer eines cremefarbenen Azura und fuhr ihn auf die Auffahrt in der Naughton Road. Er parkte ihn sauber hinter dem roten Fiat ein und trug eine weitere Kiste mit Krimskrams zur Haustür. Mit dem Karton im einen Arm schloss er die Tür auf. Als er in den Flur trat, kam Jason gerade mit einem Stapel CDs aus dem Wohnzimmer.

»Hey, Jason«, sagte er. »Was hast du denn vor?«

»Ich räume nur das Wohnzimmer für deine Party aus«, sagte Jason. »Damit du genug Platz für deine Gäste hast.«

Karl sah auf die CDs, die Jason in der Hand hielt.

»Vertraust du uns denn gar nicht? Glaubst du, dass ein paar von denen verloren gehen?«

»Man weiß ja nie«, erwiderte Jason. »Vertrauen ist gut, Kontrolle ist besser.«

Dann ging er mit seiner Fracht an Karl vorbei die Treppe hoch. Karl folgte ihm und betrachtete Jasons nackte Beine. Er trug grüne Shorts, in die er ein blaues Hemd gesteckt hatte, und braune Lederschuhe mit grauen Socken.

»Schöne Beine, Jason«, ulkte er, und Jason sah lachend über seine Schulter. Nun ja, das war wenigstens ein Fortschritt, dachte Karl.

Als sie oben am Treppenabsatz angekommen waren, fragte Karl: »Nimmst du deine Anlage auch mit?«

»Ich denke schon«, sagte Jason. »Ich werde jetzt wohl immer in meinem Zimmer Musik hören.«

Karl sah in das kleine Schlafzimmer, das Jasons Zufluchtsort werden sollte. Drinnen hingen Poster von Rocksängern an den Wänden, die Karl nicht kannte, außerdem standen da ein kleines Bett und zwei Kommoden. Statt eines Fensters hatte es eine Doppeltür, die auf einen kleinen Balkon führte.

»Hab gar nicht gewusst, dass du einen Balkon hast«, sagte Karl.

»Ich möchte bei Sonnenuntergang ein bisschen draußen sitzen«, antwortete Jason, »und ein Gläschen Wein trinken.«

Karl fühlte Neid in sich hochkommen.

»Du willst nicht zufällig die Zimmer tauschen, oder?«, fragte Jason.

»Vergiss es.« Karl schüttelte den Kopf. »Ich muss mich breit machen können. Du kannst es behalten.«

Er ging in sein Schlafzimmer und stellte die neue Kiste auf den Teppich. Dann musste er sich um die anderen Kisten schlängeln, um an die Stereoanlage auf dem Fußboden zu kommen. Er begann damit, Strippen rauszuziehen und zu entwirren, was ein bisschen lästig war, nachdem er einen Tag zuvor alles eingestöpselt hatte. Wenn aber Jason nun mal kleinlich sein und alle seine Sachen verstecken wollte, bedeutete das, dass Karl seinen Kram ins Wohnzimmer bringen und zu guter Letzt ein weiteres Zimmer in Beschlag nehmen konnte. Die Dinge sahen immer rosiger aus.

Wie er sein ganzes Eigentum so zusammenraffte, kam Jason sich so vor, als würde er sich verstecken. Ihm war, als würde er auf den drohenden Konflikt warten, sich vergraben und in seinem Bunker Schutz suchen.

Als er seine CDs und die Anlage ins Schlafzimmer geholt hatte, setzte er sich aufs Bett und blies Trübsal. Am liebsten hätte er Heather angerufen und ihr erzählt, was hier los war, aber das Telefon war unten im Flur, und er wollte nicht, dass Karl mithörte. Vielleicht sollte er sie von einer Telefonzelle aus anrufen. Ja, das war eine gute Idee. Würde ihn auch von Karls Anwesenheit erlösen.

Jason schnappte sich sein Portemonnaie und die Hausschlüssel und ging nach unten. Er kontrollierte, ob die Kellertür verschlossen war, und verließ dann das Haus. Es war ein strahlender Tag, und er hatte auf der Stelle wieder gute Laune. Er bog links ab und ging an den stillen Häusern seiner Nachbarn vorbei, schlenderte durch eine Siedlung von gemütlichen Doppelhäusern und kam schließlich auf die Straße, die direkt nach Woodvale reinführte. Neben einer Autowerkstatt fand er eine Telefonzelle und wählte Heathers Nummer. Er telefonierte normalerweise einmal die Woche mit ihr, also war es nichts Außergewöhnliches, dass er sie anrief. Sie war aber nicht zu Hause. Er ließ es etwa fünfzehn Mal klingeln und gab dann auf.

Weil er nicht nach Hause zurückwollte, lief er weiter in Richtung der Geschäfte. Er konnte im kleinen Plattenladen vorbeischauen und nachsehen, ob sie irgendetwas runtergesetzt hatten, und dann vielleicht weiter in die *Ancient-House*-Buchhandlung – ein kleines, altes Gebäude mit Deckenbalken – gehen und ein wenig rumstöbern. Plattenläden und Buchläden. Er fühlte sich, als hätte er sein ganzes Leben dort verbracht.

Nachdem er seine Anlage im Wohnzimmer aufgebaut hatte, fuhr Karl mit dem Fiesta Azura hundert Meter die Straße hoch und hielt vor einem Getränkemarkt. Er marschierte rein und kaufte vier Kisten Bier, sechs Eineinhalb-Liter-Flaschen Wein, zwei Flaschen Wodka, ein paar alkoholfreie Getränke und verschiedene Sorten Chips und Nüsse. Er schaffte es, einen Preisnachlass von zehn Prozent auf den Wein auszuhandeln – keine Chance beim Bier und Wodka –, zahlte in bar und holte sich dann einen Mitarbeiter, der ihm beim Einladen half. Er fuhr den Azura nach Hause und begann, ihn auszuladen.

Er brachte die Getränke in die Küche und machte den Kühlschrank auf. Alle Fächer waren mit Jasons Fressalien voll gestellt. Da waren Joghurt, Käse, Gemüse, eine halbe Flasche Wein und ein Haufen anderer Dinge in Papiertüten und Alufolie verpackt. Karl fluchte. Wie, verdammte Scheiße noch mal, sollte er den ganzen Alk da reinkriegen?

Er ging den Flur runter und rief an der Treppe nach Jason. Keine Antwort. Er ging zur Kellertreppe und rief noch mal. Nichts.

Als er wieder in der Küche war, fand er einen schwarzen Müllsack und fing an, Jasons ganze Esswaren aus dem Kühlschrank zu nehmen und in ihn reinzustopfen. Er stellte den Müllsack auf den Küchentresen und begutachtete den leeren Kühlschrank.

Er riss die Plastikfolie vom Bier auf und begann damit, die Dosen einzustapeln. Er dachte, vielleicht sollte er besser auch noch ein bisschen Wein da reinstellen, aber er konnte sich nicht erinnern, ob es Weißer oder Roter war, den man kühlen sollte. Er steckte einen von jeder Sorte rein.

Dann machte er die Kühlschranktür zu und stellte die übrig gebliebenen Getränke auf den Tresen neben den Müllsack. Er würde den Kühlschrank einfach wieder auffüllen müssen, wenn er leer war.

Zufrieden mit seinem Morgenwerk ging er nach oben ins Badezimmer und ließ sich ein Bad ein. Da war auch eine Dusche, freute er sich zu sehen, aber was er brauchte, war ein schöner, langer Einweichgang, damit sein Körper gut roch, falls er heute Abend Glück haben sollte. Als er sich auszog, fragte er sich, wer wohl alles aufkreuzen würde. Er hatte gestern ein bisschen rumtelefoniert und erwartete eine satte Anzahl von Gästen. Etwas mehr als die vier oder fünf, von denen er Jason erzählt hatte.

Nachdem er ein paar Stunden in Woodvale verbracht hatte, machte sich Jason auf den Weg nach Hause. Er hielt ein gebrauchtes Exemplar von *No One Here Gets Out Alive* in der Hand, eine Biografie von Jim Morrison, die er schon immer hatte lesen wollen. Er hatte sie in einem der Secondhandbuchläden neben dem *Ancient House* gefunden. Er hielt bei einer anderen Telefonzelle an und versuchte es noch einmal bei Heather – aber wieder ohne Erfolg.

Als er nach Hause kam, war es nach zwei und Zeit fürs Mittagessen. Er ging in die Küche und öffnete den Kühlschrank.

Karl weichte in der Badewanne vor sich hin, als er das Bummern an der Tür hörte.

»Karl, bist du da drin?«

Es war Jason, und er klang wütend.

»Bade gerade, altes Haus. Was ist denn los?«, sagte Karl durch den Dampf.

»Wo ist das ganze Essen aus dem Kühlschrank? Du hast es nicht in den Garten geschmissen, oder?«

»Natürlich nicht. Guck in den Müllsack. Es ist alles da drin.«

»Wie, zum Teufel, glaubst du, soll es in einem Müllsack frisch bleiben?«

»Es ist ja nur für ein paar Stunden«, sagte Karl. »Nach der Party kannst du es wieder in den Kühlschrank stellen. Oder weißt du was? Ich werde es selbst für dich wieder reinstellen.«

»Wir haben etwa fünfundzwanzig Grad draußen. Ich glaube nicht, dass es sich so lange halten wird.«

Karl wurde langsam sauer. Wer war denn diese Niete schon? Warum dieser ganze Hickhack um die paar Fressalien? Er kletterte aus der Wanne und schloss die Tür auf. Klatschnass und splitternackt stand er vor Jason und fragte: »Was ist dein Problem, Jason?«

Jason fühlte sich unbehaglich, als er auf einen nackten Karl starrte. Er wusste, dass Karl dies tat, um ihn aus der Fassung zu bringen. Er spürte förmlich, dass dort ein riesiger Penis hing, war aber wild entschlossen, ihn nicht anzusehen.

»Du kannst nicht einfach das Essen aus meinem Kühlschrank nehmen. Ich schwimme nicht im Geld.«

»Also Geld ist das Problem, ja?«

Jason schüttelte den Kopf. »Es geht ums Prinzip, das ist das Problem. Es gehört sich nun mal, dass du fragst, bevor du fremde Sachen in die Finger nimmst.«

»Ich wollt dich ja fragen«, sagte Karl, »aber du warst nicht da.«

»Du hättest warten können, bis ich zurück bin.«

»Ich wusste nicht, ob du zurückkommst.«

»Mein Wagen steht noch draußen. Ich hätte nicht weit kommen können.«

»Leck mich doch am Arsch!«

Dann drängte sich Karl an ihm vorbei und stürmte in sein Schlafzimmer. Jason stand am Treppenabsatz und fragte sich, was er wohl holen würde. Ein Messer? Eine Pistole?

Aber Karl kam zurück mit einer Zehn-Pfund-Note in der Hand.

»Hier«, sagte er. »Nimm das. Das müsste für alles reichen, was vergammelt.«

Jason nahm das Geld und trat zur Seite, damit Karl zurück ins Badezimmer gehen konnte. Die Tür fiel laut hinter ihm ins Schloss.

Jason war mit sich zufrieden, als er nach unten ging, glücklich, dass er Karl die Stirn geboten und auch noch einen Zehner dabei rausgeholt hatte. Der würde bequem für alle Fressalien reichen, die schlecht wurden.

Gegen acht Uhr war Karl startbereit für die Party. Er trug ein weißes kragenloses Hemd, schwarze Lederjeans und schwarze Stiefel. Er betrachtete sich aufmerksam im großen Spiegel seiner Kleiderschranktür und dachte: ›Das ist so cool, cooler geht's nicht.‹

Er ging aus seinem Schlafzimmer und sah, dass Jasons Zimmertür verschlossen war. Er klopfte leise an die Tür.

»Jason, bist du da drin?«

Die Tür ging auf, und Jason erschien, immer noch in seinen Shorts. Die Tür zu seinem Balkon war offen, und Karl sah eine Flasche Rotwein und ein Glas neben einem Stuhl auf dem Boden stehen. Aus dem Zimmer plätscherte irgend so ein seichtes Gedudel.

»Alles klar?«, fragte Karl.

»Wunderbar«, sagte Jason. »Noch eine Flasche Wein, und es wird mir sogar noch besser gehen.«

»Du solltest einen Gang zurückschalten. Die Party hat noch nicht mal angefangen.«

»Ich bin kein großer Partygänger. Ich bleibe einfach in meinem Zimmer.«

Karl nickte. Das hatte er sich schon gedacht. »Na ja, falls du's dir anders überlegst, komm einfach runter. Da sind bestimmt noch ein paar Bräute über.«

»Mal sehen, wie ich drauf bin.«

»Okay. Bis später.«

Karl ging runter und holte sich ein kaltes Bier aus dem Kühlschrank. Ihm fiel auf, dass der Müllsack mit dem Essen verschwunden war. Wahrscheinlich hatte Jason ihn in seinem Zimmer, damit kein anderer ihn anrühren konnte. Vielleicht würde er heute Abend alles aufessen, bevor es schlecht wurde.

Karl machte einen der Schränke auf und holte ein paar Schüsseln und Teller raus. Er öffnete Chips- und Nusstüten, schüttete sie aus und brachte alles ins Wohnzimmer.

Im Wohnzimmer lag ein pinkfarbener Teppichboden mit diversen Läufern drauf. Karl rollte die Läufer zusammen und ließ sie hinter das Sofa plumpsen, das er bereits ans Vorderfenster gerückt hatte. Er schob die beiden Sessel an die Wand – falls irgendwer tanzen wollte – und stellte fest, dass Jason auch seinen Fernseher und Videorekorder mitgenommen hatte. Als er dann im CD-Player etwas Soulmusik aufgelegt hatte, setzte er sich in einen Sessel und knabberte ein paar Chips. Er fragte sich, wer wohl zuerst auftauchen würde. Die meisten Leute würden warten, bis die Pubs geschlossen hatten, aber das machte ihm nicht besonders viel aus. Er hatte einen ganzen Kühlschrank voller Alk, der ihm Gesellschaft leisten würde.

Nach einer Flasche Rotwein sahen die Dinge für Jason etwas weniger trostlos aus. Er saß auf dem Balkon, sah auf seinen Garten und die Hintergärten der Häuser gegenüber, aß aus dem schwarzen Müllsack, und aus seiner Stereoanlage hinter ihm im Schlafzimmer kam Jackson Browne. Als er sich halb durch die zweite Flasche gearbeitet hatte, sahen die Dinge sogar ziemlich rosig aus. Unten war es immer noch ruhig, und er dachte, vielleicht würden Karls Freunde ja gar nicht aufkreuzen, und der ganze Abend wäre dahin. Er hoffte, dass das passieren und Karl so von seinem hohen Ross fallen würde.

Er beobachtete, wie die Sonne am Horizont versank, und so gegen neun Uhr wurde es langsam dunkel.

Von unten konnte er Musik hören, aber nicht zu laut, ein paar Stimmen, aber keiner schrie oder benahm sich daneben. Er holte seinen Kram vom Balkon und schloss die Glastüren. Dann legte er sich auf sein Bett und las weiter in *No One Here Gets Out Alive*.

Dann schloss er die Augen. Seine Augen fühlten sich schwer an, und er fiel in einen weinseligen Schlaf. Er träumte von Heather, küsste sie unten im Keller. Jason hatte seine Hose aufgemacht, aber sonst passierte nicht viel mehr. Dann rasierte sich Heather die ganzen Haare ab. Sie sah plötzlich aus wie Sinead O'Connor. Jason wachte auf.

Er sah rüber zur Uhr auf dem Nachtschrank. Es war zwei Uhr morgens. Sein Schädel dröhnte. Auch von unten dröhnte es hoch. Das Haus war zum Leben erwacht.

Jason schleppte seine schmerzende Blase zur Toilette am Treppenabsatz. Er war froh, dass unten noch eine war, sodass nicht die ganze Nacht lang irgendwelche Leute hier raufmarschierten. Aber die Toilette war abgeschlossen.

Er ging durch den Flur zurück ins Badezimmer und machte das Licht an. Da stand ein kurz geratener, blonder Typ und pisste ins Waschbecken.

»Herrgott noch mal!«, sagte Jason. »Was zum Teufel machst du denn da?«

Der Bursche sah über die Schulter. »Ins Waschbecken pissen«, sagte er und lachte.

Jason schüttelte ungläubig den Kopf. Er konnte sich nicht dazu aufraffen, einen Streit vom Zaun zu brechen. Und war er nicht selber auch zu diesem Zweck hier reingekommen? »Gut, aber wisch es nachher wieder sauber«, sagte er und ging dann raus, um vor der Klotür zu warten.

Nach einer Minute ging die Toilettenspülung, und ein Mädchen Anfang zwanzig kam raus. Er begrüßte sie und stellte sich vor. Sie schien ihm ein wenig angeschickert zu sein, war aber ganz hübsch.

»Ich hab dich noch gar nicht gesehen«, sagte sie. »Kommst du runter zur Party?«

»Ich glaube nicht«, sagte Jason. »Ich bin ein bisschen müde.«

»Ach, komm schon, es wird dir bestimmt gefallen«, sagte das Mädchen und machte sich auf den Weg nach unten. »Ich werde auf dich warten«, sagte sie über die Schulter und kicherte.

Jason ging ins Klo, und als er rauskam, fühlte er sich leichter. Er beschloss runterzugehen, um nach dem Mädchen zu sehen. Aber vorher ging er zurück in sein Zimmer und zog sich die Shorts aus.

Karl sah Jason in der Wohnzimmertür stehen und dachte: ›Wunder gibt es immer wieder.‹ Er nahm seine Hand aus der Bluse des Mädchens, das neben ihm auf dem Sofa saß, und torkelte rüber, um ihn zu begrüßen.

»Jason, altes Haus!«, überbrüllte er die Musik. »Du kommst reichlich spät, aber ich bin froh, dass du's noch geschafft hast.«

Jason lächelte ihm zu, er schien einen sitzen zu haben und hatte eine Dose Lagerbier in der Hand.

»Ich war am Kühlschrank«, rief Jason, »aber alles, was ich darin finden konnte, war Alk!« Er fing an zu lachen, und Karl klopfte ihm auf die Schulter.

»Komm, ich stell dich ein paar Leuten vor«, sagte er.

Jason ließ sich vorstellen. Die laute Discomusik brachte seinen Schädel beinahe zum Platzen. Mehrere Pärchen tanzten im Zimmer, während zehn oder zwölf Leute in der Gegend rumstanden und sich unterhielten. Sie waren alle jünger als Jason, sahen aber nicht aus wie üble Burschen. Er wusste nicht, weswegen er sich so angestellt hatte. Er bedauerte ein wenig, dass er nicht früher runtergekommen war, obwohl er nicht gelogen hatte, als er sagte, Partys wären nicht sein Ding. Er sah sich nach dem hübschen Mädchen von oben um, konnte sie aber nirgendwo entdecken.

Karl führte ihn durch den Raum. Jason schüttelte Hände, lächelte und behielt nicht einen einzigen Namen. Als sie ihre Runde durch das ganze Zimmer gemacht hatten, kamen sie schließlich zu einem Pärchen, das gerade zur Tür reingekommen war. Das Mädchen hatte lange, dunkle Haare, und der Typ hatte kurze Haare und ein Ziegenbärtchen, wie die Hälfte der Typen, denen Jason soeben vorgestellt worden war. Es gab heutzutage so viele Männer mit Ziegenbärten, und sie sahen alle gleich aus. Jason fragte sich, wer oder was diesen Modefimmel wohl ausgelöst hatte. Sollte er es jemals rauskriegen, würde er einen Besen fressen.

Er merkte, wie er den Arm ausstreckte und zwei weitere Hände schüttelte. Der Typ mit dem Ziegenbart reichte ihm eine Riesenpranke und quetschte ihn mit einem Griff wie ein Schraubstock. Jason sagte: »Autsch!« und trat einen Schritt zurück.

»Ich heiß Phil«, sagte der Typ. »Aber meine Freunde nennen mich einfach Alligator.«

Jason fing an zu lachen.

»Was ist daran so komisch?«, sagte Phil.

»Deine Freunde nennen dich Alligator«, sagte Jason. »Das ist ziemlich bescheuert.«

Jetzt sah ihn der Typ mit ernster Miene an. »Sie nennen mich nicht Alligator«, sagte er. »Sie nennen mich Gator.«

Jason bemerkte den Blick und entschuldigte sich. »Es liegt an der Musik«, sagte er. »Ich kann hier drinnen nicht ein verfluchtes Wort verstehen.«

Aber der Typ namens Gator hörte gar nicht mehr richtig hin. Er ging bereits an Jason vorbei ins Wohnzimmer.

9

Am Sonntagmorgen war Jesse Morgan zum Joggen nach Woodvale Priory rausgefahren. Er trug Shorts, ein Sporthemd und Asics-Turnschuhe – und er hatte einen Kater. Den größten Teil des vergangenen Abends hatte er damit verbracht, fernzusehen und eine halbe Flasche Whisky in sich reinzuschütten, während er sich durch einen Fernsehkrimi mit Brian Dennehy und dann eine so genannte Comedyshow gequält hatte. Beides hatte ihm nicht gefallen, und seine Gedanken waren zu Nicola abgeschweift und hatten Teile ihrer Unterhaltung vom Freitagabend wieder abgespult. Sie war wohl das Beste, was ihm in den letzten Jahren passiert war.

Er lief seine übliche Runde ums Kloster – eine Strecke von etwa drei Meilen. Das tat er mindestens dreimal die Woche, aber nicht, weil er so'n Fitness-Freak war, sondern hauptsächlich, um seinen Alkoholkonsum auszugleichen. Er trank regelmäßig jeden Abend nach der Arbeit – Wein zum Essen und Whisky hinterher –, und obwohl er kein Alkoholiker war, trank er mehr, als für einen Mann in seinem Alter gut war. Dreimal die Woche alles auszuschwitzen, war eine gute Art, den Schaden in Schach zu halten oder wenigstens gut in Form zu bleiben. Außerdem erfrischte es das Gedächtnis.

Beim Laufen dachte er an Frankie Bosser, und er hoffte, dass jetzt vielleicht endlich mal was Aufregendes in Woodvale passieren würde. Die Kriminalitätsrate in dieser Gegend war so niedrig, dass sein jetziger Job eher dem eines Sozialarbeiters gleichkam. Er würde es bis zum Ende des Jahres durchhalten und dann um eine Versetzung zurück nach London bitten. Aber würde er das, wenn die Sache mit Nicola ins Rollen kam, überhaupt noch wollen? Er musste abwarten und sehen, was passierte.

Detective Sergeant Ian Kiddie und ein paar andere hatten während der letzten paar Tage das Haus der Bossers überwacht, aber so weit war alles ruhig geblieben. Daniela Bosser war gekommen und gegangen wie immer, und bis jetzt hatte es kein Anzeichen von ihrem Stiefsohn gegeben. Außerdem hatte man für den Fall, dass es ihm in den Sinn kam, doch nicht bis zur Beerdigung zu warten, alle größeren Flughäfen in Alarmbereitschaft versetzt. Aber es gab so viele kleine Flughäfen in England. Bosser konnte sich, mehr oder weniger wann er wollte, davonschleichen. Alles, was er tun musste, bestand darin, mit einem Bündel Banknoten aufzukreuzen und es irgendeinem skrupellosen Piloten in die Hand zu drücken. Das war nicht weiter schwierig und schon oft passiert. Und Morgan wusste, dass Bosser mehr als ein kleines Bündel von Banknoten zur Verfügung hatte.

Morgan machte sich an einen steilen Anstieg, zweihundert Meter wahre Qual. Er kämpfte sich vorbei an jungen Paaren mit Kinderwagen und alten Leuten, die ihre Hunde Gassi führten. Sie sahen ihn an, als sei er ein Geistesgestörter. Vielleicht war er das ja auch. Als er die Kuppe erreichte, musste er für ein Weilchen anhalten und verschnaufen. Es war ein schöner Ausblick: In der Ferne waren Wiesen und Wälder und nur vereinzelte Häuser zu sehen – Englands schöne, grüne Landschaft. Als er sich etwas besser fühlte, joggte er gemütlich einen Fußweg entlang – wobei sein Atem immer noch schnell ging – und lief dann links den Abhang hinunter. Dieser Teil war ein absoluter Hochgenuss, das Gefühl, fliegen zu können. In wenigen Sekunden war Morgan unten, den morgendlichen Spaziergängern erschien er als verwischter Schatten. Dann war er bei den Sportplätzen angelangt. Er wurde jetzt langsamer, als er an den netzlosen Torpfosten vorbeilief, die bis zum Beginn der nächsten Fußballsaison nutzlos rumstanden. Und dann sah er Nicola, die gemächlich auf ihn zutrabte.

Nicola trug knappe Laufshorts, ein Bart-Simpson-T-Shirt und billige Turnschuhe ohne Socken. Eigentlich ging sie kaum Joggen, aber sie hatte Jesse von ihrem Wohnzimmerfenster aus gesehen und wollte ihm über den Weg laufen. Als sie sich aber endlich umgezogen hatte und zum Kloster rausgelaufen war, war er verschwunden. Sie machte ein paar Dehnübungen und wartete, in der Hoffnung, dass er auf ihrem Weg zurücklaufen würde.

Zehn Minuten später sah sie von weitem, wie er einen Abhang runtergestürmt kam, und dann lief er auf sie zu. Sie fand, er sah beeindruckend aus mit seinem athletischen, federnden Laufstil. Als er näher kam, wurde er langsamer, und sie sah ein breites Grinsen auf seinem Gesicht.

»Du gehst nicht zufällig auch regelmäßig joggen, oder?«, fragte er, als er angehalten hatte. Er beugte sich zweimal vornüber und versuchte, wieder zu Atem zu kommen.

»Ich habe dich von meiner Wohnung aus gesehen«, sagte Nicola. »Ich dachte, du könntest vielleicht ein bisschen Beistand gebrauchen, wenn du wieder zu dir kommst.«

»Ich glaube, ich brauche gleich eine Mund-zu-Mund-Beatmung.«

»Das könnte lustig werden«, sagte Nicola.

Dann stellte er sich aufrecht hin. Der Schweiß lief ihm in Sturzbächen über das Gesicht, und er atmete immer noch schwer. Nicola betrachtete seine Schultern und Arme. Gute Muskeln. Hart und sehnig. Am liebsten hätte sie sie gedrückt.

»Du siehst topfit aus«, sagte sie, »aber du hörst dich nicht so an.«

»Solange ich nicht anhalte, geht es mir gut«, sagte er. »Aber dann höre ich mich an wie ein Kettenraucher. Lass uns den Rest des Wegs langsam gehen.«

Er nahm sie beim Arm, und sie gingen zurück zum Parkplatz.

»Ich dachte gestern Abend, ich treffe dich vielleicht im Pub«, sagte Nicola.

»Ich wollte kommen, aber ich mag nicht allein in Bars rumhängen.«

»Du hättest dich mit mir unterhalten können.«

»Du wärst beschäftigt gewesen. Ich hätte dich womöglich abgelenkt.«

»Hättest du.« Sie stupste ihn ausgelassen an.

»Du bist also keine Joggerin?«, fragte er.

»Sieht man das?«

Jesse lachte. »Eine gute Statur macht noch keine Sportsnatur.«

»Bist du auch Dichter?«

»Nur sonntags.«

»Eigentlich glaube ich nicht, dass es dir gut tut. Dieser ganze Dauerbeschuss auf den Körper. Auf lange Sicht kann es dir schaden, weißt du?«

»Wie?«

»Denk mal darüber nach, wie oft deine Füße auf den Boden fallen. All diese Aufschläge. All dieses Gewicht. Das geht auf die Knochen. Das kann später einmal zu Arthritis führen. Oder zu Hüftproblemen.«

»Und das weißt du ganz genau?«

»Ich lese Gesundheitsmagazine. Ich tu, was ich kann, um fit zu bleiben.«

»Und was tust du?«

»Ein bisschen Dehnübungen. Ein bisschen Yoga. Ein bisschen Tennis.«

»Na, wir könnten mal miteinander Tennis spielen. In der Schule habe ich hin und wieder gespielt, seither allerdings nicht mehr so oft.«

»Das machen wir. Da drüben sind Tennisplätze.« Nicola zeigte auf eine Reihe von sechs geteerten Plätzen. Dann kam sie sich ein bisschen albern vor, weil Jesse wissen musste, dass da drüben welche waren.

»Wir buchen irgendwann mal einen Platz«, sagte er, und sein Atem ging wieder normal.

Dann begutachtete er die Vorderseite ihres T-Shirts. Nicola war das peinlich. Sie dachte, er würde ihr auf die Brüste sehen. Das war ein weiterer Grund, weswegen sie nicht joggen ging. Sie mochte es nicht, wenn ihre Möpse mitwippten. Sie war froh, dass sie einen BH angezogen hatte, ehe sie hergekommen war.

»Wer ist das da auf deinem T-Shirt?«, fragte Jesse.

Nicola lachte erleichtert auf. »Bart Simpson. Eine Zeichentrickfigur.«

»Magst du Zeichentrickfilme?«

»Eigentlich nicht. Der hier kommt im Fernsehen. Das ist die einzige Zeichentrickserie, die ich mir ansehe. Heißt *Die Simpsons.* Ist wirklich lustig.«

»Ich gucke keine Kindersendungen.«

»Das ist keine Kindersendung.«

»Der sieht aus wie ein Bekloppter, wie ein paar Leute, die ich schon mal eingelocht habe.«

Nicola lachte: »Er ist nicht bekloppt. Er ist süß.«

»Na, dann will ich dir das mal glauben.«

Sie waren jetzt beim Parkplatz angekommen, und Jesse ging auf seinen Wagen zu.

»Fährst du jetzt nach Hause?«, fragte Nicola.

Jesse nickte. » In diesem Zustand fahre ich normalerweise immer nach Hause und hüpf unter die Dusche.«

»Möchtest du vielleicht bei mir duschen, mit anschließendem Frühstück?«

»Ich habe keine frischen Klamotten dabei, nur einen Jogginganzug.«

»Dann zieh dir eben den Jogginganzug an. Es sieht dich ja niemand.«

»Okay. Kleinen Augenblick.«

Nicola sah zu, wie Jesse zu seinem Auto ging, es aufschloss und eine Sporttasche rausholte. Er hängte sie sich um die Schulter, und sie machten sich auf zu ihrer Wohnung.

»Sollen wir vielleicht ein paar Sonntagszeitungen holen?«, fragte sie.

»Nur, wenn du eine Woche Zeit hast.«

»Dann kaufe ich die *Mail on Sunday*. Das ist die einzige, mit der ich fertig werde. Die hat nicht so viele Seiten.«

»Du bestimmst.«

Morgan konnte es nicht fassen, dass dies alles so schnell geschah, vielleicht zu schnell für ihn. Seit vier Jahren hatte er keine feste Beziehung mehr gehabt, und jetzt sah es so aus, als ob er innerhalb von ein paar Tagen eine eingehen würde. Als er vor dem Zeitungsladen wartete, kam ihm die erste Strophe von einem Countrysong in den Sinn. Sie ging:

I haven't loved a woman for four years,
Haven't even kissed one goodnight,
And all my thoughts of failure
Recur as I turn out the light.

My bed's a straitjacket of freedom
Measuring three feet wide,
And the lonely nights just get longer
When you've got no one at your side.

»Was singst du da?« Er hatte nicht bemerkt, dass Nicola plötzlich hinter ihm aufgetaucht war.

»Habe ich gesungen?«, fragte Morgan, der sich ertappt fühlte.

»Na ja, gesummt wäre wohl treffender.«

Sie machten sich auf den Weg zu ihrer Wohnung.

»Ist ein Countrysong und heißt *Make Mine A Double*. Ich weiß nicht mehr, von wem der ist.«

Nicola schüttelte den Kopf. »Habe ich noch nie gehört.«

»Der Refrain geht: *This time make mine a double, give me all the drink that I need, I promise not to cause any trouble, it's the only way I'll be freed.*«

»Sagt mir immer noch nichts.«

Sie waren vor Nicolas Haustür angekommen, und Morgan folgte ihr die Treppe hoch. Zum ersten Mal betrachtete er ihre Beine richtig – schlank und wohlgeformt, kein Gramm Fett zu viel. Ihre Shorts waren so knapp, dass er einen flüchtigen Blick auf ihren Slip werfen konnte – himmelblau.

»Gute Aussicht?«, fragte sie ihn über die Schulter.

»Fantastisch«, antwortete er.

Als sie in ihrer Wohnung waren, führte sie ihn ins Badezimmer und gab ihm ein sauberes Handtuch. Die Dusche war in einer Kabine neben dem Waschbecken. Sie zeigte ihm, wie sie funktionierte, und er musste die ganze Kraft aufbringen, sie nicht in die Arme zu nehmen und sie an Ort und Stelle auszuziehen. In seinem Kopf drehte sich alles vor lauter Gefühlen. Dann ließ sie ihn allein, und er zog seine verschwitzten Joggingklamotten aus.

Als er sich unter der Dusche einseifte, bemerkte er, dass er einen Steifen bekam. Er drehte sich mit dem Rücken zur Glastür und dachte, dass er dem besser Abhilfe schaffen sollte, wenn er nicht das ganze Frühstück mit einem Ständer verbringen wollte. Er lehnte sich an die Wand, fing an, sein Glied zu reiben, und dachte an Nicolas Beine, als er hinter ihr die Treppe hochgegangen war.

Am Sonntagmorgen kam Karl in seinem Doppelbett allmählich wieder zu Bewusstsein. In seinem Kopf hämmerte es, und er traute sich nicht, die Augen aufzumachen. Aber im Bett neben ihm konnte er etwas Schweres spüren. Er konnte sich nicht daran erinnern, wer mit ihm ins Bett gestiegen war. Aber irgendwann würde er seine Augen einmal aufmachen müssen, allein um rauszukriegen, wer diese unbekannte Person war.

Gegen drei Uhr hatte er in diesem Bett eine gewisse Bobbie gebumst, aber er war sicher, dass er sie nicht eingeladen hatte, bei ihm zu schlafen. Hatte er ihr nicht in Wirklichkeit gesagt, dass sie sich verpissen sollte, als er mit ihr fertig war? Vielleicht war es ja ein anderes Mädchen, und er käme zu einem Guten-Morgen-Fick, wenn sie aufwachte. Er drehte sich um und quälte sich die Augen auf. Der Körper neben ihm gehörte Gator, der splitternackt dalag!

Karl sprang aus dem Bett, und Gator machte bei dem Tumult schläfrig die Augen auf.

»Was zum Teufel machst du in meinem Bett?«, fragte Karl. Er stand da in seinen Boxershorts.

»Is das dein Bett?«, fragte Gator, noch nicht ganz wieder unter den Lebenden.

»Du weißt verdammt gut, dass es das ist. Ich weiß, du bist lange weg gewesen, aber meinen Arsch kriegst du nicht.«

Nun war Gator wach. »Scheiß dich nicht an, Karl. Ich hab letzte Nacht was zum Bumsen gehabt, wenn du's genau wissen willst. Das hier war der einzige Platz zum Schlafen, der noch frei war. Geh nach unten, und sieh dich um. Überall liegen welche.«

»Ach, Herrgott!«, sagte Karl. »Sag den Leuten lieber, du hast auf dem Fußboden geschlafen und nicht in meinem Bett.«

»Wie du meinst, du verklemmter Kacker.«

Karl ging ans Fenster und zog die Vorhänge mit einem energischen Ruck zur Seite. Er und Gator stöhnten, als das Licht hereinkam, und Gator zog sich die Decke über den Kopf.

Karl hastete nach unten und sah ins Wohnzimmer. Tatsächlich, überall lagen Leute, manche von ihnen eng umschlungen, manche für sich. Das Zimmer sah aus, als ob eine Bombe eingeschlagen hätte. Auf dem Fußboden stapelten sich Dosen und Aschenbecher, Schlafsäcke lagen wie Leichensäcke herum, und überall waren Kleidungsstücke verstreut. Karl ging in die Küche und setzte Wasser auf.

Nachdem er zwei Tassen Tee gemacht hatte, trug er sie vorsichtig nach oben. Jasons Zimmertür war angelehnt, und Karl stieß sie mit dem Fuß auf. Im Bett lag ein nacktes Mädchen, und ein Paar schöne Titten hingen über die Bettdecke. Karl wäre am liebsten zu ihr reingesprungen, aber dann fiel ihm auf, dass noch jemand neben ihr lag – Jason. Er kicherte und ging in sein Zimmer zurück.

»Tja, Jason hat auch seinen Spaß gehabt«, sagte er zu Gator. »Hätt gar nicht gedacht, dass er dazu fähig ist.«

»Wer zum Teufel ist Jason?«, fragte Gator. Seine Stimme klang gedämpft unter der Bettdecke hervor.

»Der Hausbesitzer, du Trottel. Der Besitzer von diesem Bett, in dem du gerade liegst.«

»Der Spießer mit der Brille?«

»Genau. Hier haste 'ne Tasse Tee.«

Karl stellte den Tee auf den Nachtschrank, dann kramte er in einer noch nicht ausgepackten Kiste nach Aspirin. Er riss die Alufolie auf und steckte sich zwei in den Mund. Auch Gator gab er zwei. Der saß nun aufrecht im Bett und schlürfte seinen Tee.

»Wen hast du denn genagelt?«, fragte Karl. »Wendy?«

»Mmmh.«

»Und wo? Doch wohl nicht hier im Bett, als ich geschlafen habe?«

Gator schüttelte den Kopf. »Hinten auf dem Rasen. Hinter ein paar Büschen.«

»Du hattest schon immer Stil.«

»Es ist erstaunlich, was man sich auf der Welt alles erlauben kann.«

Sie tranken eine Zeit lang friedlich ihren Tee. Karl sah auf die ruhige Straße runter. Ein Haufen Autos und ein paar Motorräder standen dort, die den Leuten gehörten, die über Nacht geblieben waren. Jason würde sich zweifellos später einige Beschwerden von den Nachbarn einfangen.

»Um darauf zurückzukommen, was man sich alles erlauben kann«, sagte Karl. »Drehen wir mal wieder ein Ding zusammen?« Es war Karl gewesen, der das Fluchtauto gefahren hatte, als Gator vor drei Monaten die Tankstelle überfallen hatte – das Ding, das Gator gezwungen hatte, nach Europa zu fliehen. Karl war hier geblieben, weil er nicht vorbestraft war, also gab es keinen Grund, warum sie nach ihm suchen sollten. Er hatte das alles sehr spannend gefunden, und jetzt hatte er Bock auf mehr. Natürlich nur, solange sie ihn nicht schnappten. Das wäre allerdings eine ausgewachsene Katastrophe.

Jetzt hatte er Gators ganze Aufmerksamkeit. »Bist du auf den Geschmack gekommen?«

»Ist 'ne schöne Art, mein Einkommen aufzubessern.«

»An was hast du gedacht?«

Karl schlürfte seinen Tee. »Ich habe ein Postamt in Orton ausbaldowert. Es ist so rückständig, dass es mir wie ein einfacher Fall aussieht. Gehen wir hin und sehen es uns an?«

Gator kraulte seinen Ziegenbart und fuhr sich dann mit den Fingern durchs Brusthaar. »Was kann man sonst am Sonntag tun?«, sagte er.

10

Am Montag wurde Frankie Bosser allmählich unruhig und wäre am liebsten nach Italien heimgeflogen. Die Suche nach dem Mörder seines Vaters hatte ins Nichts geführt, und es sah nicht so aus, als ob er noch irgendwelche Fortschritte machen würde. Er war schließlich kein Privatdetektiv, und nach seinem Schwatz mit Joe im *Railway* hatte er keine Ahnung, wo er sonst noch suchen sollte. Er konnte schlecht durch die Straßen von Woodvale ziehen und nach einem langhaarigen Reisenden mit Rucksack Ausschau halten. Also hatte er ein ganzes Wochenende damit zugebracht, im Hotelzimmer zu sitzen, fernzusehen, zu lesen und Kniebeugen und Liegestützen zu machen. Er wünschte, er hätte sich ein paar Sachen zum Joggen mitgenommen, damit er ein bisschen überschüssige Kraft loswerden könnte.

Er war am Wochenende nur zwei Mal aus seinem Zimmer gekommen, als er Spritztouren mit dem Sierra gemacht hatte, eine an jedem Tag. Am Samstag war er nach Nutfield gefahren, dem Dorf, in dem er seine Kindheit verbracht hatte und das etwa drei Meilen von Redgate entfernt war. Er hatte vor dem Haus geparkt, in dem er aufgewachsen war, und war die Auffahrt hochgelaufen, um sich umzusehen. Man hatte das Haus *Zur Wache* genannt, als er klein war, aber jetzt hieß es *Einkehr*. Frankie gefiel der Name nicht. Als er an der Tür klopfte, machte niemand auf. Er ging durch den Garten und sah sich das zweistöckige Haus an, das jetzt blassrosa getüncht war. Eine Menge Kindheitserinnerungen gingen ihm durch den Kopf. Auf dem Rasen hatte er immer allein Fußball gespielt, und er hatte sich sogar seinen eigenen kleinen Golfplatz angelegt. Neun Löcher hatte er am Rand von Vorder- und Hintergarten ausgebuddelt. Er war ein Einzelgänger gewesen, der viel Zeit für sich verbracht hatte. Er hatte seine Sportfantasien ausgelebt und darauf gewartet, dass sein Vater von der Arbeit kam, damit sie ein bisschen rumbolzen konnten. Aber als er nun so durch den Garten lief und an seinen Vater dachte, packte ihn mit einem Mal die Verzweiflung, also ging er nach etwa fünf Minuten zu seinem Wagen zurück.

Er fuhr 'ne Weile in Nutfield rum und sah sich die anderen alten Orte aus seiner Kindheit an. Zuerst die Kirche, in die er jeden Sonntag mit seinen Eltern gegangen war. Er grinste sich einen, als er daran dachte, was passieren würde, wenn er da jetzt reinging. Würden sie ihn überhaupt reinlassen? Dann hielt er vorm *Vine Pub*, wo er oft mit einem Saft und einer Tüte Chips in Vaters Rover gesessen hatte, während seine Eltern drinnen bei einem Drink saßen. Als Nächstes fuhr er die Proctor Street runter und sah sich das Haus eines alten Freundes an. Zwei Brüder, die Ashbys, hatten dort gelebt, und mit achtzehn hatte Frankie erfahren, dass Stephen, der ältere, bei einem Motorradunfall ums Leben gekommen war. Stephen war sein erster Bekannter gewesen, der gestorben war. Es hatte ihm damals einen Schock versetzt, und auch heute noch wurde er traurig, wenn er daran dachte. Hier stand er, einundvierzig Jahre alt, so alt, wie Stephen jetzt gewesen wäre, und er hatte dreiundzwanzig Jahre mehr auf dem Buckel, und es würden noch einige folgen. Wo war da die Gerechtigkeit? Es war alles eine Frage des Glücks.

All diese Erinnerungen waren für einen Tag genug gewesen, also war Frankie zum Hotel zurückgefahren und hatte sich ein spätes Mittagessen aufs Zimmer bestellt. Beim Essen hatte er sich ein paar Schwarzweißfilme angesehen. Am späten Nachmittag war er zu einem nahe gelegenen Zeitungsladen gegangen und hatte sich ein runtergesetztes Taschenbuch von einem gewissen Elmore Leonard gekauft. Der Roman hieß *Glitz* und handelte von einem Bullen mittleren Alters auf der Jagd nach dem Psychopathen, der seine Freundin umgebracht hat. Frankie erkannte Parallelen zur eigenen Lage, aber der Typ im Buch hatte wesentlich mehr Erfolg als er und kannte die richtige Methode, wie man jemanden aufspürt. Frankie glaubte nicht daran, dass er den Mörder seines Vaters finden würde, aber das Buch gab ihm irgendwie Hoffnung. Um elf Uhr hatte er es durch und fiel dann ins Bett.

Am Sonntag fuhr er zu seinem alten Häuschen in Burmarsh, wo er damals in dieser schrecklichen Nacht den Polizisten erschossen hatte. Er stand auf der Straße und spähte über die Hecke. Das Haus schien noch dasselbe zu sein, aber ein paar Kinder spielten jetzt in dem riesigen Garten. In der Auffahrt standen zwei Autos, also weniger als damals, als Frankie noch hier gewohnt hatte. Er hatte immer mindestens fünf Wagen auf dem Grundstück rumstehen gehabt. Sein Geschäft hatte Malcolm, sein Buchhalter, aufgelöst. Die Wagen hatte man verkauft und den übrig gebliebenen Alkohol unter den vier Angestellten aufgeteilt. Die Polizei hatte Malcolm nach Frankies Aufenthaltsort gefragt, aber Malcolm kannte ihn selber nicht, also konnte er ihnen nichts sagen. Das Geld von den Wagen und Lastern wurde dann an Frankies Vater weitergeleitet, der es auf verschiedenen Wegen nach Italien geschickt hatte, gewöhnlich mit Danielas Freunden als Kuriere, wenn sie nach Courmayeur fuhren.

Dann fuhr Frankie weiter nach Burmarsh rein und trank in einem der Cafés einen Tee. Das Dorf sah noch haargenau so aus wie früher, keine Spur von Fortschritt. Er las eine Sonntagszeitung und beobachtete aus dem Fenster die Familien, die vorbeikamen.

Den Rest des Tages fuhr er einfach durch die Gegend, hielt zum Abendessen bei einem Pub und kehrte dann ins Hotel zurück. Er fuhr gern durch die englische Landschaft, aber er wünschte sich, dass jetzt jemand wie Veronica bei ihm wäre. Er stellte fest, dass er England wirklich vermisste, obwohl er sich ständig verfolgt fühlte, weil ihn jemand vielleicht erkennen und verpfeifen könnte. War er nun paranoid oder übervorsichtig? Wie intensiv fahndete man überhaupt nach ihm? Vielleicht wurde er in Burmarsh und Woodvale gesucht, aber er war wohl kaum ein Ronnie Biggs oder Lord Lucan. Es war nicht ganz Großbritannien hinter ihm her. Er war sich eigentlich sicher, dass ihm nichts passieren würde, solange er sich nicht auffällig benahm.

Auf dem Rückweg nach Redgate kam Frankie durch Godstone, das Dorf, in dem sein Stiefvater jetzt wohnte. Seine Mutter war an

Krebs gestorben, noch bevor Frankie aus England abgehauen war, und seitdem hatte er mit seinem Stiefvater nicht mehr geredet. Das wollte er auch jetzt nicht.

Als er wieder in seinem Hotelzimmer war, las Frankie einen anderen Roman von Elmore Leonard – *La Brava*, ein abgegriffenes Buch, das er in der Hotelhalle gefunden hatte. Es war genauso gut wie *Glitz*, und die Stunden vergingen wie im Flug. Eigentlich war er keine Leseratte – er hatte kaum Zeit dafür –, aber nun genoss er seinen neuen Zeitvertreib. Vielleicht konnte er ihn beibehalten, wenn er wieder in Italien war.

Am Montag war er immer noch unruhig, also ließ er den Sierra beim Hotel stehen und machte einen Spaziergang durch Redgate. Das erste Mal, dass er sich das traute, seit er vor fast einer Woche hier angekommen war. Er ging unter der Brücke am Bahnhof durch, bummelte durchs Belfry-Einkaufszentrum und hielt nach bekannten Gesichtern Ausschau. Früher konnte er nicht durch Redgate oder Woodvale gehen, ohne dass ihm jemand über den Weg lief, den er kannte. Ob das wohl immer noch so war?

Nach der ausschweifenden Samstagnacht hatte Jason den größten Teil des Sonntags damit verbracht, sich zu erholen. Erst um kurz nach drei am Nachmittag war er in der Lage, sein Bett zu verlassen. Sally, das Mädchen, mit dem er geschlafen hatte, hatte sich schon davongemacht. Sie hatte ihm einen Abschiedskuss gegeben und ihre Telefonnummer auf einem Zettel dagelassen. Als Jason aus den Federn stieg, war das Haus leer. Karl hatte die ganze Schweinerei im Wohnzimmer beseitigt, und der Alk war aus dem Kühlschrank verschwunden. Jason holte den Müllsack aus seinem Zimmer und stellte seine Fressalien wieder rein.

Am Montag schließlich war er wieder er selbst. Die Nacht mit dem Sex im Suff hatte ihm gut getan, und er hatte sogar Lust, später am Abend Sally anzurufen. Erst mal aber musste er nach Redgate fahren, um ein paar Saiten für seine Gitarren zu kaufen. Er sprang in seinen Mini und verließ die Naughton Road Nr. 8.

In Redgate einen Parkplatz zu finden, der nichts kostete, war immer eine Herausforderung, auf die sich Jason freute. Redgate war in erster Linie ein Pendlerort, etwa eine halbe Zugstunde von London entfernt, und alle Straßen um den Bahnhof waren mit den Autos der Pendler voll gestopft. Die Einheimischen störte das, aber Jason war zu dem Schluss gekommen, dass das nun mal der Preis war, den man bezahlen musste, wenn man in Bahnhofsnähe wohnen wollte. Er mit seinem Mini konnte sich jedoch in Parklücken quetschen, die für die größeren Autos undenkbar waren. Er fuhr immer durch die Seitenstraßen, bis er so eine Lücke gefunden hatte, parkte sauber und mühelos ein und zog dann mit einem überheblichen Grinsen ab.

Nun war er auf dem Weg in den Gitarrenladen von Redgate. Er lag in einer kleinen Seitenstraße, etwas von den Einkaufsstraßen entfernt, und gehörte zwei Jungs namens Julian und Dave. Jason hatte hauptsächlich mit Julian zu tun, einem redseligen Typen Mitte dreißig mit gewelltem Haar und Brille. Er baute auch Gitarren, verbrachte aber die meiste Zeit mit Reparieren und Basteln. Dave war Gitarrenlehrer und erteilte in einem Raum hinter dem Laden Unterricht. Jason vermutete, dass er und Dave sich den Großteil der Gitarrenstunden in der Gegend um Redgate und Woodvale unter den Nagel gerissen hatten.

Jason kaufte einen neuen Satz D'Addario-Saiten für seine schwarze Takamine und ging nach einem Viertelstundenschwatz mit Julian wieder raus und fragte sich, wo er jetzt wohl hingehen sollte. Dann sah er bei den Läden zu seiner Rechten einen Mann auf sich zukommen, der ihm irgendwie bekannt vorkam. Jason blieb stehen und wartete, bis der Mann näher kam. In dem Moment sah dieser Jason an, und auch er stutzte. Der Mann überquerte die Seitenstraße und kam dann direkt auf Jason zu. Einen Meter vor ihm blieb er stehen und lächelte.

»Dich kenne ich doch«, sagte der Mann. »Fuller's-Earth-Fabrik, so vor zwanzig Jahren. Kannst du dich noch an mich erinnern?«

Jason durchforstete sein Gedächtnis nach einem Namen. Er

wusste, er kannte den Mann, aber zwanzig Jahre waren eine lange Zeit. »Du kommst mir bekannt vor«, sagte er nachdenklich. »Hast du bei Fuller's Earth gearbeitet?«

»Jawoll. Frankie Bosser. Du hast immer im *Station Hotel* gesungen«, zeigte der Mann mit dem Finger auf Jason. Er sah ehrlich erfreut aus, ihn zu sehen. »Du hast Gitarre gespielt und Folksongs gesungen. Ich hab erst neulich noch an dich gedacht. Du bist immer auf die Bühne gegangen und hast alle an die Wand geschmettert. Ein klasse Sänger. Ich hab immer gedacht, aus dir wird noch mal was. Und?«

Jason musste lachen. »Nicht so richtig. Ich verdiene mein Geld mit Gitarrespielen, aber aus mir ist nie ein Star geworden. Genau genommen läuft im Moment alles ziemlich schleppend.«

Frankie schüttelte den Kopf. »Ich habe mir gedacht, ich gehe heute Morgen ein bisschen in Redgate spazieren. Ich bin nur für ein paar Tage hier. Ich habe mich gefragt, ob ich nach so vielen Jahren jemanden treffe, den ich kenne, und Bingo! Nichts hat sich verändert, stimmt's?«

Jason sah auf die Straße und die Geschäfte. »Nein, eigentlich nicht. Außer den Parkplätzen. Ständig werden es mehr.«

Frankie schüttelte noch immer ungläubig den Kopf. »Weißt du was, du hast mir den Tag gerettet. Ich habe mich in meinem Hotelzimmer langsam ganz schön gelangweilt. Wie wär's mit einem Drink auf die letzten Jahre?«

Jason sah auf die Uhr, er hatte noch etwa eine Stunde bis zum ersten Unterricht. Er nickte. »Klar«, sagte er. »Ich habe noch eine Stunde Zeit. Dieser Pub hier nebenan ist ganz nett.«

»Klasse!«, sagte Frankie, und Jason war angenehm überrascht, dass sich jemand so freute, ihn zu sehen. Er folgte dem Kleiderschrank mit den breiten Schultern in den Pub. An der Bar griff Frankie in die Hosentasche und zog einen dicken Packen Zwanzig-Pfund-Noten raus. Jason wären beinahe die Augen aus dem Kopf gefallen. Zuerst Karl mit seinem Geldbündel und jetzt Frankie. Irgendetwas musste er wohl falsch machen.

Frankie drehte sich um und lächelte Jason zu. »Was trinkst du?«

»Ein Glas trockenen Weißwein«, sagte Jason. Überrascht registrierte er, dass Frankie für sich ein Mineralwasser bestellte. Er hatte den Wein nur bestellt, weil er kein Frosch sein wollte, und hätte nach dem Suff vom Wochenende auch viel lieber etwas Alkoholfreies gehabt. Aber jetzt war es zu spät. Sie setzten sich an einen Tisch.

Der Pub war ziemlich voll mit Büroangestellten und Leuten aus der Nachbarschaft. Jason nahm einen Schluck Wein und fragte Frankie, was er die ganze Zeit so getrieben hatte.

»Als ich bei Fuller's Earth weggegangen bin«, sagte Frankie, »wurde ich Kartenverkäufer, wie du dich vielleicht erinnerst. Bin die ganze Woche kreuz und quer durchs Land gefahren und habe in Pensionen gewohnt. Eine Zeit lang hat mir das Reisen Spaß gemacht, aber nach sechs Jahren hatte ich die Schnauze ziemlich voll.«

»Und danach?«

» Dann habe ich mich selbstständig gemacht. Ich bin Importeur geworden für Alkohol aus Frankreich.«

»Du meinst, einen Wagen laden und dann wiederkommen und es in England verkaufen? Ist das nicht illegal?«

Frankie zuckte mit den Achseln. »Na ja, es ist nicht ganz legal. Mehr so was wie 'ne günstige Gelegenheit. Leider macht das heutzutage jeder. Irgendwie müssen die da einen Riegel vorschieben. Gesetze ändern.«

»Und das machst du also heute noch? Nach all den Jahren?«

Frankie schüttelte den Kopf. »Ich habe einen Haufen Geld gemacht und mich dann abgesetzt. Ich habe einen Anteil an einer Bar in Italien gekauft, und da lebe ich jetzt.«

»Klingt gut.«

»Ist es auch. Es ist ein Skiort, also ist im Winter ziemlich viel los. Im Sommer ist es ein bisschen ruhiger. Nur ein Haufen Wanderer.«

»Und jetzt machst du hier Urlaub?«

»Ich muss zur Beerdigung. Ich bin rübergekommen, weil mein Vater letzte Woche gestorben ist.«

»Das tut mir Leid«, sagte Jason.

»So was kommt vor.«

Jason nickte. Er beneidete den Mann, der ihm gegenübersaß. Offensichtlich machte er einen Haufen Geld und wohnte in einem hübschen Städtchen auf dem Kontinent. So etwas könnte er auch gebrauchen. Würde er sein ganzes Leben Gitarrenlehrer bleiben, der sich durchschlagen und alles zusammenkratzen musste, um satt zu werden?

»Und was ist mit dir?«, fragte Frankie. »Was ist passiert, als du von Earth weggegangen bist?«

»Na ja«, sagte Jason, »im Grunde genommen bin ich gleich Lehrer geworden. Als ich in der Fabrik arbeitete, habe ich mir was zusammengespart. Ich bin ein Jahr ausgestiegen und habe mir einen Schülerstamm aufgebaut. Dann habe ich auch noch in einer Band gespielt, und das hat noch etwas Geld dazu eingebracht. Wir haben viel auf Hochzeiten und anderen Feiern gespielt. Ich bin auf so vielen Hochzeiten gewesen, nur nie auf meiner eigenen.« Jason lachte, um seine Bitterkeit zu überspielen.

»Das ist nichts Besonderes«, sagte Frankie. »Ich war auch nie verheiratet. Ich für meinen Teil finde, das wird alles aufgebauscht. Sprich mal mit einem verheirateten Mann. Die meisten sind todunglücklich.«

»Da könntest du Recht haben.«

»Ich habe Recht.«

Jason sah zu, wie Frankie sein Wasser trank.

»Das hast du also die ganze Zeit getrieben?«, fragte Frankie.

»Ja. Es war alles ein Kinderspiel«, sagte Jason sarkastisch.

»Ich habe immer geglaubt, du würdest irgendwann berühmt«, sagte Frankie. »Hast du mal versucht, eine Platte aufzunehmen?«

»Ich habe Demos gemacht und an Plattenfirmen geschickt. Waren nie richtig interessiert. Ich glaube, ich habe meinen Platz im Leben gefunden.«

»Du verdienst also nicht besonders viel, habe ich das richtig verstanden?«

»Kein Vermögen. Gerade mal so viel, dass ich nicht verhungere, wie ein Köder, den man mir vor die Nase hält, damit ich nicht aufgebe. Das Problem ist nur, ich weiß nicht, was ich anderes machen kann. Um allem die Krone aufzusetzen, hat mich meine Freundin vor ein paar Monaten auch noch verlassen. Und nun musste ich mir einen Untermieter ins Haus holen, damit ich meine Hypothek bezahlen kann.«

»Und der Untermieter ist ein Arschloch?«

»Er ist ein bisschen eigenartig«, sagte Jason. »Ich habe mir noch kein richtiges Bild von ihm gemacht, aber wir sind ganz bestimmt nicht füreinander geschaffen.« Er lachte auf und erhielt einen mitleidsvollen Blick von Frankie. Es war gut, mit jemandem über seine Probleme reden zu können. Dies war das erste vernünftige Gespräch, seit Heather abgehauen war.

»Nun, wir müssen uns mit dem abfinden, was wir haben«, sagte Frankie. »Noch einen Drink?«

Eine halbe Stunde später saß Frankie zusammengeklappt in Jasons Mini und versuchte, es sich bequem zu machen. Minis waren nicht für Leute über einsachtzig gemacht.

Sie waren auf dem Weg zu Jasons Haus, die erste Unterrichtsstunde des Tages stand auf dem Programm. Frankie wollte währenddessen in Woodvale spazieren gehen und dann zurückkommen, um ihm ein bisschen beim Spielen zuzuhören.

Als Jason vor seinem Haus parkte, wartete schon jemand an der Haustür auf ihn. Ein junges Mädchen saß da mit einem Gitarrenkoffer.

»Deine Schülerin?«

»Ja. Sie ist ein Schatz. Immer pünktlich und übt auch immer fleißig. So was wie sie hat man selten.«

»Ich lass dich dann mal«, sagte Frankie und schälte sich aus dem Wagen. »Wir sehen uns in einer Stunde.« Er machte sich auf in die Stadt.

Früher war Frankie in Woodvale so oft über einen Bekannten gestolpert wie in Redgate. Er war froh, dass er Jason getroffen hatte. Sie verstanden sich gut, und es war angenehm, dass Jason anscheinend nichts von Frankies zwielichtiger Vergangenheit und dem toten Polizisten wusste. Vielleicht litt Frankie ja unter Verfolgungswahn, und keiner wusste oder scherte sich darum, wer er war. Mit einem Mal spürte er, dass sein Heimaturlaub plötzlich etwas sonniger aussah. Vielleicht könnte er mit Jason ein bisschen die Zeit totschlagen, bis es bei den Formalitäten für die Beerdigung seines Vaters irgendwelche Fortschritte gab. Das heißt, wenn es überhaupt dazu kommen sollte, dass über die Beerdigung entschieden wurde. Frankie konnte nur noch eine Woche warten. Dann würde er ernsthaft daran denken müssen, wieder nach Italien zurückzugehen. Jetzt war übrigens ein günstiger Zeitpunkt, Daniela anzurufen und zu fragen, ob es etwas Neues gab. Er fand eine Telefonzelle und wählte ihre Nummer.

»Nein, nichts Neues«, sagte Daniela. »Ich nerve die Polizei jeden Tag. Bald werden sie aufgeben, hoffe ich. Und wie geht es dir, Frankie?«

Frankie erzählte ihr, dass er Jason getroffen hatte, mit dem er sich vielleicht ein bisschen anfreunden und öfter ausgehen wollte, weil er im Hotel langsam unruhig wurde.

»Misch dich nicht zu sehr unter die Leute, Frankie«, sagte Daniela. »Wir wollen nicht, dass dich jemand erkennt.«

Frankie versprach ihr, vorsichtig zu sein.

Danach sah sich Frankie die Schaufenster im Ort an. Er stellte erstaunt fest, dass ein paar von den Läden nach so langer Zeit immer noch da waren. Aber es gab auch viele neue Gebäude. Das größte davon war das neue Kino, das jetzt drei Säle hatte statt des einen, in den Frankie früher immer Mädchen eingeladen hatte. Er kannte keinen einzigen der Filme, die dort liefen.

Nach einer Stunde ging Frankie langsam zurück zu Jason. Als er ans Gartentor kam, sah er einen riesigen Typen, der neben einem der drei in der Auffahrt geparkten Wagen stand. Er schien mit jemandem zu sprechen, aber Frankie konnte sonst keinen sehen.

Jason hatte ihm im Pub ein wenig von Karl erzählt, und Frankie nahm an, dass er das war. Er ging zum Mann rüber und fragte: »Bist du Karl?«

Karl drehte sich mit argwöhnischem Blick um, musterte Frankie von oben bis unten und fragte: »Und wer will das wissen?«

Frankie streckte seine Hand aus und sagte: »Ich bin ein Freund von Jason. Ich heiße Frankie.«

Karl wandte sich Frankie zögernd zu und gab ihm die Hand. Frankie wollte gerade auf Bosser-Art zudrücken und ihm zeigen, wer hier der Boss war. Aber Karls Handschlag war schwächlich, wie der einer Frau.

»Gehören die Autos alle dir?«, fragte Frankie.

»Kann schon sein«, sagte Karl abweisend.

Frankie musste grinsen. Karl sah beinhart aus, aber von der Sorte hatte er schon hunderte getroffen. Vielleicht konnte er Jason mit seinen Mätzchen einschüchtern, aber Frankie würde er keine Sekunde lang für dumm verkaufen.

»Kann sein, dass ich einen neuen Wagen brauche«, log Frankie. »Was kosten die drei denn hier?«

Karl sagte es ihm, und Frankie tat, als wäre er interessiert. Sie gingen um die drei Wagen rum, und plötzlich sah Frankie ein Paar Beine unter dem Fiat hervorragen.

»Da ist 'ne Leiche unter dem da«, sagte er. »Ich hoffe, die berechnest du nicht extra.«

Karl schien das gar nicht komisch zu finden. »Das ist mein Automechaniker«, sagte er. »Ich würd dich ja vorstellen, aber er hat wahrscheinlich grade das Gesicht voller Öl.«

»Wie heißt er?«, fragte Frankie.

»Seine Freunde nennen ihn Gator«, sagte Karl. »Der beste Mechaniker, den ich je gehabt hab.«

Frankie nickte. »Glaub ich dir. Ist Jason da?«

»Geh hinten zur Kellertür. Die Treppe runter«, sagte Karl. »Jason ist immer da unten.«

»Und du bist immer hier draußen, was?«, sagte Frankie, aber

darauf gab Karl keine Antwort. Frankie ging an ihm vorbei und musste dann über Gators Beine steigen, um zur Kellertür zu kommen. ›Na ja‹, dachte er. ›Das ist interessanter, als im Hotel rumzusitzen.‹

11

Am Dienstag, dem zweiten Tag als Gabelstaplerfahrer für Ellis Pipes, wusste Phil Gator, dass er auf die Füße gefallen war, auch wenn er im Moment gerade auf dem Rücken lag. Sein neuer Job war popeleinfach. Am Wochenende hatte er Wendy genagelt, und er und Karl hatten ausbaldowert, ob sie das Postamt im kleinen Dörfchen Orton ausrauben konnten. Seit er nach Hause zurückgekommen war, liefen die Dinge ganz gut.

Heute stach die Sonne von einem wolkenlosen Himmel, und Gator sonnte sich auf einem Stapel Paletten im Hof. Er wartete darauf, dass jemand aus dem Büro kam und ihm Arbeit gab. Gestern hatte er die meiste Zeit auf dem Gabelstapler gesessen und den Hof umgeräumt, während ihm Vorarbeiter Brian vom Schottergelände Anleitungen gegeben hatte. Ein paar Mal war Mr. Carroll aus dem Büro aufgetaucht, um seinen Senf dazuzugeben, aber Gator hatte ihn gar nicht beachtet. Für solche eingebildeten Fatzkes hatte er nun mal keine Zeit.

Als er sich etwa eine Stunde lang gesonnt hatte, hörte Gator, wie rechts von ihm die Tür des Bürocontainers aufgemacht wurde. Er drehte den Kopf zur Seite und sah Brian rüberkommen. Er setzte sich hin und fragte: »Gibt's was zu tun?«

Brian nickte. »Ein Lastwagen ist unterwegs. Scheinbar eine große Bestellung.«

Gator stand auf und reckte sich. Brian sah auf seinen nackten Oberkörper. Gator war von den Monaten in Europa bereits braun gebrannt und wusste selbst, dass er eine ganz gut aussehende Ausgabe war.

»Du bist schön braun«, sagte Brian. »Ich wollte, ich könnte den ganzen Tag hier draußen liegen.«

»Was machst du denn im Büro?«, fragte Gator, nur um etwas zu sagen.

»Papierkram. Tabellen und Diagramme ausfüllen. Eigentlich alles, um so zu tun, als hätte ich etwas zu tun.«

»Ist es immer so ruhig?«

»Im Moment schon. Es müsste aber bald mehr los sein. Der letzte Fahrer hat gekündigt, weil es ihm zu ruhig war.«

»Was du nicht sagst.«

»Manche Leute mögen ruhige Jobs. Dir macht es nichts aus, in der Sonne zu liegen, stimmt's?«

»Vielleicht nach ein paar Wochen.«

»Du kannst deine Bräune auffrischen.« Wieder sah Brian auf Gators Körper.

Gator fühlte sich unbehaglich. »Du bist kein Homo, oder?«

Brian lachte hektisch. »Ich bin ein verheirateter Mann«, sagte er.

»Das sagt heutzutage überhaupt nichts mehr.«

Gator langte nach seinem T-Shirt und zog es über. »Damit eine Sache klar ist«, sagte er. »Ich bin kein Arschficker, und wenn du einer sein solltest, fänd ich es ganz toll, wenn du deine Augen und Hände bei dir halten könntest. Sonst musst du dich ganz schnell nach einem anderen Fahrer umsehen.«

Der kleine Wutausbruch hatte Brian die Sprache verschlagen, und ehe ihm einfiel, was er sagen sollte, kam ein Lastwagen die Straße entlang. »Da kommt die erste Arbeit des Tages«, sagte Brian und ging zum Laster.

Sie brauchten ungefähr eine halbe Stunde, um den Laster zu beladen. Brian stellte sich hinten drauf. Er dirigierte den Fahrer zum richtigen Stapel Muffen, Gator hob sie auf und warf sie dann eine nach der anderen auf die Ladefläche. Die meisten Muffen waren kleine, u-förmige Dinger aus Ton, und Gator machte es tierischen Spaß, sie Brian, der auf dem Lastwagen stand, mit voller Wucht zuzuwerfen. Es war, als ob ein Rugbyspieler seinen Flügelstürmer bediente. Brian fing sie zwar alle auf, aber Gator nutzte seine ganze Kraft, um ihn müde zu machen. Als der Lastwagen voll war, waren beide in Schweiß gebadet, und Brian lachte. »Kleines Konditionstraining, was?«, meinte er.

»Ich hab mich nur aufgewärmt«, antwortete Gator.

Der Lastwagen fuhr weiter zum Bürocontainer, Ridley kam raus und gab dem Fahrer die Rechnung. Gator hatte ihn den ganzen Tag noch nicht gesehen und grüßte ihn mit einem Kopfnicken.

Den Rest des Morgens verbrachte Gator auf seiner Palette und las die *Sun*. Ihn interessierte nicht besonders, was auf der Welt so los war, aber er las gerne die aufgebauschten Meldungen über Verbrechen, die im ganzen Land so geschahen, damit er vielleicht von dem einen oder anderen etwas lernen konnte. Um ein Uhr kamen dann Brian und Ridley raus, und die drei bummelten in Richtung Kantine, die ein paar Minuten entfernt war und auch von den anderen Fabrikangestellten benutzt wurde. Nachdem sie sich bei der Essensausgabe ein Tablett geschnappt hatten, kauften sie bei den Damen hinter dem Tresen ein Essen für gerade mal ein Pfund fünfzig. Brian und Ridley hatten sich mit den anderen niemals angefreundet, also saßen sie allein am Tisch. Gator gab Acht, dass sein Teller auch schön voll gemacht wurde, und setzte sich dann zu ihnen.

»Haben Sie heute Morgen das Telefongespräch von Mr. Carroll mitgehört?«, fragte Ridley Brian gerade, als Gator an den Tisch kam. Gator setzte sich neben Ridley, damit Brian nicht auf dumme Gedanken kam. Auch heute trug Ridley wieder eine Fliege und dieselbe braune Tweedjacke, die er am Vortag schon angehabt hatte, und er sah wie immer besorgt aus. Gator schätzte ihn auf Ende fünfzig.

»Das mit der Baugenehmigung?«, fragte Brian.

Ridley machte eine Pause und schaufelte sich eine Gabel Weißkohl mit Soße rein. Als er runtergeschluckt hatte, sagte er: »Ich habe ihn danach gefragt, als ihr draußen den Laster beladen habt. Sieht so aus, als ob Ellis Pipes den Betrieb auf dem Grundstück ohne Genehmigung gebaut hat. Ich will ja keine Pferde scheu machen oder so was, aber wenn das so ist, könnten die unseren Laden zumachen.«

»Sie machen Witze«, sagte Brian.

»Ich habe Carroll danach gefragt. Er sagte, sie hätten keine Genehmigung gehabt.«

»Warum haben die hier dann gebaut?«

»Da fragen Sie mich was.«

Brian rieb sich den Schnurrbart, sah Gator an und widmete sich dann wieder seinem Essen. »Ist wahrscheinlich nur Papierkram«, sagte er. »Das kriegen die schon hin. Sollten sie auch besser, verdammt noch mal. Ich habe einen verdammt guten Job fliegen lassen, um hierher zu kommen.«

»Ich auch«, sagte Ridley, und beide starrten Gator an.

»Ich nicht«, sagte er und ging zum Angriff auf Steak-and-Kidney-Pie über.

»Da ist noch was, wovor ich Angst habe«, fuhr Ridley fort. »Die eine Seite vom Hof ist genau auf der Kante vom Abhang, der ins Tal geht. Wenn wir da zu viel lagern und dann ein bisschen Regen kriegen, kann alles abrutschen.«

Brian lachte. »Sie machen sich viel zu viele Sorgen, Ridley«, sagte er. »Ich finde, der Boden sieht ganz fest aus.«

»Sie werden noch an meine Worte denken«, sagte Ridley und verlieh seinem Standpunkt mit dem Messer Nachdruck.

»Ridley hat Recht«, sagte Gator. »Ich hab mir gestern den Hang mal angesehen. Sieht mir ziemlich sandig aus. Nichts Festes.«

»Vielleicht war das ja der Grund, weswegen wir keine Baugenehmigung gekriegt haben«, sagte Ridley.

Brian sah beide an und sagte: »Kein Grund zur Sorge. Ich bin sicher, das kriegen die schon hin.«

Gator lud sich einen Haufen Kartoffelbrei auf die Gabel und sah Brian an. »Können wir dich beim Wort nehmen?«, fragte er.

Um fünf Uhr, am Ende eines langen Arbeitstages, ging Gator den Schotterweg entlang zum Ausgang des Gewerbegebiets. Plötzlich sah er Karls Fiat auf sich zubrettern. Der Wagen hielt, und die Tür flog auf.

»Spring rein«, sagte Karl.

Sie fuhren von Redgate nach Orton, um sich das Postamt noch einmal anzusehen. Die Fahrt dauerte etwa eine Viertelstunde, und auf der Straße herrschte Stoßverkehr.

Orton war ein kleines Dorf in der Nähe der M25 und wie auch Woodvale ein Ort, durch den die meisten Leute nur durchfuhren. Er hatte eine Straße mit Geschäften, darunter das Postamt, das auch Zeitungsgeschäft war. Karl parkte den Fiat in einer Seitenstraße, und sie gingen in den Laden.

Gator schaute sich ein paar Glückwunschkarten an und behielt dabei den Postschalter mit dem massiven Schutzglas im Auge. Karl stand drüben bei den Zeitungen und blätterte in ein paar Illustrierten. Auch er beobachtete den Schalter. Schließlich kaufte er eine Zeitung und ging zu Gator rüber. Sie gingen raus und setzten sich auf der anderen Straßenseite auf eine Bank.

»Wir müssen durch die Hintertür rein«, sagte Gator und streckte sich auf der Bank lang aus. Sein Rücken brannte immer noch von der Sonne, die er am Tag abbekommen hatte. »Vorne kommen und gehen zu viele Leute rein und raus.«

»Stimmt«, sagte Karl.

»Und das Glas sieht auch ein bisschen zu dick aus. Auch wenn's ein altes Postamt ist. Ist immer besser, sie von hinten zu überrumpeln.«

»Ich glaub, du hast Recht.«

»Lass uns mal ums Haus gehen und nachsehen.«

Sie standen auf, gingen wieder über die Straße und kamen auf einen kleinen Parkplatz. Da stand ein fast zwei Meter hoher Holzzaun, hinter dem die Höfe der Geschäfte lagen.

»Hier werd ich den Wagen parken«, sagte Karl. »Schön nah dran.«

Gator nickte. »Wir klettern über den Zaun, wenn uns keiner beobachtet. Dann sind wir außer Sicht, wenn wir versuchen, hinten reinzukommen.«

»Einbrechen?«

»Vielleicht müssen wir das. Vielleicht müssen wir uns auch reinreden. Improvisation ist alles.«

Karl sah besorgt aus. »Improvisation ist kein Wort, auf das ich mich verlassen möchte.«

»Ich hab's schon mal gemacht«, sagte Gator. »Gibt dir noch den letzten Kick.«

»Ja, aber du bist auch schon mal auf die Nase gefallen. Ich will nicht geschnappt werden.«

»Bekommst du kalte Füße?«

»Nein, ich will's bloß nicht drauf ankommen lassen.«

Gator sah nachsichtig zu Boden. Er hatte nur das eine Ding mit Karl gedreht, den Tankstellenraub, und Karl hatte dabei bloß den Wagen gefahren. Konnte er sich auf ihn verlassen, wenn sie etwas Härteres durchzogen? »Wir haben uns doch gut geschlagen mit der Tankstelle, oder?«, sagte er. »Das war auch nicht durchgeplant. Das macht einen guten Verbrecher aus. Wer sich bei der Arbeit was einfallen lässt, verliert nicht die Nerven. Das ist alles Teil der Herausforderung.«

»Glaub ich ja auch«, sagte Karl.

»Ist auch so«, erwiderte Gator.

Sie gingen schweigend zum Fiat zurück, bis Karl plötzlich sagte: »Was glaubst du, wie viel haben die wohl da drin?«

»Keine Ahnung, aber es ist mehr, als ich im Moment hab.« Gator interessierte die Höhe der Beute nicht so sehr. Ihn reizte die Herausforderung. Er wollte einfach was machen und ein wenig Abwechslung in sein Leben bringen. Wenn er irgendwo zugeschlagen hatte, konnte er von dem Kick noch wochenlang zehren, und jetzt hatte er schon seit über drei Monaten kein Ding mehr gedreht. Es war Zeit, wieder in die Hufe zu kommen. »Wenn du nichts dagegen hast«, sagte er, »würd ich es gerne sofort durchziehen. Wie wär's mit morgen?«

Karl sah ihn überrascht an. »Aber du musst doch arbeiten.«

»Wir machen's in der Mittagspause«, sagte Gator. »Hol mich um ein Uhr ab.«

Karl fing an zu lachen. »In deiner Mittagspause. Das gefällt mir. Bist du so was wie ein Gewohnheitsverbrecher?«

Auch Gator musste lachen. Das Wort gefiel ihm.

Nachdem er Gator bei seiner Mutter abgesetzt hatte, kontrollierte Karl in der Naughton Road, ob der Fiesta Azura auch ordentlich aussah. Am Abend wollte nämlich ein Interessent vorbeikommen und ihn sich ansehen. Dann ging er die Straße rauf, kaufte sich etwas beim Chinesen und verputzte es im Wohnzimmer, während Jasons Musik aus dem Keller hochdudelte. Dieser Jason! Er war schon ein musikbesessener Kerl.

Endlich kam der Käufer, und Karl setzte sein freundlichstes Benehmen auf. Er wies auf alle Vorzüge des Wagens hin und ließ die paar Schwachpunkte aus. Eine halbe Stunde später hatte er die Tasche voller Geld und reichte dem zufriedenen Kunden den Kraftfahrzeugbrief. Er grüßte vom Bürgersteig, als der Azura abfuhr.

Als er zurück ins Haus kam, stand Jason im Wohnzimmer.

»Erfolgreicher Deal?«

Karl langte in die Tasche, zog das Geld raus und wedelte damit in der Luft rum. »Der erste, seit ich hier hergezogen bin«, sagte er. »Ein Zweihundert-Pfund-Gewinn. Das müssen wir feiern.«

»Nicht noch eine Party. Ich glaub nicht, dass mein Körper das mitmacht.«

»Komm, wir leihen uns ein Video aus«, sagte Karl. »Und trinken einen.«

»Okay«, sagte Jason.

Jason folgte Karls Beispiel und holte sich oben an der Straße ein Essen vom Chinesen, während Karl mit dem Fiat zur Videothek fuhr. Als er zurückkam, saß Jason bereits mit seinem Essen im Wohnzimmer, neben sich auf dem Boden eine kühle Flasche Weißwein, ein Überbleibsel von der Party. Jason hatte seinen Fernseher samt Videorekorder wieder ins Zimmer gebracht. Er wagte kaum daran zu denken, was für ein Video Karl wohl ausgeliehen hatte. Er rechnete mit einem Jean-Claude Van Damme oder Steven Seagal, aber als Karl mit einem Film namens *Golden Balls* ankam, war er angenehm überrascht. »Weißt du, was du dir da ausgeliehen hast, Karl?«, fragte er.

»Wenn's *Golden Balls* heißt«, sagte Karl, »muss da auch ein Haufen Sex drin sein, und da hab ich nichts gegen.«

»Das ist ein spanischer Studiofilm«, sagte Jason. »Er ist vom selben Typen, der *Jamón, Jamón* gemacht hat.«

»Was?«

»Er hat auch einen Film mit dem Titel *The Tit and the Moon* gemacht.«

Karl sah auf die Rückseite des Videocovers. »Ja, das steht hier. Ich hab ihn in der Pornoecke gefunden.«

»Nun, dann hat man ihn falsch eingeordnet. Was du da hast, ist ein pseudoschöngeistiger Film mit Untertiteln.«

»Scheiße.«

»Aber wahrscheinlich gibt's da einen Haufen Sex. In *Jamón, Jamón* war's wenigstens so.«

»Wer, verdammt noch mal, ist Jamón? Ist das Spanisch für Eamonn?«

»Wen interessiert das?«

»Mich bestimmt nicht.«

»Hol was zu trinken, und mach das Ding an.«

»Los geht's.« Karl legte das Video ein.

Zuerst hatte Karl Schwierigkeiten damit, die Untertitel zu lesen. Wie sollte man dem Bild folgen und gleichzeitig unten am Rand etwas lesen? Zum Henker, er hätte sich genauso gut mit einem Buch in die Ecke setzen können, ein Zeitvertreib, dem er nie viel abgewinnen konnte. Aber als der Film weiterging und die Sexszenen seine Aufmerksamkeit fesselten, fand er einen Film mit Untertiteln dann doch nicht so schlecht. Und die Frauen da drin waren echte Kracher. Vor allem die eine mit den dunklen Haaren, die er schon mal gesehen hatte. Er fragte Jason, wer das war.

»Die hat in *Pulp Fiction* mitgespielt«, sagte Jason. »Sie war die Freundin von Bruce Willis.«

»Ja, jetzt weiß ich's wieder.«

»Sie heißt Maria de Dingenskirchen.«

»Maria de Geiletitt?«

Jason sah ihn an, und beide lachten.

Karl arbeitete sich durch eine Flasche Rotwein, und gegen Ende des Films schweiften seine Gedanken ab zum bevorstehenden Überfall. Warum, verdammte Kacke noch mal, ließ er sich wieder in so was reinziehen? Er war mit dem Verkauf des Wagens gerade leicht an zweihundert Eier gekommen, und er könnte dasselbe morgen noch mal machen. Warum verschwendete er seine Zeit damit, mit diesem verrückten Fickfrosch Gator seine Freiheit zu riskieren? Musste er Gator etwas beweisen? Wollte er zeigen, dass auch er ein harter Typ sein konnte? Gator fiel das einfach so zu, aber Karl kostete das eine Menge Arbeit. Nach dem Ding morgen würde er es ernsthaft in Betracht ziehen, so was nie wieder zu tun und sich nur darauf zu konzentrieren, was er gut konnte, nämlich Autos verkaufen. Und vielleicht, oh Schreck, oh Graus, sogar auf den Pfad der Tugend kommen und ein wenig Steuern zahlen von dem, was er verdiente. Schließlich wurde auch er langsam älter, und mit vierundzwanzig würde er ernsthafter über die Zukunft nachdenken müssen.

Als der Film schließlich zu Ende war, hob Jason sein Glas auf ihn.

»Eine hervorragende Wahl«, sagte er. »Hat es dir gefallen?«

»Ja, das muss ich zugeben«, sagte Karl. »Es tut ganz gut, mal was zu sehen, wo man die graue Masse ein bisschen anstrengen muss.«

»Stimmt«, sagte Jason. »Das bringt's.«

Karl trank seinen Wein aus und fragte sich, wie viel der nächste Tag wohl bringen würde. Was auch geschah, es würde morgen das letzte Mal sein, dass er mit Gator ein Ding drehte. Oder mit sonst jemandem.

12

Am Mittwochmorgen saß Detective Sergeant Ian Kiddie in Jesse Morgans Büro und berichtete ihm das Neueste aus dem Haus Bosser. Im Großen und Ganzen ging es darum, dass es keine Neuigkeiten gab. »Wir sitzen jetzt seit sechs Tagen da rum, und nichts ist passiert«, sagte Kiddie. »Wir wissen noch nicht mal, ob Bosser im Lande ist. Keinen Dreck wissen wir.«

»Dann hören wir damit auf«, sagte Morgan. »Ich habe eine andere Idee, aber die Sache muss ich erst mit Cole schaukeln.«

»Ach ja?«

»Warte hier. Ich bin sofort zurück.«

Morgan verließ das Zimmer und ging den Flur runter. Dann klopfte er an die Tür von Superintendent Cole. Cole sagte: »Herein«, und Morgan trat ein und schloss die Tür hinter sich. Er setzte sich Cole gegenüber und erklärte etwa zehn Minuten lang, was Sache war. Cole war der geborene Bürohengst, ein sehr gepflegter Mann, der nach allem aussah, bloß nicht nach einem Polizisten. Morgan konnte sich nicht vorstellen, wie er es so weit hatte bringen können, aber es musste irgendwas mit bestandenen Prüfungen zu tun haben. Er konnte sich nicht vorstellen, dass Cole sich auf der Straße jemals durchsetzen würde. Er war vielleicht ein paar Jahre jünger als Morgan mit seinen sechsundvierzig, sah aber aus wie um die dreißig – kurze, blonde Haare und Milchgesicht, das so aussah, als müsste er sich nicht einmal jeden Tag rasieren. Wenn man Cole aber einen intelligenten Plan vorlegte, dann erkannte er ihn, und Morgan erhielt für seinen freie Bahn. Morgan bedankte sich bei ihm und ging durch den Flur zurück wieder in sein Büro.

»Ich sag dir, was wir jetzt machen«, sagte er zu Kiddie und machte sich nicht einmal die Mühe, sich hinzusetzen. »Wir geben die Leiche von Stanley Bosser zurück an seine Frau und schnappen uns dann Bosser bei der Beerdigung. Ganz einfach.«

»Warum haben wir daran nicht schon früher gedacht?«, fragte Kiddie.

Als um ein Uhr die Mittagspause anfing, wartete Phil Gator am Bürocontainer ungeduldig darauf, dass Karl aufkreuzte. Brian und Ridley waren schon in Richtung Kantine verschwunden. Gator hatte ihnen erzählt, dass er noch ein paar Besorgungen zu erledigen hatte und vielleicht später zurückkäme. Brian hatte nichts dagegen, sie hatten ohnehin nicht gerade viel zu tun.

Beim Warten spürte Gator das Kribbeln in seiner Magengrube, was immer ein gutes Zeichen war. Wenn Karl sich doch bloß beeilen würde. Wo steckte das blöde Arschloch überhaupt?

Wenn er sich auf die Zehenspitzen stellte, konnte er Mr. Carroll hinter seinem Schreibtisch sehen. Was der alte Sesselfurzer den ganzen Tag machte, war ihm ein Rätsel. Irgendwie tat er Gator Leid. Anscheinend hatte er nichts, wofür es sich zu leben lohnte, außer jeden Tag auf diesen miesen Hof zur Arbeit zu kommen. Gator würde in diesem Alter genug beisammen haben, um für niemanden mehr arbeiten zu müssen. Vielleicht hatte er seine eigene Werkstatt oder irgendein anderes kleines Geschäft, aber er war sich verdammt sicher, er würde von nichts und niemandem Befehle entgegennehmen. Oder vielleicht würde er auch noch immer Dinger drehen. Würde er das jemals satt haben? Im Moment bezweifelte er es.

Dann sah er, dass Karls Fiat die Straße hochkam. Gator stieß einen erleichterten Seufzer aus. Als der Wagen neben ihm anhielt, stieg er ein und fragte Karl, warum er zu spät war.

»Ich hab den Vorschlaghammer vergessen«, sagte Karl. »Ich war schon auf halber Strecke und musste noch mal umdrehen.«

»Ich hoffe, du hast sonst nichts vergessen.«

»Nein, ich hab alles noch einmal gecheckt.«

»Hast du die Knarren?«

»Natürlich.«

»Schön, von mir aus kann's losgehen.«

Gator musste zugeben, für das ganze Bibbern und die Überredungskünste, die Karl vor einem Ding brauchte, saß er ziemlich ruhig hinter dem Lenkrad. Er brachte sie zügig nach Orton und sah überhaupt nicht nervös aus. Sie gingen die Einzelheiten des Raubes noch mal durch, und Gator war zuversichtlich und versessen darauf, die Sache ins Rollen zu bringen.

Auf dem kleinen Parkplatz hinter dem Postamt stellten sie den Fiat ab. Sie stiegen aus, machten den Kofferraum auf, zogen sich dünne Handschuhe an und holten dann eine Brechstange, eine Sporttasche und den Vorschlaghammer raus. Sie machten den Kofferraum zu, ließen den Wagen unabgeschlossen stehen und gingen zum Hintertor am Holzzaun.

»Steigst du zuerst rüber?«, fragte Karl.

»Warte mal«, sagte Gator. Er streckte die Hand aus und drehte am Torknauf. Es sprang sofort auf. »Ein Versuch lohnt sich doch immer«, grinste Gator, und sie gingen durchs Tor auf den Hinterhof.

»Es gibt heute einfach keine Herausforderungen mehr, was?«, sagte Karl, als er das Tor hinter sich zumachte. Sie standen auf einem kleinen Hof mit ein paar Mülltonnen, einem Fahrrad und leeren Kisten. Auf beiden Seiten trennte ein niedriger Drahtzaun den Hof von den anderen. Gator sah über den Holzzaun und stellte fest, dass man von den Häusern auf der anderen Seite des Parkplatzes genau auf sie sehen konnte. Er gab Karl einen Stoß.

»Beeilen wir uns«, sagte er. »Irgendein neugieriges Arschloch guckt da bestimmt aus dem Fenster und sieht uns.«

Karl drehte sich um und sagte: »Scheiße.« Er wandte sich zur Hintertür des Postamts und versuchte es an dem Knauf. Diesmal war abgeschlossen.

Die Tür schien Gator nicht allzu stabil zu sein. Er war schon durch ganz andere gekommen. Sie griffen nach der Brechstange und klemmten sie in den Spalt neben dem Schloss. Karl hielt sie waagerecht fest, während Gator den Vorschlaghammer in die Hand nahm und ausholte. »Wenn ich draufhaue, stecken wir drin«, sagte er. »Dann gibt's kein Zurück.«

»Also los dann«, sagte Karl, und Gator war wieder einmal platt, wie cool Karl blieb.

Gator stand da mit dem Hammer im Anschlag, zählte bis drei und schlug dann mit aller Gewalt auf die Brechstange. Das Eisen rastete zwischen Tür und Rahmen ein. Gator ließ den Vorschlaghammer auf den Boden fallen und kam rüber auf Karls Seite. Gemeinsam drückten sie gegen die Brechstange, und die Tür sprang auf.

»Donnerwetter«, sagte Karl. Er öffnete die Sporttasche und holte zwei wollene Skimützen und zwei Waffen raus. Er reichte Gator den 22er-Colt und behielt die 38er-Smith-and-Wesson für sich selbst. Sie zogen sich die Masken übers Gesicht und gingen rein ins Postamt.

Dort warteten zwei Leute auf die beiden – eine nicht mehr ganz junge Frau und ein Teenager. Der Lärm hatte sie offensichtlich aufgeschreckt.

Sie standen in einem Lagerraum voller Schreibwaren und Pappkartons und wollten gerade etwas sagen, als Karl die Waffe auf sie richtete und sie auf die Seite scheuchte. Gator öffnete eine der beiden Türen im Zimmer, und Karl konnte durch sie in den Laden sehen. Dann machte Gator die Tür leise wieder zu und schloss sie ab. Er ging zur anderen Tür und drückte vorsichtig die Klinke runter.

Durch den Spalt sah Gator einen alten Mann, der am Schreibtisch saß und jemanden bediente. Er wartete eine halbe Ewigkeit, bis der Kunde endlich ging, und sagte dann: »Pssst.«

Der alte Mann drehte sich um und sah auf die 22er, die Gator durch den Türspalt streckte. Gator beobachtete, ob der Mann irgendeinen Alarm auslöste, aber er reagierte gefasst. Er verließ seinen Schreibtisch und kam zur Tür.

Gator schob den alten Mann in den Lagerraum und dirigierte ihn zu Karl rüber. Karl trieb ihn neben die ältere Frau und den Teenager. Jetzt kam der schwere Teil.

Karl richtete die Waffe auf den Kopf des alten Mannes und sagte: »Während wir auf meinen Kumpel warten, machen Sie für mich bitte den Safe auf.«

Der alte Mann zitterte wie Espenlaub.

»Regen Sie sich ab«, sagte Karl. »Bald ist es vorbei, und dann können Sie alles der Zeitung erzählen.«

Der alte Mann entfernte sich von den anderen beiden Geiseln und ging in Richtung Safe.

Mit der Sporttasche in der Hand kroch Gator auf allen vieren hinter dem Postschalter entlang. Als er letzte Nacht im Bett gelegen hatte, war er in Gedanken diesen Teil durchgegangen, also wusste er ungefähr, was er tun wollte. Sein Herz schlug wie ein Presslufthammer, aber genau für so was hier lebte er. Das gab ihm den ultimativen Kick.

Als er unter dem Schalter lag, griff er in die Schubladen und steckte alles in die Sporttasche. In manchen Schubladen fand er Scheine und Wechselgeld, in anderen waren Dokumente. Karl hatte vorher schon gewitzelt, dass er sich ein paar Steuermarken abgreifen wollte, damit er für seine Wagen in Zukunft keine Steuern mehr bezahlen musste. Und siehe da, Gator stieß auf ein paar Marken und schüttete sie in die Tasche. Beinahe hätte er laut gelacht, aber er versuchte, so ruhig wie möglich zu bleiben. Auf der anderen Seite der Glasscheibe, vielleicht zwei oder drei Meter entfernt, konnte er Kunden im Laden hören. Als er schließlich glaubte, dass er genug Zeit da drinnen verbracht hatte, wollte er wieder in den Lagerraum zurückkriechen.

»Hallo, entschuldigen Sie bitte!«

Gator stockte das Blut in den Adern, als vom Schalter oben eine Frauenstimme kam.

»Entschuldigen Sie bitte, junger Mann!«

Gator musste sich schnell was ausdenken. Er konnte schlecht mit der Maske überm Gesicht aufstehen. Die Frau würde anfangen zu schreien, und dann war hier die Hölle los. Also nahm er die

Maske vom Kopf und stellte sich hin. Auf der anderen Seite der Scheibe stand eine kleine, alte Rentnerin und sah ihn an.

»Ach, Sie sind neu hier«, sagte sie lächelnd zu ihm. »Könnte ich bitte zwei Briefmarken haben?«

Gator hätte ihr am liebsten zwei Faustschläge verpasst, aber er lächelte die Frau unschuldig an und sagte: »Ich mach hier bloß sauber. Ich geh den alten Mann holen.«

Dann nahm er die Sporttasche und ging in den Lagerraum.

Karl hatte die drei Geiseln in einer Reihe aufgestellt und hielt zwei kleine Leinentaschen voller Geld in der Hand. Als Gator durch die Tür kam, sah Karl, dass der seine Maske nicht aufhatte. Gator bemerkte seinen Fehler erst, als Karl »Maske!« sagte. Gator setzte sie wieder auf, aber es war schon zu spät. Die drei Geiseln hatte ihn alle gesehen.

Gator überließ die Sporttasche Karl, der registrierte, dass Gators Hände zitterten. Karl steckte die zwei Leinentaschen und die Waffe in die größere Tasche und machte den Reißverschluss zu.

»Wir haben ein kleines Problem da drüben«, sagte Gator. »Bring alles in den Wagen und hol ihn vors Haus. Ich verschnür die drei hier noch und komm dann raus.«

»Brauchst du Hilfe?«

»Nein. Mach jetzt.«

Karl nahm die Tasche und ging raus.

Im Hinterhof nahm er die Wollmaske ab und war froh, ein bisschen frische Luft ins Gesicht zu kriegen. Er schwitzte zwar wie ein Ochse, war aber immer noch ruhig. Dann schnappte er sich Brechstange und Vorschlaghammer und ging durchs Tor.

Er setzte seinen Weg über den Parkplatz gemächlich fort, aber auf halbem Weg hörte er einen Schuss aus dem Postamt. Erst dachte er, er würde sich das alles nur einbilden, aber dann hörte er noch zwei Schüsse. Er sagte laut: »Oh Gott!«, und rannte das letzte Stück zum Wagen.

Gator kam aus dem Postamt aufs Holztor zu. Er hatte immer noch seine Maske auf und nahm sie erst ab, als Karl den Fiat vom Parkplatz gefahren und ein beachtliches Tempo erreicht hatte. Die Maske war klatschnass, ebenso wie die Vorderseite seines T-Shirts. Außerdem bemerkte er darauf ein paar Blutflecken.

Karl sprach mit ihm, aber Gator wusste nicht, was er sagen sollte. Eigentlich konnte er sich auf gar nichts konzentrieren, was um ihn rum so war – vorbeikommende Autos, vorbeifliegende Häuser, Sommerwetter, die Knarre auf seinem Schoß. Ein neues Glücksgefühl stieg in ihm hoch, und er fühlte sich wie ein Übermensch, auf Wolke sieben.

Schließlich hörte er, wie Karl sagte: »Sag endlich was, verdammt noch mal!«

Gator sah zu seinem Freund rüber und rang sich ein Lächeln ab. »Ich glaub, ich hab grade 'nen Hattrick gelandet«, sagte er.

13

Karl musste Gator zurück in die Naughton Road bringen, damit er sich ein anderes T-Shirt anziehen konnte. Gator wollte unbedingt wieder zur Arbeit gehen, damit alles ganz normal aussah, aber das konnte er nicht mit den Blutflecken auf seinen Klamotten. Auf dem Rückweg versuchte Karl, mit ihm zu reden, aber Gator war in seiner eigenen Welt. Auch Karl wünschte sich, in seiner eigenen Welt zu sein, auf einer verlassenen Insel oder so, tausend Meilen weit weg von diesem Bekloppten neben ihm. Was, zum Teufel, hatte den dazu getrieben, drei unschuldige Leute umzubringen?

Als sie ankamen, führte Karl Gator in sein Schlafzimmer. Er suchte ihm ein T-Shirt raus, das das gleiche Blau hatte wie das, das er trug, und sah zu, wie Gator sich umzog. Dann gingen sie zurück zum Wagen, und Karl brachte ihn nach Redgate und zum Holmethorpe Industrial Estate.

»Ich werd mir die 22er vom Hals schaffen«, sagte Gator während der Fahrt.

»Und was ist mit der anderen Knarre?«, fragte Karl.

»Nicht nötig. Das wär reine Verschwendung.«

Karl hätte am liebsten was anderes zum Thema Verschwendung gesagt. Zum Beispiel, dass gerade drei Menschenleben in den Gulli geschmissen worden waren. Wie hoch stand das auf Gators Verschwendungsskala?

Als Karl Gator in sicherer Entfernung vom Bürocontainer absetzte, sah er auf die Uhr und stellte fest, dass sie gerade anderthalb Stunden weg gewesen waren. Das sagte er beiläufig zu Gator und fügte sarkastisch hinzu: »Nicht schlecht für 'nen Raubüberfall und 'nen dreifachen Mord.«

Gator erwiderte nichts. Er stieg einfach aus und ging weg.

Als er näher zum Bürocontainer kam, sah Gator auf dem Hof einen Lastwagen stehen, auf dem Brian Muffen aufstapelte. Unten stand Ridley mit hochgekrempelten Ärmeln und warf die Muffen rauf. Gator rannte zurück auf den Hof und lief zu ihnen rüber. Er entschuldigte sich bei Brian und löste Ridley ab, der draußen blieb, um zuzusehen, und in seinen Büroklamotten vor sich hin schwitzte.

Als der Laster weg und Ridley wieder im Büro war, kam Brian zu Gator rüber. »Na, eine gute Stunde Mittag gemacht?«, fragte er.

»Ich hab dir gesagt, dass ich vielleicht zu spät komm«, sagte Gator.

»Ist schon in Ordnung. Ich hab auch nicht damit gerechnet, dass der Lastwagen hier aufkreuzt. Aber Mr. Carroll wollte wissen, wo du gesteckt hast.«

»Und du hast mich gedeckt, ja?«

»Ich hab dich gedeckt.«

»Guter Junge.«

»Aber jetzt hat er 'nen anderen Scheißjob für uns.«

»Na ja, dafür bin ich ja hier. Langsam wird's mir langweilig, immer in der Sonne zu liegen.«

»Okay. Komm mit.«

Sie verbrachten den Rest des Nachmittags damit, Muffen hin und her zu tragen. Für Gator war das alles sinnlose Arbeit, aber immerhin war er beschäftigt und kam auf andere Gedanken.

Aber er war sich auch im Klaren darüber, dass er auf der kriminellen Karriereleiter gerade einen gewaltigen Sprung nach oben gemacht hatte. Und gegen Abend konnte er nicht mehr anders, er musste ganz einfach rumstolzieren wie ein Gockel. ›Oh gottverdammt‹, dachte er bei sich. ›Vielleicht schreibt irgendeiner ja sogar mal ein Buch über mich!‹

Frankie Bosser saß in seinem Hotelzimmer und vertrieb sich die Zeit. Es war ein langer Nachmittag. Er saß mit einem Buch auf dem Schoß am offenen Fenster, beobachtete unten auf der Hauptstraße die Passanten und schaute, ob er jemanden kannte. Ein paar Rentner kamen ihm bekannt vor, Leute, die niemand richtig kennt, die einfach immer da sind und sich um ihre armseligen, kleinen Angelegenheiten kümmern, bis sie eines Tages plötzlich verschwinden. Frankie dachte, dass die Leute in Courmayeur in ein paar Jahren vielleicht auch einmal so über ihn denken würden – da ist der arme Engländer, der nicht in sein Heimatland zurückkehren darf, also versteckt er sich bei uns und behauptet, er wäre glücklich. Was für eine traurige Vorstellung!

Frankie dachte auch an seinen kurzen Besuch neulich bei Jason. Er hatte Jason etwa eine Stunde beim Singen zugehört, und es war ihm ein Rätsel, warum er nie Karriere gemacht hatte. Jason hatte ihm erzählt, dass seine Freunde immer dachten, er hätte Talent, weil sie nie von ihm erwartet hatten, dass er zu irgendetwas taugte. Aber professionellen Sängern konnte er das Wasser nicht reichen. Nun, Frankie fand trotzdem, dass er großartig war, und er hatte es ihm auch gesagt. Was Jason brauchte, waren ein Manager und jemand, der ihm etwas Vertrauen und Geld schenkte, damit seine Karriere in Gang kam. Aber die Chancen standen nicht gut, dass Frankie das tun könnte. Er würde in ein paar Tagen verduften.

Als das Telefon klingelte, wurde er aus seinen Gedanken gerissen. Er stand vom Sessel auf und meldete sich. Es war Daniela.

»Gute Nachrichten, Frankie«, sagte sie. »Sie wollen die Leiche von deinem Vater freigeben, damit wir ihn beerdigen können.«

»Das ist großartig«, sagte Frankie. »Aber woher der plötzliche Gesinnungswandel?«

»Dem Arzt zufolge sagt die Polizei, dass es kaum eine Chance gibt, den zu kriegen, der Stanley zusammengeschlagen hat. Es ist vor über einer Woche passiert, und sie haben keinerlei Anhaltspunkte. Sie sagen, wenn wir ihn beerdigen wollen, dann können wir das tun.«

»Scheint so wohl das Beste zu sein«, sagte Frankie. »Ich glaube nicht, dass sie den Typen kriegen. Kann ich dir irgendwie bei den Vorbereitungen helfen?«

»Nein. Ich glaube, du lässt dich hier besser weiterhin nicht sehen.«

»Keine Sorge. Mach ich auch nicht.«

Als er aufgelegt hatte, spürte Frankie hauptsächlich Erleichterung. Er konnte endlich seinen Vater beerdigen und dann wieder nach Italien gehen. Er langweilte sich in diesem Zimmer allmählich zu Tode, obwohl er jetzt beim dritten Elmore Leonard angelangt war, bei *Swag*. Er handelte von einem Gangsterduo, das urkomische Raubüberfälle verübte, in einer Eigentumswohnung lebte und Frauen vernaschte. Das Verbrecherleben wurde darin als sehr faszinierend dargestellt, und Frankie fragte sich, ob man das wohl so in einem Buch schildern durfte. Andererseits aber würden Kriminelle so ein Buch wahrscheinlich gar nicht lesen. Oder doch? Und war Frankie nicht auch ein Krimineller? Nein, er fand, er war es nicht.

Frankies einzige bohrende Frage war nun, warum die Polizei ihren Standpunkt zum Begräbnis geändert hatte. Wollten sie ihn etwa reinlegen und darauf warten, dass er bei der Beerdigung erschien, um ihn dann zu verhaften? Er ahnte, dass sie irgendwas im Schilde führten, und fand es besser, sich in der Leichenhalle von seinem Vater zu verabschieden, wenn der Tote dort eintraf, und dann Daniela den Rest der Beisetzung organisieren zu lassen. Während ihn die Polizei auf der Beerdigung suchte, würde er aus dem Land verduften.

Karl verbrachte den Nachmittag allein auf seinem Zimmer und ließ sich voll laufen. Er brauchte eine ganze Flasche Wein, um sich zu beruhigen, und eine weitere halbe, um sich noch etwas mehr zu entspannen. Im Radio lief der Lokalsender, und er hörte zu jeder vollen Stunde die Nachrichten. Der Raubüberfall war natürlich das Hauptthema. Ein dreifacher Mord in dieser Gegend war schließlich eine genauso ungeheuerliche Sache wie die, dass Tottenham Hotspurs Meister wurde. Er hörte sich die Interviews mit den Polizisten an. Einer hieß Cole, der andere war ein gewisser Mulligan. Sie sagten, sie würden ein paar Hinweisen folgen, ließen sich aber nicht darüber aus, was das für welche waren. In einer Schule in Orton war ein Ermittlungsbüro eingerichtet worden. Karl war kurz davor, einfach abzuhauen und sich, wie Gator vor drei Monaten, eine Fähre zu schnappen. Aber er verreiste nicht gern und hatte auch gar keine Lust, nach Europa zu fahren. Er wollte in seinem neuen Domizil bleiben und seine Brötchen mit dem Verkauf von Autos verdienen. Warum, zum Henker, sollte er abhauen? Es war Gator, der den ganzen Mist verbockt hatte. Warum sollte er selber dann auf der Flucht sein?

Das Geld aus dem Überfall war etwas über dreitausend Pfund, plus einen Haufen Formulare und Papiere, die Gator hatte mitgehen lassen. Darunter waren ein paar Steuerplaketten für Autos, die ohne den Stempel des Postamts wertlos waren. Karl nahm an, dass er ohne Mord mit dieser Beute ganz zufrieden gewesen wäre, aber durch die Morde wurde alles getrübt. Und wenn eine Million Pfund in der Tasche unter seinem Bett gewesen wäre, geändert hätte das nichts. Er wollte sich schnell wieder mit Gator treffen, damit der ihm genau erklären konnte, was passiert war.

Er musste nicht lange warten.

Kurz nach sechs klingelte es an der Haustür. Karl sah aus dem Fenster und erwartete, Polizeiwagen zu sehen. Aber da war nichts. Er ging runter, und durch das Glas erkannte er Gator.

»Verdammt, was machst du hier?«, fragte Karl und holte ihn leise rein.

»Ich muss irgendwo unterkriechen«, sagte Gator.

»Also, hier kriechst du nicht unter«, sagte Karl, dem vom Wein schwindlig war.

»Ich krieche hier unter und Schluss«, sagte Gator. »Ist der Gitarrenmensch zu Hause?«

Karl zeigte auf eine Notiz, die beim Telefon auf dem Flurtisch lag. »Er hat einen Auftritt in London.«

»Gut«, sagte Gator und entspannte sich etwas. »Pass auf, ihr habt da oben noch ein Zimmer über. Ich kann da drin schlafen, und wir überfallen Jason mit der schlechten Nachricht, wenn er nach Hause kommt. Wir können ihm ja ein bisschen Extrageld zustecken. Wir sagen einfach, ich bin bei meiner Mutter rausgeflogen oder so was.«

»Aber warum gehst du nicht einfach nach Hause?«

»Weil die Bullen nach den üblichen Verdächtigen suchen werden, und mein Name taucht ganz bestimmt auf. Ich hab im Knast gesessen, vergiss das nicht. Die kommen heute oder morgen vorbei und wollen mich sprechen.«

»Daran hättest du denken sollen, bevor du drei Leuten das Licht ausgepustet hast. Ich kann's immer noch nicht glauben. Verdammte Scheiße, ich kann's immer noch nicht glauben!«

»Bist du besoffen?«

»Oh ja, verdammte Scheiße, darauf kannst du einen lassen!«

»Gut. Führ mich zum Alk. Ich will da auch hin.«

»Zuerst will ich ein paar beschissene Antworten.«

»Okay. Ich erklär dir gleich alles.«

Sie gingen in die Küche, und Karl zog ein Bier aus dem Kühlschrank. Gator griff nach einer offenen Whiskyflasche auf dem Tresen und setzte sie gleich an. Er knackte die Bierdose auf und nahm einen Schluck. Dann trank er abwechselnd aus Dose und Whiskyflasche, während Karl dabeistand. Er konnte zusehen, wie Gator sich langsam entspannte und sich wie eine fest aufgewickelte Spule löste. Als er dachte, dass Gator nun entspannt genug war, sagte er: »Also, sag schon, was passiert ist, verdammt noch mal.«

Sie nahmen ihre Drinks mit nach hinten auf die Terrasse und setzten sich auf einen Liegestuhl. Die Sonne war noch immer am Himmel, versank gerade hinter den Bäumen am Ende des Gartens. In dieser Stimmung fühlte Gator sich ausgeglichen. Er fragte sich, ob dies wohl der letzte Sonnenuntergang war, den er je in Freiheit sehen würde. »Ich hab das große Flattern gekriegt«, erzählte er Karl. Er sah, dass Karl nickte und darauf wartete, dass er mehr sagte. »Ich musste meine Maske im Postamt abnehmen«, fuhr er fort. »Ich hatte grade vor, mich zu verkrümeln, als mich diese kleine, alte Lady von der anderen Seite der Scheibe nach ein paar Briefmarken fragte. Was sollte ich tun, verdammte Scheiße! Wenn ich mit der Maske aufgestanden wär, hätte sie geschrien und alles hochgehen lassen. Also hab ich die Maske abgenommen, bin aufgestanden und hab ihr gesagt, dass ich bloß die Putze wär. Ich hab gesagt, ich würd gehen und den alten Knaben holen.«

»Ja, das war ziemlich cool«, sagte Karl und lächelte schief.

Auch Gator lächelte. Bis dahin hatte er es auch ziemlich cool gefunden. »Ich hab mir keine Sorgen darüber gemacht, dass die alte Lady mein Gesicht gesehen hat. Alte Leute sind nie gut mit ihren Beschreibungen. Aber als ich dann in das Hinterzimmer kam, und die drei sahen mein Gesicht, da war mir klar, dass alles aus ist. Ich hatte keine Wahl. Ich wollte auf gar keinen Fall zurück in den Knast. Da bin ich durchgedreht und hab gedacht, ich muss sie umbringen.«

»Das hast du nicht gemusst«, sagte Karl. »Wir hätten's drauf ankommen lassen können. Wir hätten ein Jährchen oder zwei gekriegt, wenn sie uns geschnappt hätten. Jetzt schnappen die uns garantiert, und du verschwindest für immer in der Versenkung, und ich geh auch für 'ne schöne lange Zeit ins Kittchen.« Er hob sein Glas. »Vielen Dank auch!«

»Es gibt keinen Grund, den Kopf hängen zu lassen«, sagte Gator. »Wir verstecken uns einfach, bis sich die ganze Sache gelegt hat.«

»Die ganze Sache wird sich niemals legen!«, sagte Karl wütend. »Hast du schon mal von einem dreifachen Mord gehört, den sie nicht aufgeklärt haben?«

Gator legte den Finger an die Lippen. »Pass auf, dass die Nachbarn dich nicht hören. Natürlich gibt es Morde, die nicht aufgeklärt werden.«

»Verdammt selten, soweit ich weiß. Wir sollen die beste Polizei der Welt haben, denk dran.«

Gator lachte. »Das ist doch Scheiße, was du da sagst.«

»Tja, ich hoffe, du hast Recht.«

»Ich weiß, dass ich Recht habe.«

»Und nun willst du hier unterkriechen, bis die Bullen dich vergessen haben?«

»Richtig.«

»Ist das dein genialer Plan?«

»Richtig.«

»Dann sollten wir Jason besser einen Haufen Geld geben, um ihn bei Laune zu halten.«

»Genau das werden wir tun. Wir bezahlen ihn mit dem geklauten Geld. Wie viel haben wir überhaupt abgezogen?«

»Etwas über dreitausend.«

»Gute Arbeit. Gute Arbeit.«

Aber Karl warf ihm einen bösen Blick zu, und Gator blickte ernst in sein Glas. Er würde Karl gut im Auge behalten müssen, um sicherzugehen, dass er keine Dummheiten machte. Und er würde auch Jason gut im Auge behalten müssen, um sicherzugehen, dass er sie nicht fallen ließ. Sonst könnte die Situation brenzlig werden. Im Moment aber war er sich ganz sicher, dass alles gut würde.

14

Am nächsten Morgen wachte Jason früh auf, obwohl er erst gegen halb zwei ins Bett gefallen war. Er hatte einen Auftritt in Londons West End gehabt, in einem kleinen angesagten Club, wo er sich tierisch verausgabt hatte. Es war die Art Kneipe, wo es das Bier nur in Flaschen gab und sich die Zuschauer lieber gegenseitig beobachteten, als auf die Musik zu hören. Er hatte ein vierzigminütiges Solo hingelegt und dreißig Pfund dafür bekommen. Wenn er davon die Benzinkosten abzog, hatte sich die ganze Sache kaum gelohnt. Warum gab er sich eigentlich noch die Mühe, an solchen Orten aufzutreten? Nährte er immer noch die leise Hoffnung, dass man ihn eines Tages entdecken und ihm einen Songwriting- oder Plattenvertrag anbieten würde? War es die Anerkennung, die ihm gefiel, die Blicke, die er hinterher von den Frauen zugeworfen bekam? Oder versetzte es ihm immer noch einen Kick, wenn er vor Leuten auftrat? Er wusste es selbst nicht. Er würde bald mal herausfinden müssen, was er am liebsten machen wollte. Vielleicht sollte er sich einfach nur auf den Unterricht konzentrieren, der wesentlich weniger Stress bedeutete und Jason irgendwie auch befriedigte. Und schließlich bekam er jetzt auch Miete von Karl. Musste er denn wirklich so regelmäßig nach London fahren?

Er schälte sich aus seinem Bett, obwohl es erst halb acht war, ging in die Küche und setzte Wasser auf. Auf dem Tresen lagen eine Menge leerer Flaschen rum. Karl musste gestern Abend mit jemandem gebechert haben.

Sein Untermieter schien im Großen und Ganzen doch nicht so übel zu sein. Trotz anfänglicher Befürchtungen hatte Jason festgestellt, dass er den Kerl so langsam richtig mochte. Es hatte Spaß gemacht, sich *Golden Balls* mit ihm anzusehen.

Es war das erste Mal seit langem, dass er sich einen Film mit jemand anderem als Heather angeguckt hatte, und es war eine erfrischende Abwechslung gewesen. Heather hatte beim Filmegucken immer Geräusche von sich gegeben – leise Seufzer und Bemerkungen, sie hatte sich tatsächlich mit den Figuren unterhalten, und bei den rührenden Szenen flossen ihre Tränen. Es hatte Jason zur Verzweiflung getrieben, wenn sie sich im Kino gemeinsam einen Film ansahen. Zu Hause war es nicht so peinlich, aber es machte ihn dennoch rasend. Jason war angenehm überrascht gewesen, dass Karl beim Fernsehen meistens ruhig war. Es kamen nur ab und zu ein paar unflätige Bemerkungen über die Frauen. Er war ziemlich lustig gewesen. Vielleicht brauchte Jason im Moment ein bisschen Verbundenheit unter Männern. Oh Gott, wie er diesen Ausdruck hasste! Er holte sich Brot aus dem Kühlschrank und steckte es in den Toaster.

Jesse Morgan wurde nach einem unergiebigen dreistündigen Schlaf von seinem Wecker aufgeschreckt. Seit dem dreifachen Mord im Postamt hatten sich alle zur Verfügung stehenden Polizisten der Wache und dazu noch weitere aus den umliegenden Gebieten im Ermittlungsbüro in Orton zusammengetan. Wie die Verrückten waren sie herumgerannt und hatten nach irgendwelchen Anhaltspunkten gesucht, und das würde so weitergehen, bis die Mörder gefasst waren. Dass der Überfall von zwei Männern in einem roten Fiat ausgeführt worden war, war so ziemlich das Einzige, was die Polizei bis jetzt wusste. Aber Morgan war zuversichtlich, dass sie die Mörder finden würden. Eine solche Schweinerei musste irgendwo eine Spur hinterlassen.

Als er sich auf die Bettkante gequält hatte, nahm Morgan den Telefonhörer ab und rief Nicola an. Das war heute die einzige Gelegenheit, mit ihr zu sprechen. Nach drei Klingelzeichen antwortete sie mit einem verschlafenen »Hallo?«.

»Habe ich dich geweckt?«, fragte er.

»Wie spät ist es denn?«

»Kurz nach halb acht.«

»Dann ja.«

»Tut mir Leid. Ich kann dich nur jetzt anrufen. Hast du von dem dreifachen Mord gestern gehört?«

»Nein. Ich habe gestern gar keine Nachrichten gehört. Warte mal, ich muss mich hinsetzen.«

Er hörte zu, wie sie sich in eine bequemere Position wühlte. Komisch, dass das Wort ›Mord‹ immer sofort bei allen Leuten Aufmerksamkeit erregte. Als sie fertig war, erzählte er ihr alles über den Überfall auf das Postamt.

»Daran werde ich so lange arbeiten, bis der Fall gelöst ist«, sagte er. »Wenn du also nichts von mir hörst, dann weißt du, warum.«

»Ist das nicht der klassische Polizistenspruch?«

»Es ist der klassische Zerstöre-eine-Beziehung-Polizistenspruch. Aber ich möchte, dass du weißt, dass ich das nicht vorhabe. Ich möchte dich im Moment ständig um mich haben. Dies hätte zu keinem ungünstigeren Zeitpunkt passieren können.«

»Du Schmeichler. Mach weiter so.«

Er lachte. »In Wahrheit gehst du mir nicht aus dem Kopf. Ich weiß nicht mal, ob ich es schaffe, mich auf den Fall zu konzentrieren.«

»Bist du dafür zuständig?«

»Nein. Wenn es in Woodvale einen größeren Mordfall gibt, holen sie Leute von außerhalb, die ihn aufklären sollen. Es gibt in der Umgebung von London spezielle Morddezernate, die so genannten *Area Major Investigation Pools*. Oder AMIP. Wenn es Ärger gibt, kommen sie und räumen auf. Sie haben mehr Erfahrung als wir Dorfbobbys. Angeblich.«

»Aber du hast mal in London gearbeitet.«

»Ich weiß, aber das zählt nicht. In dieser Sache werde ich einzig und allein die Drecksarbeit machen. Uns vertrauen sie nur die Familienmorde an, die leicht aufzuklären sind.«

»Hört sich für mich nach einem schlechten Deal an.«

»Wenn sie glauben, dass es funktioniert, dann ist alles geritzt. Solange der Fall nur gelöst wird.«

»Wer ist denn nun der zuständige Superstar? Vielleicht sollte ich mich mit ihm treffen. Du bist ja nur der Himbeertoby.«

Morgan grinste. »Das ist ein Typ namens Mulligan. Macht das

schon seit Jahren. Guter Mann. Hat mehr Erfahrung mit Mord als ich. Sein Faktotum heißt Mills.«

»Was ist ein Faktotum?«

»Sein Stellvertreter. Jeder Detective hat einen Stellvertreter. Bist du sicher, dass du darüber um halb acht in der Frühe reden willst?«

»Es ist eigentlich ganz interessant.«

»Nicht, wenn du das schon seit zwanzig Jahren machst.«

»Mache ich ja nicht.«

»Vielleicht solltest du bei uns einsteigen.«

»Ich kann kein Blut sehen.«

»Ich auch nicht.«

»Und wann werde ich dich zu Gesicht bekommen?«

»Vielleicht in ein paar Tagen oder einer Woche. Ich könnte irgendwann mal vorbeikommen, aber nur für einen schnellen Besuch.«

»Vorbeikommen für eine schnelle Nummer?«

»Hört sich gut an.«

»Ich warte auf dich.«

Ein paar Minuten später legte er auf, hellwach und gut gelaunt. Er ging nackt ins Badezimmer und stellte sich unter die heiße Dusche. Sie erinnerte ihn an letzten Sonntag. Nachdem er sich unter der Dusche erleichtert hatte, war er im Jogginganzug in die Küche gegangen, um mit Nicola zu frühstücken. Sie hatte ihm einen Riesenteller mit Speck, Eiern, Pilzen und Tomaten gemacht. Er hatte es in kürzester Zeit runtergeschlungen, während sie ungläubig zugesehen hatte. Nach dem Joggen hatte er immer Hunger.

Nach dem Frühstück saßen sie im Wohnzimmer und lasen gemeinsam die *Mail on Sunday*. Sie stellte ihm Fragen über Politik, die er nur grob beantworten konnte. Er fand das Thema äußerst langweilig, aber wenn sie in Zukunft darüber reden wollte, musste er sich wohl dafür interessieren. Er las ihr ein paar Geschichten aus dem Sportteil vor und stellte erstaunt fest, dass sie eine ganze Menge darüber wusste. Eine Frau, die sich mit Sport auskannte? Na, das war wirklich eine Seltenheit.

Am Nachmittag hatten sie in Woodvale Priory einen Spaziergang gemacht und sich dann in die Sonne gelegt. Sie hatten pausenlos geredet. Morgan war es noch nie so leicht gefallen, sich mit einer Frau zu unterhalten. Er konnte jedes x-beliebige Thema aufgreifen, und Nicola vertrat dazu immer einen Standpunkt, war immer begeistert und interessierte sich ununterbrochen für seine Meinung. Man fand wirklich selten jemanden, mit dem man seine Gedanken so leicht austauschen konnte. Normalerweise ließ sich immer nur einer aus, während der andere zuhörte – Ian Kiddie kam ihm in den Sinn –, und dann übernahm der andere für eine Weile. Dieses Fifty-fifty-Gespräch musste man wie einen Schatz hüten. Es war schon eine Ewigkeit her, dass er mit jemandem so lange geredet hatte, der kein Polizist war, und er war überrascht, dass er es noch immer konnte. Er war sehr zufrieden mit sich selbst. Aber er würde noch daran arbeiten und neue Themen finden müssen, um sie auch künftig zu unterhalten.

Vor langer Zeit, als er so um die zwanzig war, war er kurze Zeit verheiratet gewesen. Damals schien es eine gute Idee zu sein, aber nach nur einem Jahr hatten sie sich getrennt und ein paar Jahre später scheiden lassen. Seitdem hatte er immer allein gelebt, und keine einzige Beziehung hatte länger als sechs Monate gehalten. Als Polizist war es schwierig, eine Beziehung aufrechtzuerhalten, und er fragte sich, ob diese mit Nicola wohl das übliche halbe Jahr überstehen würde. Vielleicht würde er damit anfangen müssen, seine Prioritäten anders zu setzen. Vielleicht ans Aussteigen denken, wenn es ernst wurde. Er konnte eine neue Aufgabe in seinem Leben gebrauchen, und dies war möglicherweise die Chance, auf die er gewartet hatte. Mal sehen.

Der gemeinsame Sonntag war am späten Nachmittag mit ihrem ersten Kuss zu Ende gegangen, den sie sich in Nicolas Wohnungstür gegeben hatten. Weil er so lange keine Frau mehr geküsst hatte, hatte Morgan das Erlebnis als äußerst erotisch empfunden. Er hatte aber auch angenehm überrascht festgestellt, dass sein Können ihn noch nicht verlassen hatte. Etwas mehr Sorgen machte ihm die

Aussicht, dass er irgendwann einmal mit ihr ins Bett steigen würde. Wusste er noch, wie man das machte? Würde er sich zum kompletten Idioten machen? Er würde es bald herausfinden.

Er kam aus der Dusche, trocknete sich schnell ab und zog sich wie gewöhnlich eine schwarze Hose, ein weißes Hemd mit langweiligem Schlips und ein tristes Sportsakko an. Dann föhnte er sich die Haare, und gegen Viertel nach acht war er auf dem Weg zu seinem Wagen.

Seine Arbeit würde heute darin bestehen, die Häuser von bekannten Verbrechern in der Gegend abzuklappern und nachzufragen, was sie gestern so getrieben hatten. Er würde Kiddie mitnehmen, und es würde ein langer Tag werden. Aber vielleicht konnte er ja später bei Nicola im *Red Lion* auftauchen.

Von oben kamen Stimmen und das Getrappel von zwei Paar Füßen. Jason war im Keller. Er hatte immer noch seinen Morgenmantel an und überarbeitete den Text für einen neuen Song. Er fragte sich, was für ein Mädchen Karl letzte Nacht wohl mit nach Hause genommen hatte, bis er endlich feststellte, dass die zweite Stimme einem Mann gehörte. Er legte sein Textbuch beiseite und ging die Treppe hoch, um nachzusehen.

Er fand sie im Wohnzimmer – Karl und diesen Furcht erregenden Typen Gator, den er auf der Party getroffen hatte und der seitdem schon ein- oder zweimal hier gewesen war. Die beiden saßen da in ihren Boxershorts und tranken Tee. Es gab so viele Muskeln zu sehen, dass sich selbst ein Frank Bruno unbehaglich gefühlt hätte. Jason sagte Guten Morgen und wollte gerade gehen, als Karl ihn wieder reinwinkte.

»Komm rein und setz dich«, sagte Karl. »Wir müssen dich mal was fragen.«

Jasons Alarmglocken schrillten, als er sich neben Gator aufs Sofa setzte. Karl sprach aus seinem Sessel.

»Wir haben ein kleines Problem mit Phil hier. Er ist grade bei seiner Mutter rausgeflogen, weil sie ihn da letzte Nacht mit Wendy erwischt hat. Du weißt doch noch, Wendy. Er hat sich gefragt, ob er wohl für ein paar Nächte hier bleiben kann. Du hast doch noch dieses andere kleine Zimmer da oben. Phil hat da übrigens letzte Nacht geschlafen.«

»Ich bezahl pro Tag«, sagte Gator. »Sag nur, wie viel.«

»Nur für ein paar Tage?«, fragte Jason.

»Sollte eigentlich nicht länger sein«, sagte Gator. »Höchstens eine Woche. Nur so lange, bis ich eine andere Unterkunft gefunden habe. Ich hab jetzt einen neuen Job, also sollte es kein Problem sein, was zu finden.«

Jason saß da und dachte darüber nach, aber was sollte er sagen, wenn diese beiden Typen ihn ansahen? Er ärgerte sich ein wenig über Karl, dass er ihn in so eine Lage gebracht hatte, aber das kleine Zimmer war frei, es stand nur sein Gerümpel drin. Und etwas Geld zusätzlich könnte er auch gebrauchen. In den letzten Tagen schien ihm das Geld nur so zuzufliegen, und er genoss das zugegebenermaßen. Wer hätte das auch nicht getan?

»Okay«, sagte er. »Ich sehe da kein Problem. Solange es meinen Unterricht nicht stört.«

»Ich werd mucksmäuschenstill sein«, sagte Gator. »Vielen Dank.«

Er streckte ihm seine große Hand entgegen, und Jason griff zögernd zu und schüttelte sie. Er hatte Gators Schraubzwinge vom letzten Mal noch in bester Erinnerung.

Jesse Morgan verbrachte den ganzen Tag mit Ian Kiddie an seiner Seite und arbeitete sich durch eine ausgedruckte Computerliste von bekannten Verbrechern in der Umgebung von Woodvale und Redgate. Er war erstaunt, dass es in einer so genannt feinen Gegend so viele gab. Der Ort barg offensichtlich mehr Geheimnisse, als selbst er es für möglich gehalten hätte. Die meisten Vergehen waren jedoch ziemlich unbedeutend – Einbrüche, Körperverletzung, Trunkenheit und ordnungswidriges Verhalten, Erregung öffentlichen Ärgernisses. Es gab keine bewaffneten Räuber oder Massenmörder auf der Liste, aber andererseits wusste er, dass die meisten Verbrecher ehrgeizig waren, und kleinere Verbrechen führten immer zu größeren, wenn man ein Berufsverbrecher war. Es lief alles auf das kleine Wörtchen Gier hinaus, und ausnahmslos alle Kriminellen waren davon befallen. Also war jeder Name auf der Liste eine Überprüfung wert. Es war ein zeitraubendes Aussieben, aber es musste gemacht werden.

Nachdem er bei Jason Süßholz geraspelt und ihm fünfzig Mäuse für das Gästezimmer zugesteckt hatte, ging Gator in den Flur und machte zwei Anrufe. Zuerst telefonierte er mit seiner Mutter im Schwimmbad. Falls die Bullen auftauchten und nach ihm fragten, solle sie sagen, dass er noch immer in Europa war. Sie kam mit ihren gewohnten Klagen wie: »Du steckst doch nicht schon wieder in der Tinte, oder, Phil?«, und er beschwichtigte sie mit den üblichen Lügen und Beteuerungen. Seine Mutter war sowieso kein großer Fan der Polizei. Schon seit Jahren hegte sie einen Groll gegen sie, und zwar seit dem Tag, an dem sie wegen Trunkenheit am Steuer geschnappt und zu einer saftigen Geldstrafe verdonnert worden war. Wenn sie ihrem einzigen Sohn dabei helfen konnte, ihnen eins auszuwischen, dann war doch alles klar. Warum sollte sie sich darüber Gedanken machen? Gator erzählte ihr nicht, wo er war, aber er sagte, er würde sie in einer Woche oder so besuchen kommen. Und das würde er auch tatsächlich. Er würde ihr ein schönes Geschenk von dem gestohlenen Geld besorgen.

Der nächste Anruf ging an Brian auf der Arbeit. Er sagte ihm, dass er ein bisschen später kommen würde, weil er sich nicht gut fühle. Brian sagte, dass er sich darüber keine Sorgen zu machen brauche. Es war sowieso nicht viel los. Gator versprach, nach der Mittagspause aufzutauchen, und Brian sagte: »Ich seh dich dann.« Gator lächelte, als er den Hörer auflegte. Es war schon erstaunlich, wie leicht man die Leute manipulieren konnte. Erzähle ihnen eine Lüge, und sie wollen sie einfach glauben. Manchmal war es leichter, Lügen für bare Münze zu nehmen als die Wahrheit.

Als Nächstes ging er zu Karl, der in der Garage seinen Fiat sauber machte. Er saß auf dem Vordersitz mit einem Eimer heißem Wasser auf dem Schoß und einem Lappen in der Hand.

»Beseitigst du die Spuren?«, flachste Gator, als er sich auf die offene Tür stützte und runtersah.

»Ich geh nur auf Nummer Sicher«, sagte Karl, ohne ihn anzusehen. »Denkst du, wir sollten die Brechstange und den Vorschlaghammer verschwinden lassen?«

»Die Brechstange vielleicht«, sagte Gator. »Kann sein, dass da Farbe von der Türfassung drauf ist. Der Vorschlaghammer ist aber in Ordnung. So was haben viele Leute.«

»Die Brechstange verschwindet dann also«, sagte Karl und sah ihn jetzt an. Er klang ein bisschen bedrückt. »Ich nehm mal an, deine Knarre hast du weggeschmissen.«

»Natürlich. Aber ich sag dir nicht, wo.«

»Will ich auch gar nicht wissen.«

»Ich brauch noch ein paar Klamotten«, sagte Gator. »Kannst du mich zu mir nach Hause fahren?«

»Könnte das nicht gefährlich für dich sein?«

»Wird's schon nicht. Da ist bestimmt keiner, der das beobachtet. Ich geh rein und komm gleich wieder raus. Du kannst mich einfach absetzen und dann wieder einladen.«

»Okay. Und ich lass auf dem Rückweg die Brechstange verschwinden.«

»Jetzt gebrauchst du endlich mal deinen Grips.«

Gator ging rein, um seine Schlüssel zu holen. Als er wiederkam, war Karl im blauen Nissan mit laufendem Motor schon startklar. Der Fiat stand versteckt hinter der verschlossenen Garagentür.

Karl wurde langsam, aber sicher immer frustrierter. So tief unten war er schon lange nicht mehr gewesen, und der Letzte, den er jetzt neben sich sitzen haben wollte, war Phil Gator. Er schwieg, als sie zum Haus von Gators Mutter fuhren, und grunzte nur, wenn Gator versuchte, sich mit ihm zu unterhalten.

Als sie ankamen, forderte Gator ihn auf, noch ein Stückchen weiterzufahren. Er sah die Straße rauf und runter und hielt nach den Bullen oder sonst irgendetwas Ungewöhnlichem Ausschau. Dann sagte er Karl, dass er zurückfahren sollte.

»Lass mich fuffzig Meter vorher raus«, sagte Gator. »Und dann komm in etwa fünf Minuten wieder.«

Karl fuhr kreuz und quer durch Woodvale, blieb in dem Gewirr von Einbahnstraßen stecken und traf erst zehn Minuten später wieder beim Haus ein.

»Verdammte Scheiße, wo bist du gewesen?«, fragte Gator, als er, mit dem Rucksack in der Hand, wieder einstieg.

»Probleme mit dem Verkehr«, sagte Karl. »Wohin jetzt?«

»Kannst du mich zur Arbeit bringen und den Rucksack dann mit nach Hause nehmen?«

»Dein Wunsch ist mir Befehl.«

»Brauchst gar nicht so rumzumuffeln.«

»Ich glaub, so'n kleiner Muffler steht mir zu.«

»Du bist wie so'n verficktes altes Weib.«

»Alte Weiber ficken nicht«, sagte Karl. Und dann lachte er.

»Endlich wirst du locker«, sagte Gator.

15

Als Karl Gator bei der Arbeit absetzte, war es kurz nach zwei. Gerade als Gator aussteigen wollte, kamen Brian und Ridley aus der Kantine und gingen zurück auf den Hof.

»Das da ist mein Boss«, sagte Gator zu Karl. »Der mit dem Schnurrbart. Der andere Typ arbeitet im Büro.«

Karl beobachtete, wie die beiden Männer weitergingen, ein Großgewachsener und ein Kleiner. »Haben sie irgendwas gesagt, weil du gestern zu spät gekommen bist?«

»Eigentlich nicht. Hier ist alles ganz locker. Der ruhigste Job, den ich je gehabt hab. Außer, dass Brian ein Auge auf mich geworfen hat.«

»Was meinst du damit?«

»Er starrt immer auf meine Muskeln. Ich glaub, ich gefall ihm.«

Karl lachte. »Ist er verheiratet?«

»Ja.«

»Vielleicht hast du's dann in den falschen Hals gekriegt.«

»Ich glaub nicht.«

»Dann knall ihm doch eine.«

»Vielleicht muss ich das mal. Aber ich will meinen Job nicht verlieren.«

Karl sah Gator an. Er wusste nicht, ob er es ernst meinte. »Du willst deinen Job nicht verlieren? Das ist im Moment wohl deine kleinste Sorge.«

Gator starrte ihn an. »Du machst dir zu viele Sorgen. Wir sehen uns dann.« Er stieg aus dem Wagen, machte die Tür ein wenig zu heftig zu und rannte los, um die anderen beiden einzuholen.

Am späteren Nachmittag hockte Gator mit Brian auf einem Dreißiger-Rohr, das auf dem Hof rumlag. Sie saßen zwischen zwei Rohrstapeln, sodass man sie vom Büro aus nicht sehen konnte. Neben ihnen war der Drahtzaun und dahinter der Abhang, der in die offene Grube führte – der Abhang, der Ridley solche Sorgen bereitet hatte. Gator fand auch, dass der Boden sandig aussah, und es wäre interessant zu sehen, was passierte, wenn es ein großes Gewitter gab. Er warf einen raschen Blick auf den blauen Himmel und dachte bei sich, dass es damit im Moment wohl nichts wäre. Seit dem Tag, als er aus Europa zurück war, hatte es nicht mehr geregnet.

Sie hatten eine Pause gemacht, um einen Orangensaft zu trinken. Brian reichte seine Isoflasche rüber und kaute an einem Sandwich aus seiner Brotdose. Die letzten zwei Stunden hatten sie damit verbracht, Rohrstapel von einem Ort zum anderen zu schieben und den Hof zum x-ten Mal für Mr. Carroll, den Perfektionisten, aufzuräumen. Brian sagte: »Am besten erlaubst du dir die nächsten Wochen keine Extrawurst mehr. Immer zu spät kommen und zu lange Mittagspausen. Carroll denkt schon drüber nach, einen anderen anzuheuern.«

»Ach ja?«, sagte Gator. »Na ja, es kommt nicht mehr vor. Das war ’ne Ausnahme.«

»Kann ich dir irgendwie helfen?«

Gator schüttelte den Kopf. »Ich glaub nicht.« Er gab Brian den Becher zurück. Als er ihn rüberreichte, streifte Brians Hand die seine. Es war mehr als ein zufälliger Kontakt, eher eine sehnsüchtige Berührung.

»Sag mal«, sagte Gator. »Bild ich mir das eigentlich ein, oder hast du dich in mich verguckt?«

Brian lächelte und goss sich Saft in den Becher. »Du interessierst mich«, sagte er.

»Ich dich interessieren? Also, das hat noch nie jemand zu mir gesagt.«

»Kann ich dich mal was Vertrauliches fragen?«, sagte Brian.

»Wenn’s sein muss.«

Brian nahm einen Schluck Saft und drehte sich um. Mit gespreizten Beinen saß er auf dem Rohr und blickte Gator direkt ins Gesicht. »Bist du schon mal im Knast gewesen?«

Auf so was war Gator nicht vorbereitet gewesen, also dachte er nach, ehe er antwortete. Erst hatte er vor zu lügen, aber dann dachte er, zum Teufel auch, was würde das schon ändern? »Ja, bin ich«, sagte er. »Sechs Monate, vor ein paar Jahren.«

Brian machte beinahe einen Luftsprung. »Ich wusste es!«, sagte er. »Ich wusste es!«

»Worüber freust du dich so?«, fragte Gator.

»Ach, nichts. Ich hatte nur so eine Ahnung, das ist alles. Mir ist einfach aufgefallen, dass du wie einer aussiehst, der schon mal gesessen haben könnte. Ich hab zwar die Formulare durchgesehen, die du ausgefüllt hast, aber da stand nichts davon drin.«

»Das ist nicht grade was, das man aller Welt erzählen möchte.«

»Stimmt wohl. Und was hast du angestellt?«

Gator grinste. »Ich war damals noch ein bisschen naiv. Ich hab in Croydon 'ne Bausparkasse mit 'ner Spielzeugknarre überfallen. Bin mit der Knete auch noch rausgekommen, aber dann gleich einem Bullen in die Arme gerannt, der da schon auf mich gewartet hat. War eigentlich nur Pech.«

»Scheiße.«

»Ich hab mich gefühlt, wie so'n gottverdammter Idiot.«

»Kann ich mir vorstellen.«

»Also haben sie mich zu einem Jahr verdonnert. Erste Straftat. Sechs Monate hab ich gesessen, und dann bin ich rausgekommen. Sechs Monate Langeweile.«

»Inwiefern?«

»Alltagstrott. Jeden Tag machst du dieselben Scheißsachen. Die brennen sich richtig in deinem Hirn ein.«

»Und wie sieht der Alltagstrott aus?«

Gator ließ seine Gedanken drei Jahre zurückschweifen. Er würde es wahrscheinlich nie vergessen. »Du stehst um Viertel vor sieben auf, gehst kacken, wäschst dich und gehst dann frühstücken. Wo ich war, gab's keinen Speisesaal, also haben wir immer eingesperrt in unserer Zelle gegessen. Außer mir gab's da noch einen anderen Typen. Dann sind wir von acht bis elf arbeiten gegangen. Wir haben immer den Job gemacht, den sie in der Woche gerade für uns hatten. Meistens hab ich geputzt. Ich hab genug Fußböden für die nächsten zweihundert Jahre geschrubbt. Wenn ich irgendwann mal ein eigenes Haus hab, such ich mir 'ne Frau, die das für mich macht. Ich hasse diese Scheißputzerei.«

»Ich auch«, lachte Brian.

»Dann, um zwanzig nach elf, gab's Mittagessen, und wir waren bis eins in der Zelle eingesperrt. Dann, von eins bis zwei, kam das einzig Erträgliche am Tag – eine Stunde im Fitnessraum. Als ich rauskam, war ich so fit wie'n verdammter Turnschuh.«

»Du hast gesagt, du machst keinen Kraftsport.«

»Mach ich auch nicht. Hab ich nur da drinnen gemacht. Wenn ich das hier draußen täte, würd mich das nur an den Knast erinnern.«

»Ist klar. Und was stand als Nächstes auf der Tagesordnung?«

»Nach zwei sind wir wieder arbeiten gegangen. Dann waren wir gegen vier wieder in der Zelle. Tee gab's um zwanzig nach vier, und dann waren wir bis sechs wieder eingekerkert.«

»Donnerwetter«, sagte Brian. »Was hast du die ganze Zeit getrieben, als du eingebuchtet warst?«

»Hab die meiste Zeit auf der Pritsche gelegen und an die Decke gestarrt. Ich hatte ein Radio. Ich hasse lesen. Außer Zeitungen.«

»Und was war das für ein anderer Typ in deiner Zelle?«

»Der war ganz in Ordnung. Ein bisschen jünger als ich.« Gator wollte nicht über Teddy reden. Die meiste Zeit in den sechs Monaten hatten sie sich den Arsch in Fransen gefickt. »Dann, nach sechs«, fuhr er fort, »hatten wir das, was sie ›Kameradschaftsabend‹ nannten. Wir durften fernsehen, Billard oder Tischtennis spielen, Musik hören oder, wenn du ein richtiger Musterknabe warst, Kurse im Bildungszentrum belegen. Dann, um acht, musstest du wieder in die Zelle. Es gab ein warmes Abendessen, und rums, die Tür war für den Rest der Nacht dicht.«

»Dann warst du aber ganz schön lange eingesperrt.«

»Das kannst du wohl sagen. Ich bin früher ins Bett gegangen als damals, als ich noch 'n Kind war.«

»Was war, wenn du mal nachts scheißen musstest? Haben sie euch dann rausgelassen?«

»Spinnst du? Dafür gab's den Kackeimer, aber dann hättest du die ganze Nacht den Mief in der Zelle gehabt. Das hätte den Zellenkollegen bestimmt nicht besonders gefreut. Also haben wir in eine Zeitung gekackt und sie dann aus dem Fenster geschmissen. Ein anderer von meinen Jobs war, die zusammengeknüllten Zeitungen am Morgen aufzuheben. Entzückende Zustände, findest du nicht auch?«

Brian verzog das Gesicht. »Das ist barbarisch.«

»Du würdest nicht glauben, dass so was immer noch passiert, oder?«

»Die meisten Leute wissen das doch gar nicht.«

»Die meisten Leute wollen das auch gar nicht wissen.«

Sie schwiegen eine Weile, aber Gator spürte, dass die Unterhaltung noch nicht vorbei war. Er sah runter in die Grube. Auf der anderen Seite waren die traurigen Überreste der Fuller's-Earth-Fabrik. Gator hatte nie dort gearbeitet, aber er kannte ein paar Typen, die dort gerackert hatten. Er hatte gehört, dass es dreckige Arbeit war. Sie gruben nach Ton, der getrocknet und als Staub abgepackt und dann hauptsächlich in der Ölraffinerie genutzt wurde.

»Und was war mit Sex?«, fragte Brian. »Hast du davon was mitgekriegt?«

Gator kicherte. Das war normalerweise eine der ersten Fragen, die die Leute über das Leben hinter Gittern stellten. Besonders die Männer. Er wunderte sich, dass Brian so lange dafür gebraucht hatte. Für die meisten Männer war die Vorstellung, einen Pimmel im Arsch zu haben, das Schlimmste überhaupt. Aber Gator wusste, dass es noch viel Schlimmeres gab. Zum Beispiel zusammengeschlagen oder abgestochen zu werden. Und davon hatte er eine Menge gesehen. Er sah Brian an und sagte: »Na klar hab ich davon was mitgekriegt.«

Nun wurde Brian richtig aufmerksam. »Hast du's mal selber gemacht?«, fragte er.

Gator zögerte. Warum sollte er Brian seine ganzen Geheimnisse erzählen? All die Nächte mit Teddy, wie sie es getrieben hatten.

Was ging ihn das an? Aber ehe er richtig darüber nachgedacht hatte, sagte er: »Natürlich hab ich das.«

Brian grinste. »Wie war das denn so?«

Gator machte wieder eine Pause. Er hatte noch nie jemandem draußen erzählt, was er im Knast gemacht hatte. Nicht mal Karl. Aber er war sicher, dass Karl ahnte, was los gewesen war, und das erklärte auch, warum er letzten Sonntag so reagiert hatte, als er beim Aufwachen Gator in seinem Bett fand. Aber Gator hatte mit Karl gar nichts vorgehabt. Es war bloß um einen Schlafplatz gegangen. Und außerdem hatte er, außer im Gefängnis, nie mit einem Mann gefickt. Er hatte es draußen immer fertig gebracht, an Frauen zu kommen. Weswegen hätte er also einen Mann nehmen sollen?

»Willst du das wirklich wissen?«, fragte Gator.

»Oh ja«, sagte Brian.

Gator holte tief Luft. »Na ja, am Anfang tut es ziemlich weh. Wenn du an so einen Scheißkerl gerätst, der nicht besonders sanft mit dir umgeht, hast du über eine Woche lang 'nen wunden Arsch und 'ne Menge Geblute. Am besten geht's mit viel Gleitmittel. Ich würd dir Vaseline empfehlen. Aber nach 'ner Weile lockert sich dein Arsch allmählich, und alles wird leichter. Es ist eigentlich gar nicht mal so'n übles Gefühl.«

»Wow!«

»Aber es ist viel besser, jemandem in den Arsch zu ficken, als andersrum. Einen Arsch zu ficken, kann ein ganz geiles Gefühl sein. Er ist enger als 'ne Frau, also reibt's mehr, und dein Orgasmus ist intensiver. Ich würd tatsächlich sagen, dass ich bei den Orgasmen, an die ich mich am liebsten erinnere, in 'nem Arsch gesteckt habe.«

»Aber du triffst dich auch mit Frauen, oder?«

»Na klar. Draußen würd ich es nie mit einem Mann treiben. Frauen machen mehr Spaß. Man kann sich besser mit ihnen unterhalten. Einen Mann könnt ich nur im Knast ficken. Am besten ist natürlich eine Frau, die es gern im Hintern hat. Aber die sind ziemlich schwer zu finden.«

»Die haben wahrscheinlich ziemlichen Bammel davor.«

»Das haben die meisten Leute.«

Wieder schwiegen sie. Brian sah Gator mit ganz neuen Augen an.

»Warum willst du das überhaupt wissen?«, fragte Gator. »Kriegst du zu Hause nicht genug?«

»Gewissermaßen«, sagte Brian. »Wenn ich mir so anhöre, wie ehrlich du bist, kann ich dir auch genauso gut meine Geschichte erzählen.«

»Nur zu. Sonst scheint hier ja nichts los zu sein.«

Brian kratzte sich verlegen am Kopf und strich dann über seinen Schnurrbart. Er zögerte ein wenig. »Na ja, weißt du, als ich zweiundzwanzig war, habe ich geheiratet, und ich hatte nur mit einer Frau geschlafen, bis mir Wendy begegnete.«

»Nicht wahr!«

»Bitte?«

»Meine Braut heißt auch Wendy.«

»Macht sie's im Arsch?«

»Wo denkst du hin.«

»Schade. Wie dem auch sei, Wendy war zwanzig. Am Anfang hatten wir ziemlich regelmäßig Sex miteinander, aber als ich fünfundzwanzig war, kam das erste Kind und das zweite, als ich siebenundzwanzig war. Danach war Wendy immer viel zu müde, weil die Kinder sie den ganzen Tag auf Trab hielten, und ich kann ehrlich sagen, dass wir es jetzt etwa zweimal im Jahr machen. Einmal an meinem Geburtstag und einmal zu Weihnachten.«

»Du machst Witze.«

»Nein, ganz bestimmt. Zweimal im Jahr. Na schön, die Termine mögen sich ändern, aber zweimal im Jahr ist so ziemlich alles, was ich kriege.«

»Wie alt bist du jetzt?«

»Fünfunddreißig.«

»Oh, Scheiße.«

»Und wenn wir dann mal Sex haben, liegt sie nur da und macht gar nichts.«

Gator lachte. Er schüttelte den Kopf.

»Die meiste Zeit«, fuhr Brian fort, »verbringe ich damit, aus dem Fenster den Mädchen nachzusehen, die vorbeikommen, und mir dabei einen runterzuholen. Am liebsten mag ich meine Nachbarin von nebenan. Also das ist wirklich 'n Sahnetörtchen. Im Sommer sitzt sie im Bikini im Garten, und ich bin oben im Schlafzimmer und hol mir einen runter. Näher komm ich heutzutage nicht an einen großen Orgasmus.«

»Das hab ich auch schon mal gemacht«, sagte Gator.

»Da bin ich ja froh, dass ich nicht der Einzige bin.«

»Du und tausende von Männern auf der ganzen Welt. Du musst bloß aufpassen, dass dich niemand erwischt. Du willst sicher keinen auf den Deckel kriegen wegen Exhibitionismus.« Gator kicherte. »Ich hab mich da mal im Knast mit so einem Typen unterhalten. Der hatte sich auch an seiner Nachbarin festgebissen. Immer, wenn er sie sah, hat er sich einen runtergeholt. Eines Tages hat er so verzweifelt nach ihr geguckt, dass er, als er aus dem Fenster sah, auf ihr Auto gewichst hat.«

»Du willst mich auf den Arm nehmen.«

»Nein. Ehrlich!«

»So schlimm kann's kommen.«

»Das kannst du wohl sagen.«

»Na ja«, sagte Brian. »Kurz und bündig, ich sehne mich nach einem anständigen Fick. Ich kenne keine Frauen, die gerne mit mir ausgehen würden, also hab ich in letzter Zeit mal an Männer gedacht. Männer haben so eine ganz andere Einstellung zum Sex, so eine animalische Einstellung, und ich glaube, das ist es vielleicht, was ich brauche. Ich will nichts mit Gefühlen. Ich brauch nur das Körperliche. Kannst du das irgendwie verstehen?«

»Klar«, sagte Gator. »Das ist, was die meisten Männer brauchen, und die Frauen sind es, die diesen ganzen Gefühlskram wollen. Männer wollen einfach nur ficken. Darum gibt's heute so viele Schwule. Sie schneiden diesen ganzen emotionalen Scheiß raus und kommen zur Sache. Darum gibt's auch so viele Lesben. Frauen können eigentlich nur zu Frauen eine Beziehung haben. Eigentlich ist die ganze Welt ziemlich im Arsch.«

»Genau.«

Gator sah auf die Armbanduhr. »Müssen wir nicht langsam zurück an die Arbeit?«

Brian sah über die Rohrstapelkante zum Büro rüber. »Nein, scheiß drauf.« Er drehte sich wieder zu Gator. »Es macht mich geil, wenn ich so viel über Sex rede. Du hättest nicht zufällig Lust, es mal mit mir auszuprobieren, oder? Nur, damit ich mal rausfinde, wie das ist.«

Gator grinste. Er hatte sich schon gedacht, dass es dazu kommen würde. Armer, unbefriedigter Brian. Aber es war lange her, dass er selber eine Arschnummer geschoben hatte. Vielleicht wäre es ja ganz schön, es wieder mal zu probieren, hier draußen in der warmen Sonne, und die goldene Regel zu brechen, es niemals außerhalb des Knasts mit Männern zu treiben.

»Okay«, sagte er. »Aber ich will keine Küsse. So was mag ich nicht. Ganz besonders nicht mit deinem ätzenden Schnurrbart.«

»Ich mag dich auch nicht küssen.«

Gator nickte. »Aber wir brauchen ein bisschen Gleitmittel. Was können wir dafür nehmen?«

Brian langte runter in seine Brotdose. Er ließ sie aufschnappen und holte zwei kleine Päckchen Margarine raus. »Ich hab die hier mitgebracht«, sagte er. »Die sind jetzt bestimmt schön weich.«

»Das hast du die ganze Zeit geplant.«

»Seit ich dich zum ersten Mal gesehen habe«, sagte Brian. »Ich hab mir immer gedacht, dass du mal der Erste sein würdest.«

»Du wirst doch jetzt wohl nicht gefühlsduselig, oder?«

Brian lachte. Dann holte er noch ein paar Kondome aus der Brotdose. »Ich glaube, die hier sollten wir besser auch benutzen«, sagte er.

Gator stand auf und reckte sich. »In Ordnung«, sagte er. »Ich mach's dir zuerst. Auf geht's.«

Als alles vorbei war, saßen sie wieder auf dem Rohr. Beide fühlten sich ein bisschen unbehaglich.

Brian sagte: »Mein Arsch brennt. Was ist mit deinem?«

»Meiner ist okay«, sagte Gator. »Aber auch schön warm. Also, wie hat's dir gefallen?«

»Es war schön«, sagte Brian. »Ein richtig intensiver Orgasmus.«

»Das hab ich dir doch gesagt. Das Problem ist nur, dass du das jetzt öfter willst. Und wo kriegst du das?«

»Vielleicht muss ich nach London. Da gibt's doch viele Schwulenkneipen, oder?«

»Die sind überall, wo du auch hinsiehst. Du kannst laufend 'nen Fick kriegen. Aber sei vorsichtig.«

»Gehst du da jemals rein?«

»Nein. Ich hab ja schon gesagt, außerhalb vom Knast fick ich nicht mit Männern. Du warst der Erste.«

Brian lächelte. »Was für eine Ehre. Wie kann ich das je wieder gutmachen?«

Gator grinste ihn an. »Nun, da gibt's 'nen kleinen Gefallen, den du mir tun könntest. Und wenn du's machst, darfst du mich noch mal ficken.«

»Sag mir nur, was es ist«, sagte Brian.

»Weißt du noch, diese Mittagspause, als ich zu spät zurückgekommen bin? Falls die Bullen mal vorbeikommen und rumfragen, kannst du ihnen sagen, dass ich die ganze Zeit mit dir beim Mittagessen war?«

»Wie so eine Art Alibi?«

»Jawoll.«

»Ich hab's gewusst, dass du was vorgehabt hast. Erzählst du mir, was es war?«

»Sicher nicht.«

Brian beugte sich rüber und drückte Gators Hand. »Hey, kein Problem«, sagte er.

16

Am Donnerstagabend verließ Frankie Bosser sein Hotelzimmer und fuhr mit dem gemieteten Sierra nach Woodvale. Er war bei Daniela zum Essen eingeladen, und weil es so aussah, als ob ihn die Bullen fürs Erste vergessen hätten, hatte er beschlossen, das Risiko einzugehen und zum Abendbrot vorbeizugehen. Es war das erste Mal, dass er sich dort blicken ließ, seit er wieder da war.

Es war ein schwüler Sommerabend. Der blaue Himmel von vorhin war nun dunkelgrau, aber Frankie schwitzte noch immer wie ein Ochse, obwohl die Autofenster runtergekurbelt waren. Seine graue Hose klebte am Sitz, sein weißes Hemd am Rücken, und er wünschte, dass er sich für seinen Ausflug ein paar Shorts mitgebracht hätte. Jetzt machte es aber keinen Sinn mehr, noch welche zu kaufen. Gestern hatte er für Montagmorgen seinen Rückflug nach Italien gebucht. Morgen würde er seinen Vater in der Leichenhalle sehen, am Wochenende abtauchen und sich dann verdünnisieren. Und das war keinen Augenblick zu früh. Montagnachmittag würde er wieder in Italien sein, und das bedeutete, dass er fast zwei Wochen weg gewesen war. Zwei Wochen, in denen er kaum etwas anderes gemacht hatte, als in seinem Hotelzimmer rumzuhängen und Elmore-Leonard-Romane zu lesen. Na ja, diese Entdeckung war wenigstens etwas Positives an seiner Stippvisite.

Er stellte den Wagen ein paar Straßen vom Haus seines Vaters entfernt ab und lief das restliche Stück. Er kam zu der kleinen Gasse, die zum Hintergarten führte, und ging sie langsam hoch. Auf beiden Seiten waren Hecken, und es blieb gerade genug Platz, dass eine Person durchpasste. Frankie sah durch die Hecken auf die großen, freistehenden Häuser, von denen jedes einen Garten von knapp fünfzig mal fünfzig Meter hatte. Der Gedanke, eines Tages an so einem Ort zu wohnen, war schon reizvoll, aber würde er das jemals erreichen? Würde er für immer in einem Land leben, in dem Englisch nicht die Landessprache war?

Der Weg machte eine Kurve, und ein Mann mit einem großen

Golden Labrador kam auf ihn zu. Der Mann war groß, hatte rotes Haar und einen Schnurrbart. Frankies erster Gedanke war: ›Bulle.‹ Aber dann überlegte er sich, warum ein Bulle um sieben Uhr abends mit einem Hund an diesem Ort spazieren gehen sollte. Oder war der Hund vielleicht ein Vorwand? Frankie lächelte über seinen Verfolgungswahn und beruhigte sich, als der Mann näher kam.

»'n Abend«, sagte der Mann, als sie sich aneinander vorbeiquetschten. Frankie musste über die Hundeleine klettern und hätte sich beinahe in ihr verheddert. Er erwiderte den unverbindlichen Gruß. »Sieht nach Regen aus«, sagte der Mann, als Frankie gerade weitergehen wollte. Schottischer Akzent.

Frankie sah nach oben und sagte: »Da könnten Sie Recht haben.«

Der Mann lächelte, und ihre Blicke begegneten sich. Frankie nickte und ging weiter.

Er kam an die Hinterseite vom Haus seines Vaters, stieß die Pforte auf und ging rein. Er inspizierte den Garten – der Rasen musste zwar gemäht werden, die Blumenbeete am Rand waren aber gepflegt. In der Mitte stand der fahrbare Rasenmäher, der ohne seinen Besitzer oben drauf ein bisschen verloren aussah. Frankie konnte sich an den Tag erinnern, als sein Vater, vielleicht vor zehn Jahren, die Maschine gekauft hatte. Er war an einem Sonntag zum Mittagessen vorbeigekommen, und sein Vater war so stolz auf sein neues Spielzeug gewesen, dass er die ganze Zeit, in der die kleine Schar ihre Aperitifs schlürfte, draufgesessen hatte. Dann hatte sein Vater den Mäher zum allgemeinen Vergnügen angeworfen und war mit ihm bis direkt vor die Küchentür gefahren, wo er abstieg, reinging und den Braten anschnitt. Frankie wollte das jetzt auch machen, zum Haus fahren und Daniela überraschen. Aber vielleicht würde es sie zu sehr aufregen.

Frankie konnte Daniela durch das hintere Fenster sehen, und er winkte ihr zu, als er näher kam. Sie kam zur Hintertür, um ihn zu begrüßen, umarmte ihn innig und küsste ihn auf beide Wangen.

»Ich musste gerade an den Rasenmäher denken«, sagte Frankie. »Weißt du noch, wie er mit ihm zur Küchentür gefahren ist?«

Daniela lachte, und bei der Erinnerung füllten sich ihre Augen mit Tränen. »Stanley hatte immer einen Witz auf Lager. Er wollte immer alle zum Lachen bringen.«

Frankie sah eine halb volle Rotweinflasche auf dem Tisch stehen und kam beinahe in Versuchung, selbst ein Glas zu nehmen. Stattdessen entschied er sich für ein Gingerale und setzte sich an den Küchentisch, während Daniela das Essen zubereitete.

»Wirst du das Haus jetzt verkaufen?«, fragte Frankie und bediente sich aus einer Schüssel mit Erdnüssen.

»Ich biete es nächste Woche zum Verkauf an«, sagte Daniela. »Ob es jemand nimmt, weiß ich nicht.«

»Und was ist dann?«

»Wenn es jemand kauft, gehe ich vielleicht zurück nach Italien. Was mich hier gehalten hat, war dein Vater, und jetzt habe ich keine Bindungen mehr. Ich habe Heimweh nach Italien.«

»Ich auch«, sagte Frankie. »Aber nach Hause zu kommen, bringt eine Menge Erinnerungen wieder hoch. Ich weiß gar nicht, in welchem Land ich leben möchte.«

»Na, ein bisschen verwirrt?«

»Ein bisschen sehr. Wenn ich in Italien bin, habe ich fast jeden Tag Heimweh nach England. Nun, wo ich hier bin, glaube ich, dass das vielleicht nur Schwärmerei ist. Aber in Wirklichkeit habe ich da gar keine Wahl. Ich werde in Italien leben müssen.«

»Vielleicht komme ich und suche mir was in deiner Nähe. Dann können wir uns gegenseitig aufmuntern.«

»Das wäre schön«, sagte Frankie. Er steckte sich noch ein paar Erdnüsse in den Mund. »Wann muss ich denn morgen bei der Leichenhalle sein?«

»Um elf Uhr«, sagte Daniela. »Ich freue mich nicht drauf.«

»Ich mich auch nicht, aber deswegen bin ich hergekommen. Ich muss mich von ihm verabschieden.«

Daniela nahm einen Schluck Rotwein.

»Du bist ein guter Junge, Frankie. Es ist ein Jammer, dass alles so gekommen ist.«

»Das Leben steckt voller Überraschungen.« Frankie zuckte mit den Achseln. »Manche sind gut, manche schlecht.«

Daniela nickte. »Wollen wir essen?«, fragte sie.

Von einer Telefonzelle, etwa fünfzig Meter vom Haus Bosser entfernt, rief Detective Sergeant Ian Kiddie auf der Polizeiwache an. Er fragte nach Jesse Morgan, aber man sagte ihm, dass er nicht da war. Also stellte man ihn stattdessen zu Sergeant Wicks durch – wie er selbst ein alter Hase bei der Polizei Woodvale. Er erzählte ihm, dass er gerade Frankie Bosser auf dem Weg hinter Stanley Bossers Haus gesehen hatte. »Was hast du hinter dem Haus von Bosser getrieben?«, fragte Wicks.

»Meinen Hund ausgeführt«, sagte Kiddie. »Ich wohne nur ein paar Meilen entfernt.«

»Ist das der Hund ohne Flecken?«, fragte Wicks.

»Ganz genau der.«

»Bist du sicher, dass es Bosser war?«

»Hundertprozentig. Hör mal«, sagte er, »das ist nicht der richtige Moment für ein Quiz. Ich brauche zwei Männer und einen Wagen. Kannst du die sofort herschicken? Ich greife mir Bosser, wenn er rauskommt.«

»Werd mal sehen, wen ich organisieren kann. Aber wir stecken hier bis zu den Armkuhlen drin.«

»Sehr komisch«, sagte Kiddie. »Mach so schnell wie möglich. Ich weiß nicht, wie lange er dableibt, und es gibt drei mögliche Ausgänge.«

»Okay. Sie sind in fünf Minuten da.«

»Gut. Ich bin in der Telefonzelle in der Raglan Road.«

»Alles klar.«

Kiddie trat aus der Telefonzelle und kniete sich neben Spotless, seinem Labrador, hin. Er tätschelte ihm den Kopf und sagte: »Heute Nacht wirst du ein bisschen was zu sehen bekommen, mein

Freund.« Spotless verstand jedes Wort, sprang hoch und leckte sein Gesicht.

Sie waren gerade mit dem Essen fertig, als es anfing zu regnen. Sie saßen noch immer in der Küche. Es war so gegen zehn.

»Hört sich ziemlich heftig an«, sagte Frankie nach dem ersten Blitz und dem darauf folgenden Donnergrollen.

Sie standen eine Weile am Fenster und sahen zu, wie der Regen das Glas runterlief. Der Hintergarten wurde von einer Lampe an der Garagenmauer beleuchtet.

»Willst du den Rasenmäher mitnehmen?«, fragte Frankie.

Daniela schüttelte den Kopf. »Ich lasse ihn hier, wenn ich wegziehe. Wo ich hingehe, werde ich ihn nicht brauchen.«

Frankie sah auf das Gerät seines Vaters und war traurig. Der Regen würde sich seinen Weg durch die Motorhaube bahnen und dann in den Motor laufen. Wahrscheinlich war er dann hinüber. Aber andererseits waren diese Maschinen so robust, dass sie es vielleicht überstand.

»Ich werde klitschnass, wenn ich nach Hause gehe«, sagte Frankie. »Ich habe ein paar Straßen weiter geparkt.«

»Ich fahre dich, wenn du willst«, sagte Daniela.

»Du hast was getrunken.«

»Aber nicht zu viel. Ich bin's gewohnt.«

»Okay. Das wäre schön.« Frankie drehte sich vom Fenster weg. »Kannst du dich noch daran erinnern, wie die Polizisten aussahen, die das Haus beobachtet haben?«, fragte er.

»Was meinst du damit?«

»Als ich da hinten den Weg langging, bin ich an einem rothaarigen Mann vorbeigekommen. Er hatte einen Hund, einen Labrador. Er hatte auch einen roten Schnurrbart. Er sah mir wie ein Bulle aus, aber vielleicht leide ich ja nur unter Verfolgungswahn.«

»Der Labrador hatte einen roten Schnurrbart?«, neckte Daniela.

»Du weißt, wie ich das meine. Kommt dir der irgendwie bekannt vor?«

»Eigentlich nicht. Ich habe sie nur vom Fenster aus gesehen. Ich konnte kein Gesicht erkennen. Aber wenn dich das beunruhigt, fahre ich dich vielleicht besser ganz nach Hause.«

»Das könnte zu riskant sein. Wenn sie noch da draußen sind, könnten sie uns folgen.«

»Warum machen wir nicht einfach eine Spritztour und sehen, was passiert? Du kannst dich flach auf den Rücksitz legen.«

»Hört sich gut an. Aber lass uns zuerst das Geschirr abwaschen.«

»Lass es stehen. Ich habe im Moment alle Zeit der Welt. Ich mache das morgen.«

Als der Polizeiwagen eintraf, übernahm Ian Kiddie und schickte die beiden missgelaunten Polizisten los, den Durchgang an beiden Enden zu bewachen. Als es zu regnen anfing, erkannte Kiddie, welch weiser Entschluss das gewesen war. Die beiden Männer taten ihm zwar ein bisschen Leid, als es richtig zu gießen anfing, aber das gehörte nun mal zu ihrem Job. Und schließlich war er ihr Vorgesetzter, warum also sollte er nicht derjenige sein, der schön trocken im Auto saß? Außerdem hatte er ja noch Spotless dabei. Den konnte er doch nicht draußen im Regen stehen lassen, oder?

Es war kurz nach zehn, als Kiddie sah, dass die automatische Garagentür aufging. Im Wagen saß Daniela Bosser. Ihre Silhouette zeichnete sich deutlich im Schein der Garagenlampe ab. Kiddie beobachtete, wie der Wagen langsam rausfuhr und einen Schlenker um Stanley Bossers weißen Laster machte, der noch immer in der Auffahrt parkte. Die automatische Garagentür fiel hinter ihr ins Schloss.

Kiddie drehte den Schlüssel im Zündschloss. Er war überzeugt, dass Frankie Bosser auf dem Rücksitz lag.

Im dunklen Wohnzimmer sah Frankie hinter dem Fenster den Wagen die Auffahrt runterfahren. Mit der Flucht auf dem Rücksitz hatte er es sich anders überlegt. Er fand es ein bisschen zu melodramatisch, so als ob Kinder Räuber und Gendarm spielten. Viel cleverer war es, abzuwarten und zu sehen, ob irgendjemand Daniela folgte. Das würde ihm auf die eine oder andere Weise Gewissheit verschaffen. Und es dauerte nicht lange, bis seine schlimmsten Befürchtungen sich bestätigten.

Sowie Daniela auf die Straße abgebogen war, sah er vom gegenüberliegenden Bordstein einen Zivilwagen der Polizei abfahren. Das Gesicht auf dem Vordersitz konnte er nicht erkennen, aber das im Fond war deutlich sichtbar. Es war das eines Hundes, des Hundes, den er auf dem Weg gesehen hatte. Frankie lachte. Des Menschen bester Freund war im Moment ganz sicher der seine.

Er trat vom Fenster zurück, ging in den Flur, nahm einen Regenschirm und marschierte in den Regen raus.

Phil Gator lag auf dem kleinen Bett in Jasons Gästezimmer und hörte dem Regen zu. Obwohl er Whisky getrunken hatte, raste sein Herz wie ein Presslufthammer. Normalerweise fand er das Geräusch von Regentropfen beruhigend, aber im Moment würde schon etwas mehr passieren müssen, damit seine Nerven sich beruhigten. Er versuchte zu entspannen und fragte sich, was der Morgen wohl bringen würde. Er würde wie gewöhnlich zur Arbeit gehen und sich wie auch heute fragen, ob jeder Wagen, der auf den Bauhof kam, ein Polizeiwagen war und ob irgendein Unglücksbote aussteigen und auf ihn zustürzen würde. Und irgendwann würde es morgen wohl damit enden, dass er sich von Brian wieder ficken ließ, um ihn, sein Alibi, bei Laune zu halten. Das kleine Intermezzo von heute hatte ihm zwar nicht besonders gefallen, aber wenn es das war, was er brauchte, um sicher zu sein, dann würde er es tun müssen. Jetzt ging es ums Überleben, und außergewöhnliche Umstände erforderten außergewöhnliche Maßnahmen.

Er drehte sich auf die Seite und versuchte zu schlafen. Aber draußen war zu viel los. Erst ein Blitz und dann ein Donnerschlag. Herrgott! Es hörte sich an, als ob das Ende der Welt nahe war. Und vielleicht war es das auch. Vielleicht war es das.

17

Am nächsten Morgen, es war der Freitag, holte Jesse Morgan Ian Kiddie von zu Hause ab, um wieder einmal einen Tag in der Gegend rumzufahren und Leuten Fragen zu stellen, die sie nicht beantworten wollten. Es gab noch immer keine Hinweise zu dem dreifachen Mord, und Cole und Mulligan verzweifelten allmählich. Je länger sich die Ermittlungen im Mordfall hinzogen, desto schwerer wurde es, den Mörder zu finden. Alle Polizisten wussten das, und der Druck, unter dem sie standen, wurde immer größer. Und als er die Auffahrt von seinem Haus runterkam und sich auf den Beifahrersitz setzte, sah Ian Kiddie genau aus wie ein Mann unter Druck. Morgan fragte ihn, was für eine Laus ihm über die Leber gelaufen war.

»Der verdammte Frankie Bosser, genau der!«, grollte Kiddie.

»Du bist doch wohl nicht immer noch hinter ihm her, oder? Ich dachte, das hättest du aufgegeben.«

»Ich gebe niemals etwas auf, das solltest du wissen.«

Kiddie erzählte ihm, was in der letzten Nacht passiert war, wie er Bosser beim Haus seines Vaters gesehen und eine Wache abgestellt hatte. Dann beschrieb er, wie er Daniela Bosser in ihrem Wagen gefolgt war.

»Ich war ganz sicher, dass Bosser hinten drin lag«, fuhr Kiddie fort. »Aber sie ist bloß nach Redgate gefahren und dann wieder nach Hause. Hat mich für eine gute Viertelstunde vom Haus weggelockt. Und dann hatte ich's. Bosser hat gesehen, wie ich ihr hinterhergefahren bin, und ist dann einfach zur Haustür raus.«

»Aber woher wusste er, dass das Haus überwacht wird?«

»Verfolgungswahn von Verbrechern. Sie sind immer vorsichtig, immer auf der Hut. Als ich ihm über den Weg gelaufen bin, muss er gemerkt haben, dass ich ein Bulle bin. Es geht mir so auf den Keks, dass alle Kriminellen immer sofort wissen, wer wir sind. Ich meine, wie machen die das bloß? Ist das denn wirklich so offensichtlich?«

Morgan sah zu Kiddie rüber und lachte. »Das liegt an deinem Haarschnitt. Er ist zu streng. Lass deine Haare doch mal ein bisschen wachsen.«

»Deine sind auch nicht gerade lang.«

»Weiß ich wohl. Aber trotzdem ist da nicht mehr dieser militärische Look drin. Mein Bart hilft mir natürlich auch.«

»Ich habe immerhin einen Schnurrbart«, verteidigte sich Kiddie.

»Ja, aber mit einem Schnurrbart siehst du nur noch militärischer aus. Oder schwul.«

»Klasse. Vielen Dank.«

Morgan lächelte. »Warum stellst du nicht ganz einfach einen Mann bei der Leichenhalle hin? Irgendwann muss er da auftauchen.«

»Das habe ich schon getan.«

»Na also. Dann hast du ja an alles gedacht.«

Morgan versuchte, sich auf den Verkehr zu konzentrieren. Er war guter Laune, obwohl er auch letzte Nacht wieder nicht genug Schlaf bekommen hatte. Es war ihm gelungen, Nicola für eine halbe Stunde im *Red Lion* zu treffen, und das war alles, woran er denken konnte. Wenn er sie bloß jeden Tag einmal sehen könnte. Das würde ihm über die vielen Stunden hinweghelfen, die er bis zum Ende der Ermittlungen arbeiten musste. Und dann könnten sie sich den ernsteren Dingen des Lebens widmen, wie zum Beispiel, nackt in die Federn zu springen.

Er betrachtete es als Ironie des Schicksals, dass er nach einer so langen Zeit ohne Sex ausgerechnet jetzt von der größten Mörderjagd abgelenkt wurde, die es in dieser Gegend seit etwa zwanzig Jahren gegeben hatte. Trotzdem, dachte er, würden er und Nicola es eines Tages so weit bringen. Der Gedanke daran brachte seine Lenden zum Kribbeln, also zwang er sich, an etwas anderes zu denken.

Nach dem Sturm der letzten Nacht sahen die Straßen wüst aus. Überall lagen Äste und Zweige verstreut, und in der Gosse stand noch das Wasser. Aber die Sonne schien, und sobald die Stadtreinigung die Straßen gefegt hatte, würde alles wieder wie vorher aussehen.

Morgan fuhr den Wagen auf den Parkplatz von Woodvales Schwimmbad.

»Wen haben wir denn zuerst«, fragte Kiddie, »oder gehen wir erst mal schwimmen?«

»Diese Mrs. Gator, die wir gestern befragen wollten. Ich habe rausgefunden, dass sie hier arbeitet. Wollen mal sehen, ob sie weiß, wo sich ihr Sohn aufhält.«

»Phil Gator?«

»Jawoll. Harter Bursche, war auch schon kriminell.«

»Ich glaube nicht, dass ich den kenne.«

»Ich auch nicht. Aber der Computer schon.«

Sie gingen über den Parkplatz und bahnten sich ihren Weg durch die Schwingtür am Eingang. Der Chlorgestank traf Morgan auf der Stelle und erinnerte ihn an unglückliche Schultage und Schwimmunterricht. Er hasste Schwimmen und war nie gut darin gewesen.

Die erste Person, auf die sie stießen, war Mrs. Gator, die hinter der Scheibe saß, um ihnen Eintrittskarte und Schlüssel für die Umkleidekabine zu geben. Morgan nahm an, dass sie über fünfzig war. Ihr Gesicht sah grau aus, und ihre triste Kleidung hatte die gleiche Farbe. Auch ihr gelocktes Haar war grau, und sie hatte den müden Gesichtsausdruck einer Frau, die vor langer Zeit aufgegeben hatte, die nur an Ort trat, bis sie vielleicht einmal das große Los zog. Sie tat Morgan auf den ersten Blick Leid.

Nachdem sie ihr mitgeteilt hatten, wer sie waren, griff sie zum Telefon und holte einen anderen Angestellten, der sie ablöste. Dann kam sie aus dem Kasten und führte sie durch einen Flur in ein Büro. Aus dem Schwimmbecken kam der Lärm von kreischenden Kindern.

Im Büro stellten sie ihre Stühle im Dreieck auf und setzten sich hin. Mrs. Gator hatte die Hände im Schoß und rieb sich die Finger. Sie machte einen ziemlich nervösen Eindruck. In den nächsten zehn Minuten erzählte sie ihnen, dass sie ihren Sohn seit Monaten nicht mehr gesehen hatte, dass er durch Europa reisen wollte, aber bis jetzt noch nicht zurückgekommen war. Sie erfuhren etwas über seine kriminelle Vergangenheit, seinen Knastaufenthalt wegen Raubüberfalls vor drei Jahren und ein paar andere dumme Sachen wie Ruhestörung und Nötigung. Das war alles nicht besonders ergiebig, dachte Morgan. Noch ein Mitglied der Gesellschaft, das ihnen nicht die Wahrheit sagen wollte. Noch eine Mutter, die ihren Sohn schützen wollte. Davon hatten sie gestern schon ein paar getroffen, und der heutige Tag sah genauso frustrierend aus.

Als sie wieder draußen waren und zum Wagen liefen, sagte Morgan: »Warum machen wir das eigentlich? Was hat das für einen gottverdammten Zweck?« Seine gute Laune von vorher war verflogen.

»Weil es jemand machen muss«, sagte Kiddie. »Wenn wir es nicht täten, wer dann?«

»Für einen Schotten bist du ganz schön optimistisch«, sagte Morgan.

»Nur, wenn du es nicht bist«, antwortete Kiddie. »Deswegen sind wir ja so ein gutes Team.«

Da musste Morgan zustimmen. Wenn der eine am Boden war, zog der andere ihn wieder hoch. Aber irgendwann würde der Tag schon kommen, an dem er einfach unten blieb, trotz Kiddies Bemühungen.

Als Phil Gator an diesem Morgen zur Arbeit kam, sah er den alten Carroll und Brian, die auf der anderen Seite des Hofs standen. Als er dann am Bürocontainer vorbeikam, kam Ridley rausgeschossen, und er sah aus, als würde er kurz vor einem Nervenzusammenbruch stehen. Wild gestikulierend stürmte er auf Gator zu, und ohne zu grüßen, sagte er: »Ich habe doch gesagt, dass das mal passieren würde! Ich habe es Ihnen gesagt! Ich habe es Brian gesagt! Ich habe es Carroll gesagt! Aber hat irgendeiner auf mich gehört?«

Gator blieb stehen und fragte: »Was ist los?«

Ridley zeigte auf die andere Hofseite, wo Brian und Carroll standen. »Erinnern Sie sich, wie minderwertig das Grundstück von diesem Hof hier ist? Erinnern Sie sich, dass wir hier keine Baugenehmigung bekommen haben? Erinnern Sie sich an diesen ganzen Sand?«

Gator nickte und sah zu der Stelle rüber, auf die Ridley zeigte. Dann begriff er. Die ganze Lagerware und der Drahtzaun auf der anderen Seite waren verschwunden. Das hatte er zuerst gar nicht gemerkt. »Wollen Sie damit sagen, dass der Sturm alles weggespült hat?«, sagte er.

»Verdammt richtig. Die Lagerware weggespült und meinen Job weggespült. Ich habe es ihnen gleich gesagt! Wie können die so einen Betrieb bauen ohne Genehmigung? Das hätten sie mir sagen sollen, ehe ich hier angefangen habe. Dann hätte ich mich gar nicht erst beworben!«

Aber Gator hörte Ridley gar nicht mehr zu und ging jetzt zu Brian und Carroll rüber. Er hörte, dass Ridley ihm folgte.

»Blödes altes Arschloch«, brummelte Ridley. »Warum ist er nicht in Rente gegangen, wie es die meisten alten Leute machen? Normale Menschen können es gar nicht erwarten, in Rente zu gehen!«

Der übrige Hof schien Gator in Ordnung zu sein. Nur ein paar Muffen, die umgekippt waren. Eigentlich hatte der Regen sogar die ganzen Rohre blitzsauber gewaschen.

Brian drehte sich um und lächelte Gator zu, als er ihn kommen sah, Carroll aber beachtete ihn noch nicht einmal. Gator dachte bei sich, dass er den alten Scheißkerl vielleicht selbst in Rente schicken sollte. Er stellte sich neben Brian und besah sich den ganzen Schlamassel in der Tiefe.

Der Sturm hatte etwa fünfzehn Meter vom Hof weggespült. Alle Rohre auf diesem Stück waren an der Seite ins Tal gerutscht und lagen überall kaputt rum. Nur ein paar hatten überlebt.

Dann hörte Gator, wie Carroll mit seiner dämlichen Militärstimme zu sprechen anfing. »Wir müssen natürlich die heilen

Rohre hochholen. Dann den Schaden bei der Versicherung geltend machen.«

Ridley, der neben Carroll stand, sagte: »Wie soll das versichert sein? Jede Versicherung hätte die Finger davon gelassen.«

Daran hatte Carroll nicht gedacht. »Das muss versichert sein. Ich rufe die Zentrale an, dann werden wir ja sehen.« Er wandte sich Brian zu. »Wenn Sie schon mal damit anfangen könnten, die Ganzen mit Phil hochzuholen.« Zum ersten Mal schien er Gator zu registrieren, sah ihn aber noch immer nicht an. »Ich muss ein paar Anrufe machen.« Und dann schritt er hoch erhobenen Hauptes, den weißen Schnurrbart stolz zur Schau gestellt, davon.

»Was für'n Arsch«, sagte Gator. »Das wird 'ne tolle Arbeit.«

»Macht nichts«, sagte Brian. »Dann haben wir wenigstens was zu tun.«

»Ich helfe Ihnen, wenn Sie wollen«, sagte Ridley.

»Sie machen sich nur dreckig«, sagte Brian. »Warum spielen Sie nicht einfach auf der anderen Seite unseren Spion? Gehen Sie und horchen Sie Carrolls Anrufe ab, und finden Sie raus, ob wir alle unseren Job verlieren.«

»Das ist eine hervorragende Idee«, sagte Ridley, und er trabte ab, um Carroll einzuholen.

Gator und Brian sahen runter auf den Trümmerhaufen.

»Denkst du dasselbe wie ich?«, fragte Brian.

»Wohl kaum«, sagte Gator. »Aber ich bin sicher, du wirst es mir erzählen.«

Brian zeigte auf einen Rohrstapel, der unter ihnen lag. »Der Stapel da vorne«, sagte er. »Hinter dem haben wir gestern gefickt.«

Frankie Bosser war in seinem gemieteten Sierra auf dem Weg zur Leichenhalle. Er trug zu diesem Anlass Schlips und Kragen, auch wenn es für so eine festliche Kleidung viel zu heiß war. Er war ein bisschen nervös, denn er wusste, dass er seinen Vater das letzte Mal sehen würde.

Die Leichenhalle war in Woodvale, und Frankie stellte den

Wagen auf dem Parkplatz neben Woodvale Priory ab. Auf einem Spielplatz in der Nähe passten ein paar Frauen auf ihre Kinder auf, die sich an Klettergerüsten entlanghangelten und kreischend die Rutsche runtersausten. Als Frankie klein gewesen war, war hier kein Spielplatz gewesen.

Er war gerade dabei, den Wagen abzuschließen, als er Daniela sah, die über den Parkplatz auf ihn zueilte. Als sie bei ihm angekommen war, sagte sie: »Du steigst lieber wieder ein, Frankie.«

Er bemerkte die Dringlichkeit in ihrer Stimme, stieg wieder ein und machte ihr die Beifahrertür auf. Sie fuhren vom Parkplatz und verließen Woodvale in Richtung Earlswood Lakes. Auf dem Parkplatz neben den Wiesen, die zu den Seen führten, hielten sie an. In seiner Jugend hatte Frankie hier so manchen versoffenen Nachmittag verbracht. In einer Gruppe waren sie, mit Weinflaschen eingedeckt, aufgekreuzt und hatten sich dann für eine Stunde ein Boot gemietet. Schöne, sorglose Tage. Aber als er jetzt hier saß, war ›sorglos‹ nicht gerade das Wort, das ihm einfiel. Am liebsten hätte er geschrien oder jemanden verprügelt.

»Die Scheißkerle warten also auf mich«, sagte er. »Da hätte ich auch selber drauf kommen können.«

»Nur einer. Das hat mir der Bestattungsunternehmer gesagt. Er ist ein alter Freund von Stanley. Einer von seinen Mitarbeitern hat ihm erzählt, dass die Polizei da gewesen ist und Fragen gestellt hat. Sie rechnen damit, dass du kommst.«

»Arschgeigen. Sie wollen mich unbedingt kriegen.«

Für einen Augenblick saßen sie schweigend da und sahen über die Wiesen. Das nasse Gras glitzerte in der Sonne.

Schließlich sagte Daniela: »Ich glaube, du musst es bleiben lassen, Frankie. Stanley hätte es verstanden. Er hätte nicht gewollt, dass man dich fasst. Du hast dein Bestes getan. Du solltest jetzt einfach gehen und in dein neues Leben zurückkehren.«

Frankie nickte. Er war schrecklich enttäuscht. »All das umsonst. Was für eine Zeitverschwendung.«

»Du musstest kommen. Wenigstens hast du es versucht.«

Frankie stieg aus dem Wagen, um etwas frische Luft zu schnappen. Daniela schloss sich ihm an. Sie ging zu ihm hin, griff in die Handtasche und zog einen Umschlag raus.

»Hier hast du etwas Geld, Frankie«, sagte sie. »Ich weiß, was in Stanleys Testament steht. Es ist einfacher, wenn du jetzt ein bisschen nimmst, anstatt darauf zu warten, bis alles geregelt ist. Wenn ich das Haus verkauft habe, schicke ich dir noch mehr.«

Frankie nahm den Umschlag. Er quoll über vor Geld. »Das ist aber eine ganze Menge«, sagte er.

»So viel ist es nicht. Es sind alles Fünf-Pfund-Noten«, scherzte Daniela.

Frankie lächelte. »Wie hat er denn ausgesehen? Konntest du ihn sehen?«

»Er sah gut aus«, sagte Daniela. »Er sah friedlich aus.«

»Ich wünschte immer noch, ich könnte den Kerl finden, der das getan hat«, sagte Frankie. »Das wäre wenigstens etwas.«

»Quäl dich nicht, Frankie. Denk an die schönen Zeiten. Er hätte es so gewollt.«

Frankie nickte. »Genau wie das Lied. Schön war die Zeit.«

Daniela lächelte, und sie stiegen wieder in den Sierra.

Frankie brachte Daniela zu ihrem Auto zurück, und sie umarmten sich zum Abschied.

»Bis bald in Italien«, sagte Daniela, als sie ausstieg.

Ein paar Minuten lang saß Frankie traurig im Sierra. Dann machte er den Umschlag auf, den Daniela ihm gegeben hatte. Nachdem er den Inhalt grob geschätzt hatte, rechnete er aus, dass es etwa zwölftausend Pfund waren. Aber er war immer noch traurig.

Jason spürte, dass mit Karl etwas nicht stimmte, aber er wusste nicht, ob er ihn danach fragen sollte. Schließlich kannte er ihn kaum. Man konnte sie wohl nicht als Busenfreunde bezeichnen.

Gestern war Karl den ganzen Tag in seinem Zimmer geblieben und hatte, soweit Jason das sagen konnte, nur gesoffen. Als Gator nach Hause kam, war er dann runtergekommen, um einen Happen zu essen. Die beiden hatten in der Küche rumgeflüstert und ekelhafte Spaghetti Bolognese gekocht, die sie dann mit ins Wohnzimmer genommen und vor dem Fernseher verputzt hatten. Karl war so voll gewesen, dass er Schwierigkeiten gehabt hatte, die Spaghetti in den Mund zu kriegen, zuletzt hatte er das ganze Gesicht voll Soße. Jason und Gator fanden das ziemlich komisch, aber Karl war genervt, ging schließlich aus dem Zimmer und kotzte sich aus. Dann verschwand er mit einer Flasche Wein wieder in seinem Zimmer. Der Alk von der Party war noch immer nicht alle.

Jason hatte versucht Gator auszufragen, was los war, aber Gator hatte nur gesagt, dass Karl nicht genug Autos verkaufte und sich darüber aufgeregt.

Jason sagte: »Na, er wird nicht viele Autos verkaufen, wenn er den ganzen Tag in seinem Zimmer sitzt und sich voll laufen lässt.«

Gator grunzte vor sich hin. Und bald darauf war auch er in sein Zimmer abgezottelt.

Als Jason in die Küche gekommen war, hatte er ihr ganzes schmutziges Geschirr im Spülbecken gefunden. Die nächste halbe Stunde hatte er damit verbracht, alles abzuwaschen. Gators Anwesenheit nervte ihn. Er wusste, dass er Karl eines Tages gern haben könnte, aber Gator war einer, aus dem man nicht schlau wurde, kalt und wahrscheinlich ziemlich gefährlich. Als er mit dem Abwasch fertig war, war er in sein Zimmer gegangen. Im Haus war es totenstill, fast schon unheimlich, bis das Gewitter etwas Leben in die Bude brachte. Jason hatte die Balkontür aufgemacht und sich die ganze Sache angesehen. Er freute sich über die frische Luft, die in sein Zimmer kam.

Jetzt war es schon fast Freitagmittag, und Jason hatte noch nicht gesehen, dass Karl zum Frühstück runtergekommen war. Jason hatte schon zwei Unterrichtsstunden erteilt, und später sollten noch welche folgen, aber er beschloss erst mal, zu Karl ins Zimmer zu gehen und nachzusehen, was los war. Er klopfte zweimal an die Tür, aber nichts rührte sich.

Er machte leise die Zimmertür auf und steckte seinen Kopf rein. Karl lag vollständig angezogen auf dem Bett und hatte sich wie ein Embryo zusammengerollt. Im Zimmer stank es wie in einer Kneipe. Jason ging zum Fenster, zog die Vorhänge beiseite und machte ein Fenster auf. Dann sah er nach Karl. Er atmete noch, das war die Hauptsache, aber sonst sah er nicht besonders frisch aus. Jason fragte sich, ob er nun den Krankenwagen rufen oder ihn einfach seinen Rausch ausschlafen lassen sollte. Er entschied sich für Letzteres und ging wieder nach unten.

Nach dem Mittagessen und weiteren zwei Unterrichtsstunden ging er wieder nach oben, um nachzusehen, wie es Karl jetzt ging. Er ging ins Zimmer. Karl war wach und saß mit einer Flasche Rotwein in der Hand aufrecht im Bett. Im Radio neben seinem Bett liefen die Nachrichten. »Findest du nicht, dass du schon genug gesoffen hast?«, fragte Jason.

Karl drehte seinen Kopf zur Seite und lächelte. »So was wie genug gibt's gar nicht«, lallte er. »Gibt's gar nicht.«

Jason zog sich einen Stuhl ran und setzte sich neben das Bett. Er schaltete das Radio aus und sagte: »Was ist los mit dir, Karl? So warst du doch vor ein paar Tagen noch nicht drauf. Was ist passiert mit dem glücklichen, sorglosen Autoverkäufer?«

»Der glückliche, sorglose Autoverkäufer«, höhnte Karl. »Was war das doch für'n faules Ei.« Er nahm einen kräftigen Zug aus der Pulle und stierte an die Wand.

»Machst du dir Sorgen, weil du nicht genug Autos verkaufst?«, fragte Jason.

Karl grinste blöd.

»Das hat Gator mir erzählt«, fuhr Jason fort. »Wenn du Geldprobleme hast, kannst du die Miete dann zahlen, wenn du sie dir leisten kannst. Wenn du möchtest.«

»Scheiß auf Gator«, zischte Karl. »Ich wette, er hat nicht gesagt, dass er das Problem ist.«

»Um ehrlich zu sein, er hat nicht viel gesagt. Er erzählt mir sowieso nie besonders viel.«

Karl hielt aufgebracht die Flasche hoch. »Nun, er ist der Grund für das alles hier. Er ist es, der mich fertig macht. Willst du wirklich wissen, was los ist?«

Jetzt machte sich Jason wirklich Sorgen, schon allein wegen Karls Miene. Er hatte noch nie jemanden gesehen, dem so die Panik ins Gesicht geschrieben stand. »Ich glaube, du erzählst es mir lieber«, sagte er.

Also saß er da und hörte die nächsten zehn Minuten ungläubig zu. Als Karl fertig war, lehnte sich Jason auf seinem Stuhl zurück und sagte: »Gott im Himmel!« Er wusste nicht, ob er jetzt schreiend aus dem Zimmer laufen, Karl rausschmeißen oder einfach die Polizei rufen sollte. Dann beugte er sich zu Karl rüber und nahm ihm die Flasche aus der Hand. »Ich brauche auch einen Schluck«, sagte er.

18

Den ganzen Tag Drei-Meter-Tonrohre einen sandigen Abhang hochzuschleppen, war nicht, was Phil Gator unter spaßiger Arbeit verstand. Die Sonne brannte auf ihn und Brian nieder, und beide hatten sich bis zum Gürtel ausgezogen und kämpften mit der Last. Der alte Carroll hatte ihnen aufgetragen, alle noch heilen Rohre nach oben zu hieven, und es mussten über hundert sein. Nach ein paar Stunden war Brian so sauer, dass er einen großen Stein nahm und ihn auf ein paar Rohre runterschmiss. Als sie zerbrachen, rief er über die Schulter: »So! Die müssen wir schon mal nicht mehr hochholen!«

Gator fand das ziemlich lustig, aber Brian hörte auf, nachdem er etwa fünf zerschmettert hatte. Er beruhigte sich ein bisschen und machte sich wieder an die Arbeit. Als es auf vier Uhr zuging, hatten sie erst etwa zwanzig Rohre hochgeholt. Das würde eine lange, mühsame Arbeit werden.

»Du hast einen klasse Körper«, sagte Brian zwischen zwei Atemzügen, als sie mit einem weiteren Rohr kämpften. »Hab ich dir das schon mal gesagt?«

Der Abhang war etwa sechs Meter hoch, und Gator musste mit einer Hand am Rohr ziehen und sich mit der anderen an Erdklumpen festhalten, um ein bisschen Halt zu kriegen. Eigentlich rutschten die beiden Männer meistens weiter runter, als sie gerade hochgekommen waren.

»Das hast du mir gleich am ersten Tag gesagt«, sagte Gator, »und da ging es mir auch schon ziemlich am Arsch vorbei.« Der Schweiß floss ihm in Strömen über das Gesicht, aber er hatte keine Hand frei, um ihn wegzuwischen.

»Ich möchte mit den Händen über alle deine Muskeln fahren«, sagte Brian.

Gator brachte das zum Lachen. »Du bist ein verdrehter Fickfrosch«, sagte er und sah über das Rohr auf Brian runter, der ihn auch anlachte. »Wann haben wir Teepause?«, fragte er.

»Was für eine Art Teepause schwebt dir denn so vor?«, fragte Brian.

Gator schüttelte den Kopf. »'ne ganz normale.«

Brian sah enttäuscht aus. »Lass uns eine machen, wenn wir diese Emma nach oben gebracht haben.«

So saßen sie also zehn Minuten später atemlos am Rand des Teerbodens und ließen ihre Beine über dem Sandhang baumeln. Brian hatte seine Isoflasche mit Orangensaft dabei, und sie reichten sie sich hin und her. Der Saft war süß und kühl, genau das, was Gator brauchte.

»Macht deine Frau dir den Saft?«, fragte Gator.

»Macht sie, aber sie bringt ihn nicht zum Fließen.«

»Du denkst immer nur an das eine, weißt du das?«

»Das liegt nur an dir. Du hast mir den Mund wässrig gemacht. Jetzt will ich mehr.«

»Tja, also heute wirst du's nicht kriegen. Ich bin zu kaputt.« Er wünschte sich, dass Brian vom Thema Sex abkommen würde, und bedauerte langsam, was sie gestern gemacht hatten.

Er wurde von Brians linkischen Annäherungsversuchen erlöst, als der alte Carroll auftauchte. Er lief über die Straße und kam direkt auf sie zu. Innerhalb von wenigen Minuten war er hinter ihnen, vom Hundert-Meter-Spaziergang ganz außer Atem.

»Wie geht es voran?«, fragte er Brian.

»Es ist schweißtreibende und mühsame Arbeit, Sir«, sagte Brian über die Schulter, wieder ganz der formvollendete Vorarbeiter. Gator fragte sich, was Carroll wohl von seinem Vorarbeiter halten würde, wenn er die Unterhaltung von vorher mit angehört hätte. Höchstwahrscheinlich würde er vor Entsetzen tot umfallen. Aber andererseits war Carroll bei der Armee gewesen und hatte vielleicht selbst was davon mitgekriegt.

Brian stand auf und trottete mit Carroll davon. Sie unterhielten sich über den Stand der Dinge. Gator lehnte den Kopf zurück und ließ den Schweiß in der Sonne trocknen. Jetzt, wo er zu arbeiten aufgehört hatte, kam die Unruhe zurück. Er fragte sich, wie viele

Tage er wohl noch draußen in der Sonne hatte. Er würde zweifellos bald in irgendeinem grässlichen Untersuchungsgefängnis in Brixton oder einem anderen Rattenloch eingebuchtet sein. Ach Gott, es war einfach zu deprimierend, um darüber nachzudenken.

Dann kamen Brian und Carroll zurück, und plötzlich standen sie wieder hinter ihm.

»Was machst du morgen, Phil?«, fragte Brian.

Aber Gator war einen Schritt schneller als sie. »Natürlich hierher kommen, um noch ein paar von diesen Rohren hochzuholen.«

»Macht es dir auch bestimmt nichts aus?«, fragte Brian.

»Was soll ich denn sonst an einem Samstag machen?«, sagte Gator. Wenn es ihn von anderen Dingen ablenkte, konnte man seinen freien Tag gut so verbringen. »Krieg ich 'nen Zuschlag?«

»Natürlich«, quäkte Mr. Carroll. »Kein Problem.«

»Alles klar dann«, sagte Gator. Er hoffte nur, dass Brian ihm nicht den ganzen Tag schöne Augen machte.

Nachdem er mit Karl ein paar gekippt hatte, beruhigte sich Jason etwas und ließ sich die ganze Sache durch den Kopf gehen. Sie kamen zu dem Schluss, dass es am besten war, Karl wieder nüchtern zu kriegen und ihn dann für eine Weile aus dem Haus zu schaffen – ein langer Urlaub, weg von Gator. Irgendwo im Westen.

Jason saß im Wohnzimmer und hörte zu, wie oben im Badezimmer die Dusche rauschte. Er ging die moralischen Standpunkte wieder und wieder durch, um sicherzugehen, dass er auch das Richtige tat. Er ließ jemanden entkommen, der in einen Raubüberfall verwickelt war, bei dem drei unschuldige Menschen getötet worden waren. Konnte er damit leben? Glaubte er wirklich daran, dass Karl mit dem Mord nichts zu tun hatte? Die Antwort auf beide Fragen war Ja. Karl war im Grunde genommen ein simpel gestrickter Typ, manchmal ein bisschen dämlich, und ganz bestimmt hatte er eine kriminelle Ader, aber Jason glaubte nicht, dass er ein Mörder war. Dafür war Karl nicht hart genug. Aber bei Gator war das anders. Er hatte etwas Kaltes an sich, diese leblosen Augen und dieses brutale

Wesen, das er in seinem Leben schon bei den verschiedensten Idioten gesehen hatte. Normalerweise bei den Säufern in den Pubs, die so voll waren, dass es sie nicht mehr juckte, wem sie wehtaten. Aber Gator hatte diesen Ausdruck an sich, wenn er nüchtern war, und das machte einem sogar noch mehr Angst.

Ja, Jason würde bei seinem Entschluss bleiben und dann den nächsten Teil des Plans ins Rollen bringen.

Er hörte Schritte, die die Treppe runterkamen, und Karl, der jetzt sauber und zumindest ein bisschen lebendiger als noch vor einer Stunde aussah, kam rein.

»Besser?«, fragte Jason.

»So gut wie noch nie.«

Karl trug saubere Jeans, Turnschuhe und ein Tottenham-Trikot, das auf der Vorderseite mit dem Logo von Hewlett Packard verziert war. Jason kannte sich mit Fußball nicht gut aus, aber er fand Trikots mit den Namen der Sponsoren drauf so ziemlich das Lächerlichste, was es gab.

»Komm, wir packen deinen Wagen und bringen dich hier raus«, sagte er.

Frankie Bosser, der im *Station Hotel* die Zeit totschlug und wieder einmal einen Roman von Elmore Leonard las – er hieß *Bandits* –, zuckte zusammen, als das Telefon klingelte. Er ging vom Fenster weg, wo er gesessen hatte, und nahm den Hörer ab. »Hallo?«, sagte er.

Es war Jason. »Ich muss mit dir über etwas reden. Kannst du zu mir rüberkommen?«

»Beruhig dich«, sagte Frankie, der die Panik in Jasons Stimme bemerkte. »Ich bin in zehn Minuten da.«

Frankie war froh, aus dem Hotel zu kommen. Es war nach sechs, und er hatte etwa vier Stunden gelesen. Sosehr er Elmore Leonard auch mochte, aber mehr Lektüre konnte er an einem Tag nicht ertragen.

Ursprünglich hatte Jason vorgehabt, einfach die Polizei anzurufen, ihr die ganze Geschichte zu erzählen, sie herzubitten und sein Haus überwachen zu lassen, bis Gator zurückkam. Aber im letzten Moment hatte er es sich anders überlegt und beschlossen, Frankie anzurufen. Schließlich war Frankie selbst so was wie ein Verbrecher – warum sollte er sonst unter falschem Namen im *Station Hotel* abgestiegen sein? Also kannte er vielleicht Mittel und Wege, um sich aus dieser Lage rauszubugsieren, und er wusste vielleicht auch, ob Jason einen Anwalt brauchte. Ungeduldig wartete er im Wohnzimmer darauf, dass Frankie endlich aufkreuzte.

Nachdem er sich Jasons Geschichte angehört hatte, atmete Frankie tief durch. »Es scheint mir so«, sagte er, »als hättest du ein klitzekleines Problem.«

»Was ist das Problem?«, fragte Jason.

»Du hast Karl laufen lassen«, sagte Frankie. »Ich denke, du hättest gleich zur Polizei gehen sollen. Sie hätten vorbeikommen und ihn einsacken und dann auf Gator warten können.«

»Aber Karl ist unschuldig.«

Frankie schüttelte den Kopf. »Er hat bloß drei Leute mit der Knarre in Schach gehalten, als der Raubüberfall im Gang war. Dann hat er diesen Psychopathen mit den drei Leuten allein gelassen. Wenn du das in Ordnung findest, dann, glaube ich, hast du deine moralischen Grundsätze ein bisschen durcheinander gebracht.«

»Daran hab ich noch gar nicht gedacht.«

»Wenn du mich bloß früher angerufen hättest. Gut möglich, dass du jetzt selbst in der Scheiße steckst. Aber keine, aus der dich ein Anwalt nicht rausholen könnte. Sie hauen dir nur auf die Finger, und das war's dann. Aber dein Name kommt in die Zeitung. Und das könnte dir in deinem Beruf schaden. Könnte sein, dass du für eine Weile keine Schüler mehr hast.«

»Scheiße.«

»Weißt du, was sie mit den Waffen gemacht haben?«

»Karl hat gesagt, sie hätten sie beseitigt.«

»Nun, wenigstens das war clever von ihnen. Los, wir gehen nach oben und durchsuchen ihre Zimmer. Vielleicht können wir etwas basteln, das dich rein wäscht.«

Sie durchsuchten zuerst Karls Zimmer und fanden das Geld aus dem Raubüberfall in einer Schachtel unter dem Bett. Frankie zählte es. Es waren etwas über tausend Pfund.

»Hat Karl dir gesagt, wie viel sie abgegriffen haben?«, fragte Frankie.

»Etwas über dreitausend.«

»Dann hat Karl also wahrscheinlich ein bisschen mitgenommen, oder sie haben schon was ausgegeben, oder Gator hat noch was in seinem Zimmer. Komm, wir sehen mal nach.«

Sie gingen durch den Flur in Gators kleines Zimmer. Das Einzige, was hier drinnen Gator gehörte, war der Rucksack, der auf dem Boden stand. Frankie hob ihn auf und kippte ihn auf dem Bett aus.

Jason war nervös, auch nur in Gators Zimmer zu sein. Die lässige Art, mit der Frankie den Inhalt des Rucksacks ausleerte und dann auf dem Bett verteilte, ließ sein Herz eine Spur zu schnell schlagen, als dass er sich wohl fühlte. Er sah auf die Uhr und machte sich gleich noch mehr Sorgen, als er bemerkte, dass es auf sieben zuging. Hatte Gator nicht so gegen sechs Feierabend? Würde er nicht bald zu Hause sein?

»Was ist los?«, fragte Frankie.

»Ich glaube, Gator kommt bald zurück. Ich bin sicher, dass er um sechs Feierabend hat. Glaub mir, er ist nicht der Typ, der besonders gelassen reagiert, wenn er dich dabei erwischt, wie du in seinen Sachen rumkramst.«

»Reg dich ab«, sagte Frankie. »Der hat schon keine Waffe dabei. Nur zwei Fäuste. Ich kann auf mich aufpassen, glaub mir.«

Jason sah zu, wie Frankie in Gators Papieren rumschnüffelte. Er machte die Schlafzimmertür vorsichtig auf, damit er hören konnte, wenn Gator nach Hause kam.

»Sieh an, sieh an, sieh an«, sagte Frankie.

Jason sah, wie Frankie etwas auseinander schlug, das wie ein alter Putzlumpen aussah. Eine Pistole kam zum Vorschein. Frankie hielt sie in der Hand und schätzte ihr Kaliber ab. Allein der Anblick jagte Jason kalte Schauer über den Rücken.

»Aha, ihre Knarren haben sie also beseitigt, ja?«, sagte Frankie.

»Das hat Karl mir wenigstens erzählt«, sagte Jason. »Vielleicht ist das ja eine andere.«

»Vielleicht«, sagte Frankie.

Jason wünschte sich jetzt, dass er die Polizei sofort angerufen hätte. Frankie hatte Recht, er hätte sie selber aus dem Schlamassel rauskommen lassen sollen. Aber Karl hatte ihm Leid getan, und er dachte, dass ein Tapetenwechsel ihm gut tat. Jetzt hatte er sich selbst reingeritten. Und was ihm Frankie wegen der Schüler gesagt hatte, war auch richtig. Wenn sein Name in allen Regionalzeitungen stand, würde es nicht lange dauern, bis er mit seinem Unterricht auf dem Trockenen saß. Warum hatte er daran bloß nicht gedacht? Warum, zum Teufel, hatte er sich in all das reinziehen lassen? Gleich beim ersten Mal, als Karl vorbeigekommen war, um sich das Haus anzusehen, hätte er auf seinen Instinkt hören und seinen ersten Zweifeln vertrauen sollen. Aber nein, der Gedanke an ein bisschen Knete hatte den gesunden Menschenverstand besiegt, und jetzt konnte er sehen, wo ihn das hingebracht hatte. Es kam ihm eine Zeile aus einem alten Folksong in den Sinn: *Now See What Your Love For Money Has Done*, oder so ähnlich.

Frankie wühlte sich durch ein paar Fotos. Jason wäre am liebsten aus dem Zimmer und aus dem Haus gelaufen, in seinen Mini gesprungen und ganz weit weggefahren, bis Gator für immer aus seinem Leben verschwunden war.

»Ist er gerade aus dem Urlaub zurückgekommen oder so was?«, fragte Frankie.

»Wie bitte?«

»Dieser Gator. Ist er gerade aus dem Urlaub zurückgekommen? Sieh dir mal die Fotos hier an.«

Jason stellte sich neben Frankie und sah sich die Schnappschüsse an. Zuerst erkannte er den Mann darauf nicht, aber dann sah er, dass es Gator war, mit langem Haar und Dreitagebart.

»Jetzt, wo du es sagst«, meinte Jason, »er ist gerade aus Europa zurückgekommen. Er ist da eine Weile rumgetrampt. Ein paar Monate, glaube ich. Vor zwei Wochen oder so ist er wiedergekommen. Er ist immer noch schön braun.«

»Das ist ja interessant«, sagte Frankie.

»Was denn?«

»Erzähl ich dir später.«

Jetzt packte Frankie wieder alles in den Rucksack. Er stopfte es achtlos rein, und es interessierte ihn überhaupt nicht, wie alles da drin landete. Gator würde ganz sicher merken, dass jemand daran rumgefummelt hatte.

Jason fragte: »Soll ich jetzt die Bullen rufen?«

Frankie schmiss den Rucksack zurück auf den Boden und sah Jason mit zornigen Augen an. Er nahm die Waffe, und jetzt hatte Jason auch noch vor ihm Angst.

»Nein«, sagte Frankie. »Ich glaube, wir warten, bis Gator nach Hause kommt.«

19

Am Freitagabend um sieben war Jesse Morgan bei Nicola zum Abendessen eingeladen. Sie hatte wie üblich ihren Salat zubereitet, mit vielen Avocados und Tomaten, und dazu noch eine Flasche Wein aufgemacht, die Morgan bisher ignoriert hatte. In einer Stunde musste er wieder im Büro sein, um noch mehr Spuren zu verfolgen, und Alkohol war das Letzte, was er jetzt gebrauchen konnte. Seit dem Mord hatte man in Orton rund um die Uhr gearbeitet, aber noch immer gab es nur einen großen Haufen Nichts, der nirgendwohin führte.

»Das muss ziemlich frustrierend sein«, sagte Nicola. »Hast du eigentlich nie Angst davor, dass ein Verbrechen mal nicht aufgeklärt wird?«

»Pausenlos.«

»Der Druck muss ja gewaltig sein für die, die daran arbeiten.«

»Ist er auch. Der Trick besteht darin, ihn nicht an dich rankommen zu lassen. Wenn es so weit kommt, dann weiß der Kuckuck, was passiert.«

»Meinst du, dass man dann so was tut wie Beweise fälschen?«

»So was in der Richtung. Ich habe das schon erlebt.«

»Aber doch sicher nicht in Woodvale.«

»Nicht in dem Ausmaß. Ich habe das mehr in London erlebt. Eigentlich ist das genau so wie bei jedem anderen Job. Diejenigen, die Erfolg haben wollen, denken sich was aus, um beachtet zu werden, und erzählen hie und da mal die eine oder andere Lüge. Es ist nur so, dass bei der Polizei die Folgen viel gravierender sind.«

Nicola war entsetzt. »Hast du das schon mal gemacht?«

»Nicht, dass ich wüsste«, sagte Morgan und war enttäuscht, dass sie ausgerechnet ihn das gefragt hatte. Er nahm einen Schluck Wasser. »Es gibt viele ehrliche Bullen unter uns«, sagte er. »Aber die paar Korrupten werfen ein schlechtes Licht auf den Rest. Das ist genau so wie bei den Fußballhooligans. Die Minderheit zieht die Mehrheit in den Dreck. Können wir über was anderes reden?«

Sie unterhielten sich über Countrymusic und den *Red Lion*. Nicola erzählte ihm ein paar lustige Anekdoten über die Maschen, mit denen viele Männer im Pub bei ihr landen wollten. Morgan stellte fest, dass er eifersüchtig wurde.

Als sie mit dem Essen fertig waren, gingen sie in das große Zimmer und legten sich angezogen aufs Bett. Sie küssten sich und schmiegten sich aneinander, aber Morgan wollte nicht weiter gehen, weil seine Zeit knapp wurde. Er sagte zu Nicola, dass er ihre erste Liebesnacht ohne Unterbrechung und ohne Zeitdruck haben wollte. Sie stimmte widerstrebend zu. Er lag auf dem Rücken und sah aus dem Fenster auf die Bäume beim Kloster hinaus. Während seine Stunde langsam verstrich, spürte er, dass seine Gefühle sich legten. Als die Zeit um war, stand er auf.

Als er wieder in Orton war, arbeitete er sich an einem der Schreibtische durch Computerausdrucke und handgeschriebene Notizen. Ian Kiddie machte Pause und ging ganz sicher mit Spotless spazieren. Also unterhielt er sich über den letzten Stand der Dinge mit Mulligan, der an einem Schreibtisch in der Ecke saß und, mit einer dampfenden Tasse Kaffee vor sich, ein paar Papiere durchging. Sein bleiches Gesicht sah müde und gestresst aus. Es war das Gesicht eines Mannes, der eine aussichtslose Schlacht führt. Er blickte kurz zu Morgan auf.

»Ich habe mehr Papier als die *Sunday Times*«, sagte Mulligan, »und alles ist einen Scheißdreck wert.«

»Ich weiß, was Sie meinen«, sagte Morgan. »Ich glaube, wir kommen so langsam an den Punkt, an dem uns ein bisschen Schwein weiterhelfen könnte.«

»Sind wir nicht gestern schon an dem Punkt vorbeigekommen?« Mulligan rieb sich die Augen und streckte sich. »Ich brauche ein bisschen Schlaf. Ungefähr eine Woche.«

»Warum gehen Sie nicht nach Hause? Kiddie und ich können uns darum kümmern. Wenn etwas Wichtiges ist, rufen wir Sie an.«

»Sind Sie sicher?«

»Ganz bestimmt. Gehen Sie nach Hause, und machen Sie sich

mal wieder mit Faye bekannt. Testen Sie, ob Ihre Kinder Sie noch erkennen.«

Mulligans Gesicht hellte sich auf. Der Gedanke an zu Hause war offensichtlich zu verlockend. Er stand auf und machte sich startklar.

Nachdem er beim Einsatzleiter eine Nachricht für Kiddie hinterlegt hatte, ging Morgan raus und stieg in sein Auto. Er fuhr zurück nach Woodvale und kutschierte langsam durch die Straßen. Er wusste, wo er hinwollte, aber er wollte nicht zu schnell da sein. Er musste einfach das Gefühl auskosten, dass er etwas Nützliches tat. Wenn dieser Schuss ins Leere ging, wusste er nicht mehr, was er noch tun könnte. Schließlich kam er zu der Straße, in die er wollte, und parkte vor dem Haus von Mrs. Gator.

Als der Arbeitstag um sieben zu Ende war – eine Überstunde, um noch ein paar Rohre hochzuschleppen –, war Phil Gator so müde gewesen, dass er sich den Fußmarsch nach Redgate zum Bus nach Hause nicht antun wollte.

Er hätte Brian fragen sollen, ob er ihn mitnehmen konnte, aber stattdessen befand er sich plötzlich auf dem Weg in den nächsten Pub und lief steif den Schotterweg des Industriegebietes entlang. Er bog rechts ab in Richtung Merstham und ging in den *Bricklayer's Arms*. Es war ein Pub, in dem er schon mal gewesen war und von dem er wusste, dass man dort nichts gegen einen Typen in dreckigen Klamotten hatte, der aussah, als hätte er gerade Zoff mit einer Mischmühle gehabt. Er saß an der Bar und genehmigte sich ein Pint Bitter und ein Sandwich mit Käse und Zwiebeln. Das ging runter wie Öl, also nahm er zwanzig Minuten später dieselbe Dosis noch einmal. Dann setzte er zwei weitere Pints drauf.

Während er trank, spielten ein paar Leute in der Ecke Darts. Mit dem fünften Pint in der Hand drehte er sich um und sah ihnen zu. Es war eine Gruppe Männer und Frauen in seinem Alter, die herumkasperten, als hätten sie überhaupt keine Sorgen. Gator beneidete sie. Er fühlte sich jetzt ein bisschen lebendiger, rutschte von seinem Hocker und ging rüber, als das Spiel zu Ende war.

»Habt ihr was dagegen, wenn ich beim nächsten Spiel anschreibe?«, fragte er, ging zur Tafel und schnappte sich die Kreide. Die Leute sahen nicht sonderlich erfreut über seine Anwesenheit aus, also schenkte er ihnen sein strahlendstes Lächeln, und sie stimmten widerstrebend zu. Das bedeutete, dass er beim nächsten Spiel dabei war.

Vier von der Truppe begannen zu werfen – 501 auf 0. Gator war immer eine Niete gewesen, wenn er Dartspunkte abziehen musste, und mit dem Bier, von dem ihm schwindlig wurde, machte er schon bald einen Fehler nach dem anderen. Die Spieler fingen an, über ihn zu lachen, und mussten ihm ihre Punktzahlen zurufen, die er gewissenhaft aufschrieb. Er wünschte sich allmählich, dass er auf seinem Hocker sitzen geblieben wäre, aber dann kam eins von den Mädchen rüber und stellte sich neben ihn. Sie lächelte freundlich und sagte: »Du siehst aus, als könntest du ein bisschen Hilfe brauchen.«

Für den Rest des Spiels gab sie ihm die Punktzahlen an. Sie stand ruhig an seiner Schulter und flüsterte sie ihm fast ins Ohr. Gator fand ihre Stimme so beruhigend, dass er meinte, er könnte sich gleich hier auf dem Fußboden schlafen legen, wenn sie nur weiter mit ihm sprach. Ab und zu, wenn die anderen warfen, sah er sie an. Sie hatte kurze, dunkle Haare und ein eigenartiges Gesicht, ohne Kinn, dafür aber mit großer Nase. Nicht gerade die Art Mädchen, auf die er stand.

Aber als das Spiel vorbei war und er sie für das nächste Spiel zum Partner bestimmte, änderte er schnell seine Meinung. Denn jetzt konnte er ihren Körper sehen.

Sie war wunderschön schlank, und ihre engen Bluejeans saßen am Hintern wie angegossen, ein Anblick, von dem Gator kaum seine Augen lassen konnte. Sie trug ein weißes Hemd über einem weißen T-Shirt, so weit Gator sehen konnte, keinen BH, und sie hatte nicht besonders viel Busen. Aber Gator wusste, dass das täuschen konnte. Sie sagte: »Ich heiß Sue.« Gator antwortete: »Und was machst du?« Sue sagte, so was hätte sie ja noch nie gehört.

Im Handumdrehen hatten sie ihr Spiel verloren. Gator schmiss die Pfeile kreuz und quer durch die Gegend und traf den Anschreiber einmal mit einem Abpraller. Alle lachten, aber der Typ, der anschrieb, sah nicht sehr begeistert aus.

Gator und Sue setzten sich an einen Tisch. Er gab ihr einen Bacardi Cola aus, während er sein mittlerweile sechstes Pint schlürfte. Aber wer zählt schon mit? Seit den Schüssen am Mittwoch hatte er sich nicht besser gefühlt. Zur Hölle noch mal, es war Freitagabend, er war in einem Pub und baggerte gerade eine Braut an, bei der er sich gute Chancen für eine Nummer ausrechnete. Wie konnte man einen Abend besser verbringen? Die nächste Stunde redeten sie dummes Zeug miteinander, typisches wirres Gefasel von Beduselten. Gator machte das sehr viel Spaß. Schließlich kamen sie auf die wesentlichen Dinge zu sprechen, wie zum Beispiel, ob er über Nacht bei ihr bleiben konnte. Sue nickte, aber sie sagte, das einzige Problem wäre, dass sie bei ihrer Mutter wohnte. Gator sagte: »Na ja, das tu ich auch«, und beide lachten.

Sie verließen den Pub vor den anderen und gingen die Straße entlang in Richtung Merstham. Sie brauchten etwa zwanzig Minuten, und Gator musste zwischendurch mal anhalten und pissen. Er suchte sich den nobelsten Wagen aus, der auf der Straße stand – ein weißer Mercedes, so groß wie ein Panzer –, und pisste die ganze Fahrertür runter. »Ein weißer Benz gehört nicht in so 'ne Straße wie diese«, sagte er. »Den muss man anpissen, der hat's nicht anders verdient.«

Sue lachte. Sie stand direkt neben ihm und sah auf seinen Pimmel. Gator gefiel es, dass sie so offen war, und dachte, heute Nacht würde es ganz bestimmt zur Sache gehen, da gab es gar keinen Zweifel.

Als sie zu Sue kamen, ließ sie ihn leise rein und setzte ihn aufs Wohnzimmersofa, während sie Kaffee und Toast machte. Gator blätterte in der *TV Times*.

Sue kam mit einem Tablett voller Toast und dampfendem Kaffee zurück. Sie stellte das Tablett auf den Boden und fragte Gator, ob er Musik hören wollte. Gator sagte, es wäre ihm scheißegal. Das Nächste, woran er sich erinnern konnte, war, dass Sue eine Platte von Pink Floyd aufgelegt hatte, und er wünschte, er hätte Nein gesagt. Sie saß zu seinen Füßen und aß zwei Schnitten Toast mit Himbeermarmelade. Gator tat das Gleiche. Er stellte fest, dass er ein bisschen nüchterner wurde, aber Müdigkeit überkam ihn, und seine Laune steigerte sich nicht gerade, als Sue anfing, von ihrem Freund zu reden. Dann sagte sie, dass sie immer auch noch ein bisschen mit anderen Männern rummachte, weil ihr Freund nun mal in Liverpool lebte. Gator wurde wieder munter.

Kurze Zeit später saß sie neben ihm auf dem Sofa, und sie küssten sich. Gator fuhr mit der Hand unter Sues T-Shirt und begann, ihre Brüste zu streicheln. Als er sich nach einer Weile in ihre heiligen Hallen vorwagen wollte und seine Hand weiter abwärts wanderte, packte sie sie und schüttelte den Kopf. »Bis hierhin und nicht weiter«, sagte sie.

Gator war enttäuscht. »Wie wär's mit einer kleinen Handarbeit?«, fragte er und führte ihre Hand an seine Jeans.

Sie zog ihre Hand weg. »Nein! Das mach ich auch nicht.«

»Soso, wenn du dich an bestimmte Regeln hältst, hast du also kein schlechtes Gewissen, wenn du deinen Freund das nächste Mal siehst.«

»Genau.«

»Und du glaubst, dass er das auch so macht?«

»Das sagt er mir wenigstens.«

»Ich glaub, er verarscht dich.«

»Kann sein. Aber ich hab meine Prinzipien.«

Gator hatte keinen Bock, darüber zu streiten. Normalerweise hätte er nicht so leicht aufgegeben und die ganze Nacht versucht, seinen Willen durchzusetzen. Dann spielte er mit dem Gedanken, dass er das Flittchen einfach vergewaltigen sollte, denn in den Knast wanderte er sowieso. Abgang mit Glanz und Gloria. Er würde immer noch gerne den Arsch sehen, der sich da vor ihm bückte. Er sah zur Uhr auf dem Kaminsims, und sie zeigte halb eins. Er lehnte seinen Kopf auf dem Sofa zurück, um darüber nachzudenken, und machte die Augen zu.

Die Stimmung im Ermittlungsbüro war merklich gestiegen, seit Jesse Morgan zurückgekommen war und alles über Phil Gator erzählt hatte. Dann hatte er Mulligan angerufen und von Frau und Kindern abkommandiert. Mulligan war nicht sauer gewesen. Er war so erleichtert, endlich einen Anhaltspunkt zu kriegen. Nun tigerte er im Raum auf und ab, teilte Leute ein, las Informationen auf Computermonitoren und versuchte, sich vorzustellen, wo Gator abgeblieben war. Mit einem kalten Kebab in der Hand sah Morgan vom Schreibtisch aus zu. Er war durchaus zufrieden mit sich selbst und dachte, dass er vielleicht sogar gleich nach Hause gehen könnte, um etwas Schlaf nachzuholen. Sollte doch zur Abwechslung mal jemand anders die Lauferei übernehmen. Ian Kiddie saß gegenüber und sah Morgan angewidert beim Essen zu.

»Ich verstehe nicht, wie du dir dieses Zeug antun kannst«, sagte Kiddie. »Wer weiß, woher das Fleisch kommt?«

Morgan sah ihn ungläubig an. »Und das von einem Mann, der von gekochtem Schafsmagen lebt?«

Darauf hatte Kiddie keine Antwort parat. Er war gerade zurückgekommen, nachdem er zu Hause zu Abend gegessen und Spotless Gassi geführt hatte.

»Wie also hast du das alles aus Mrs. Gator rausgequetscht?«, fragte Kiddie und wechselte das Thema.

»Ich bin einfach hingegangen und habe mich eine Weile mit ihr unterhalten«, sagte Morgan. »Es war der sanfte, sanfte Sturmangriff. Als ich ihr glaubhaft gemacht hatte, was für ein gutmütiger Kerl ich bin, habe ich es ihr auf den Kopf zugesagt. Ich habe ihr erzählt, dass ich ihre Geschichte von heute Morgen nicht glaube, und sie fing an zu heulen. Sie hat alles ausgespuckt. Sie sagte, ihr Sohn wäre gerade von einem dreimonatigen Trip aus Europa zurückgekommen, dann offensichtlich irgendwie in Schwierigkeiten geraten und bei ihr ausgezogen. Er hatte ihr eingeschärft, uns kein Wort zu sagen, und ihr nicht mal gesagt, wo er hingezogen ist. Sie hat nicht die leiseste Ahnung, wo er ist. Überhaupt weiß sie nicht viel von dem, was er treibt. Ich glaube, sie hat Angst vor ihm.«

Kiddie nickte. »Aber er hat kein besonders großes Vorstrafenregister. Glaubst du wirklich, dass er einer von den Mördern ist?«

»Die müssen alle mal klein anfangen. Ich glaube, er hat sich zu so etwas emporgearbeitet. Ich meine, ich weiß es nicht genau, aber ich hab da so ’ne Ahnung.«

Kiddie lächelte. »Ja, du siehst aus, als ob du dir ganz schön was einbildest.«

»Manche haben’s und manche nicht«, sagte Morgan.

Um kurz nach eins rieb sich Jason die Augen und sagte, dass er ins Bett gehen würde. »Ich glaub zwar nicht, dass ich schlafen kann, aber ich geh trotzdem.«

Frankie sagte: »Entspann dich. Es gibt keinen Grund zur Sorge. Wenn du Schüsse hörst, bin das bloß ich.«

Jason starrte auf die Waffe in Frankies Hand. »Ich kann nicht glauben, dass das alles hier passiert. Es ist wie ein böser Traum.«

Frankie kannte sich mit bösen Träumen aus. Genau so hatte er sich in der Nacht gefühlt, in der er den Polizisten erschossen hatte.

Jason sagte: »Ich sag mal nicht Gute Nacht, denn ich glaub nicht, dass es eine wird.«

Frankie war froh, als Jason mit dem Geflenne aufhörte und das Zimmer verließ. Nun war er allein mit seinen Gedanken. Er saß auf einem Sessel, den er rumgezogen hatte, um das Wohnzimmerfenster nach vorne raus im Auge zu halten. So sah er jeden, der den Gartenweg zur Haustür hochkam. Er würde diesen Scheißkerl Gator reinkommen lassen, ihn mit vorgehaltener Waffe ins Wohnzimmer dirigieren und ihm ein paar Fragen stellen. Wie zum Beispiel, ob er es gewesen war, der seinen Vater umgebracht hatte, als er mit seinem Rucksack aus Europa zurückgekommen war. Dann würde er ihm einfach die Knarre an den Kopf halten und seinen Schädel wegpusten. Das war nicht sehr schwer. Als er vor drei Jahren den Polizisten erschossen hatte, hatte er das erstaunlich einfach gefunden. Wenn du dich erst einmal an den Krach und den Rückstoß gewöhnt hast, ist es keine allzu große Sache, auf den Abzug zu drücken. Und diesmal würde er der Gesellschaft einen Gefallen tun. Sie würden keinen dreifachen Mörder einsperren müssen und dem Steuerzahler einen Haufen Geld sparen. Zum Teufel, sie sollten ihm dafür eine Belohnung geben. Kopfgeldjäger Bosser. Wie in dem Film *The Hunter* mit Steve McQueen, den letzten, den er gemacht hatte, ehe er am 5. November 1980 starb. Eines der wenigen Daten, an die Frankie sich erinnern konnte. Der Tag, an dem er plötzlich die Lust verloren hatte, ins Kino zu gehen.

Er sah in der Dunkelheit auf die Uhr. Es war jetzt nach zwei. Wo, zum Teufel, steckte dieser Drecksack?

20

Als die Tür zum Wohnzimmer aufging, wachte Phil Gator endlich auf. Er lag auf dem kleinen Sofa, die Sonne schien durch die Vorhänge, und über ihm stand eine ältere Frau. Er brauchte eine Weile, bis er wusste, wo er war.

»Was machen Sie hier?«, fragte die Frau ärgerlich. »Nehmen Sie Ihre Füße von meinem Sofa!«

Gator nahm widerwillig die Füße von der Couch, setzte sich hin und stützte seinen Kopf auf die Hände. »Ich bin ein Freund Ihrer Tochter«, sagte er, ohne sie anzusehen.

»Meine Tochter bringt niemand ohne meine Erlaubnis mit hierher. Verlassen Sie jetzt gefälligst mein Haus!«

Gator stand auf und drückte sich gegen die Frau. Sie wich mit ängstlichem Gesichtsausdruck vor ihm zurück. Er legte ihr eine von seinen Pranken an die Kehle und drängte sie gegen den Kamin. Ihm gefiel der angsterfüllte Blick, den er weckte. »Warum hältst du nicht einfach deine gottverdammte Fresse«, sagte er. Die Frau war vielleicht Mitte fünfzig und hatte eine ganz manierliche Figur. Graue Haare. Gator hatte noch nie eine grauhaarige Frau gehabt. Er hob seine linke Hand und begann damit, an ihrer rechten Brust rumzukneten. Die Frau fing an, sich zu wehren, und Tränen kamen ihr in die Augen. Gator spürte seine Erregung, aber auf einmal hatte er doch keinen Bock mehr. Er ließ die Frau los und verließ das Zimmer.

Als er die Straße entlangging, kam er an einer Kirchturmuhr vorbei und sah, dass es schon nach elf war. Jetzt schoss ihm durch den Kopf, dass er ja schon um neun auf der Arbeit hätte sein sollen, um diese verdammten Rohre hochzuschleppen. Er lief in Richtung Redgate und Gewerbegebiet. Er konnte ja mal nachsehen, ob Brian da war und ob sonst irgendetwas los war.

Etwa zur selben Zeit wachte Frankie Bosser im Sessel auf. Er fluchte vor sich hin und ging nach oben, um nachzusehen, ob Gator nachts noch zurückgekommen war. Er kontrollierte Gators Zimmer, aber es war leer.

Er ging zurück durch den Flur und klopfte an Jasons Zimmertür. Dann ging er rein und sah, dass Jason im Bett lag und ein Buch las.

»Ist Gator nach Hause gekommen?«, fragte Jason.

»Nein«, sagte Frankie. »Vielleicht hat er die Biege gemacht. Ich bin irgendwann eingeschlafen. Sessel sind als Schlafplatz wenig geeignet.« Er rieb sich den Nacken, ging zum Fenster und dann auf den Balkon. Nachdem er die Aussicht bewundert und ein bisschen frische Luft geschnappt hatte, kam er wieder rein. »Das ist ein schönes Haus hier«, sagte er.

»Schön, aber teuer«, sagte Jason. »Manchmal frage ich mich, ob es das auch wert ist.«

»Ein eigenes Haus ist immer etwas wert. Jeder braucht seine Wurzeln. Einen Platz, an den er zurückkommen kann.«

»Du hörst dich an, als hättest du Heimweh.«

»Ich möchte zurück nach Italien. Ich fühl mich hier plötzlich wie ein Fremder. Was für ein Buch liest du da?«

»*No One Here Gets Out Alive*. Eine Biografie von Jim Morrison und den Doors.«

Frankie hoffte, dass der Titel keine düstere Prophezeiung war. »Ich habe ziemlich viel von Elmore Leonard gelesen, seit ich hier angekommen bin«, sagte er. »Den musst du dir mal reinziehen. Ein Krimiautor.«

»Ich lese keine Krimis.«

»Die können ziemlich spannend sein, wenn du die richtigen erwischst.«

»Die törnen mich trotzdem nicht an. Aber ich mag amerikanische Schriftsteller. Die von heute.«

»Dann würde dir Leonard auch gefallen.«

»Aber Verbrechen interessieren mich nicht.«

»Du steckst doch gerade bis zum Hals in einem drin. Vielleicht stellst du ja fest, dass du dich darin verliebst.«

»Das bezweifle ich.«

Frankie zog sich einen Stuhl ran und erzählte Jason von seinem Vater und dem Verdacht, dass Gator ihn umgebracht hatte. Jason glaubte das alles nicht, aber Frankie schaffte es, ihn zu überzeugen. Er beschrieb ihm, warum ihn der Rucksack auf die Spur geführt hatte, dass sein Vater von einem Reisenden getötet worden war und dass Gator – oder zumindest der Gator auf den Urlaubsfotos – auf die Beschreibung passte, die Frankie von Joe im *Railway* bekommen hatte. Jason musste zugeben, dass das eine ganze Menge Übereinstimmungen waren.

»Ich gehe jetzt ins Hotel zurück und mache mich frisch«, sagte Frankie. »Wenn Gator zurückkommt, möchte ich, dass du mich auf der Stelle anrufst. Alles klar? Ich möchte ihm ein paar Fragen stellen, bevor wir die Bullen rufen. Ich nehme auch seine Knarre mit. Dann kann er dir damit nichts tun.«

»Danke.«

»Hab nur Spaß gemacht.« Frankie verließ das Zimmer und ging raus zu seinem Wagen. Er freute sich auf eine Dusche und ein paar Stunden Schlaf.

Als Gator auf den Bürocontainer zulief, sah er den alten Carroll an der Seite des Betriebsgeländes stehen, wo die Rohre den Abhang runtergerutscht waren. Sieht sich wahrscheinlich an, wie Brian sich allein abrackert, dachte Gator. Der alte Sack. Aber als er bei Carroll angekommen war und runtersah, konnte er keine Spur von Brian erblicken.

»Tut mir Leid, dass ich zu spät bin«, sagte Gator nicht besonders überzeugend. »Ich war so kaputt von gestern, dass ich verschlafen hab.«

Carroll drehte sich um und glotzte ihn an. Sein Blick gab Gator das Gefühl, als wäre er so willkommen wie ein Loch im Kopf.

»Das ist ohnehin egal«, sagte Carroll. »Brian hat angerufen und gesagt, dass er nicht kommt. Eines seiner Kinder ist krank. Ich habe versucht, Sie anzurufen, aber Ihre Mutter sagte mir, sie wären nicht nach Hause gekommen.«

»Hab bei Freunden übernachtet«, sagte Gator.

Mr. Carroll trug heute legere Kleidung: schwarze Freizeithose, blaues Hemd und cremefarbene Krawatte. Für Gator sah er aus wie ein Zuhälter.

»Dann kann ich ja auch nach Hause gehen«, sagte Gator. »Allein krieg ich die nicht hoch.«

»In der Tat«, sagte Carroll.

Gator drehte sich um und wollte gehen, aber Carroll sagte: »Die Polizei war heute hier und hat Sie gesucht. Ich habe ihnen gesagt, Sie sollten eigentlich bei der Arbeit sein, aber es sehe nicht so aus, als ob Sie noch erscheinen würden.«

Gator erstarrte und sah dann schnell zum Bürocontainer rüber, um zu kontrollieren, ob sich da jemand rumtrieb. Er wandte sich wieder Carroll zu, der noch immer in die Grube sah.

»Warum wollten die mich sprechen?«, fragte er.

»Das haben sie nicht gesagt«, sagte Carroll. »Wir sind in Schwierigkeiten, was?« Er blickte Gator abschätzig an.

»Was geht Sie das an?«, fragte Gator.

»Oh, das geht mich gar nichts an«, sagte Carroll. »Sie bedeuten mir sowieso nichts.«

Gator ging auf Carroll zu und baute sich direkt vor ihm auf. Sein Gesicht war etwa zehn Zentimeter weit weg. Dieser graue Schnurrbart und diese dämliche cremefarbene Krawatte. Er dachte an den Tag vor ein paar Wochen zurück, an diesen alten Knaben, dem er eine gelangt hatte, weil er ihn nass gespritzt hatte. Dieses ganze Friedhofsgemüse ging ihm auf den Sack. Was bildeten die sich eigentlich ein? Dachten die wirklich, sie könnten es mit einem wie ihm aufnehmen? »Das macht gar nichts«, sagte er, »denn Sie bedeuten mir auch nichts.«

Dann legte er beide Hände auf Carrolls Schultern und stieß ihn den Abhang runter.

Jesse Morgan hatte Ian Kiddie auf dem Betriebsgelände von Ellis Pipes zurückgelassen, damit der dort die Augen offen hielt. Aber er hatte heute Morgen eine Menge Kaffe getrunken, und nachdem er etwa zwei Stunden lang beim Bürocontainer rumgehangen hatte, musste er mal pinkeln gehen. Wenn er nicht im Dienst gewesen wäre, hätte er sein Geschäft einfach hinter ein paar Rohren erledigt. Aber da er nun mal ein Mann war, der die Vorschriften einhielt, war er ins Büro gegangen, hatte Mr. Carroll nach den nächsten Toiletten gefragt und zu hören bekommen, dass die ein ganzes Stück entfernt waren. Er musste in Richtung Fabrik gehen. Die Toilette war direkt neben einem Großhandel.

Als er etwa fünf Minuten später zum Bürocontainer zurückkam, schaute er aus dem Fenster, um nachzusehen, ob Mr. Carroll noch da war, aber der Platz war leer. Kiddie ging auf den Hof und begann, nach dem alten Knaben zu suchen. Er beschloss, auf der anderen Seite nachzusehen. Mr. Carroll hatte erzählt, dass es dort einen Hangrutsch gegeben hatte und dass er etwas von seinem Lagerbestand verloren hatte. Er ging zur Kante rüber und sah sich die Trümmer in der Grube an. Dann sah er etwas anderes. Er sagte: »Oh, Scheiße«, und griff nach seinem Funkgerät.

Als Gator nach Redgate zurückging, hörte er Polizeisirenen. Schnell lief er in eine Nebenstraße, damit die Bullen im vorbeifahrenden Polizeiwagen ihn nicht sehen konnten. Er beobachtete, wie der Wagen vorbeisauste und in Richtung Gewerbegebiet fuhr. Er dachte, dass das wohl einen anderen Grund hatte, aber es war nicht der Moment, irgendwelche Risiken einzugehen.

Als er die High Street in Redgate erreicht hatte, mischte er sich unter die Menge, die am Samstagmorgen einkaufen war, und ging schnell zum Bahnhof. Manche Passanten warfen ihm merkwürdige Blicke zu, und er musste ihnen Recht geben, dass er wohl wie ein Schwein aussah. Er war immer noch dreckig von der Arbeit gestern, unrasierter als sonst, und sein kurzes Haar war schmutzig und struppig. Nicht gerade ein Anblick, den man seinen lieben Kleinen bei einem harmlosen Samstagmorgeneinkauf zumuten mochte. Aber Gator plagten ganz andere Sorgen.

Er ging zur Taxischlange am Bahnhof und stieg in das erste auf den Rücksitz. »Naughton Road in Woodvale«, sagte er zum Fahrer.

Der Fahrer sah in den Rückspiegel und sagte: »Ein bisschen Höflichkeit könnte nicht schaden.«

Gator lehnte sich über den Rücksitz und packte den Fahrer im Genick. »Komm mir ja nicht so«, sagte er leise und ließ eine Zehn-Pfund-Note auf den Beifahrersitz segeln. »Und nun schmeiß die Kutsche an, ich hab was zu erledigen.«

Der Fahrer wand sich aus Gators Griff, sah auf den Zehner neben sich und fuhr los.

Im Keller in Naughton Road hatte Jason Schwierigkeiten, sich auf die einzige Unterrichtsstunde des Tages zu konzentrieren. Sobald Frankie aus dem Haus gegangen war, hatte er begonnen, unruhig auf Gators Rückkehr zu warten. Was er wirklich tun wollte, war, die Polizei anzurufen, damit sie sich gleich hier und jetzt um alles kümmern konnte. Aber Frankie hatte gesagt, dass er erst mit Gator reden wollte, und weil Frankie über solche Sachen mehr zu wissen schien als Jason, hatte er mitgespielt. Jedenfalls bis jetzt. Aber wenn Gator bis zum Abend nicht auftauchte, wollte er Frankie anrufen und ihm erzählen, dass er die Polizei rufen würde. Was würde das für Frankie schon für einen Unterschied machen? Der Typ, der seinen Vater auf dem Gewissen hatte, würde immer noch hinter Gittern landen.

Also versuchte sich Jason auf den Unterricht zu konzentrieren, aber es gelang ihm nicht. Mittendrin verließ er den Keller und ging nach oben, um sich ein Glas Wein zu holen. Er schenkte noch ein zweites Glas voll und nahm dann beide mit runter zu Barry, seinem langhaarigen Schüler, der aussah wie Neil Young. Sie saßen da, unterhielten sich und tranken, und Jason sagte, dass er für die Unterrichtsstunde nichts zu bezahlen brauchte.

Etwa zwanzig Minuten später hörte er, wie die Haustür aufging.

Gator stand im Flur und horchte, ob sich irgendwas im Haus rührte. Dann marschierte er nach oben und ging in Karls Zimmer. Es sah leerer aus als das letzte Mal, das er hier drin gewesen war, aber er konnte sich nicht erklären, warum. Neben dem Bett kniete er sich hin und zog die Schachtel darunter hervor. Es war noch etwas Geld drin, also nahm er alles raus und stopfte es sich in die Tasche.

Er ging durch den Flur zu seinem eigenen Zimmer und stieß die Tür auf. Er bemerkte, dass der Rucksack nicht an der Stelle war, wo er ihn gelassen hatte. Er hob ihn hastig auf und kippte den Inhalt auf dem Bett aus. Jemand hatte darin rumgeschnüffelt. Und, was am schlimmsten war, seine Knarre war verschwunden.

Er spürte, wie die Wut in ihm hochstieg. Er verließ sein Zimmer und ging in das von Jason. Da war auch niemand. Wo, verdammt noch mal, waren die alle? Dann fiel ihm der Keller ein. Da hing Jason immer rum. Ganz bestimmt versteckte er sich da unten.

Als Jason hörte, dass Gator oben rumtrampelte, wäre er am liebsten gleich aus dem Haus gelaufen. Aber er war sein Leben lang ein Feigling gewesen und dachte, dass es jetzt zur Abwechslung mal an der Zeit wäre, sich gegen einen von diesen Schlägertypen aufzulehnen. Also schrieb er etwas auf ein Stück Notenpapier und drückte es Barry in die Hand.

»Du musst mir einen großen Gefallen tun, Barry«, sagte er. »Lass deine Gitarre hier stehen, geh zur nächsten Telefonzelle, und ruf diese Nummer an. Frag nach Terry Elliott und sag ihm, dass er auf der Stelle hierher kommen soll. Der Typ, der gerade reingekommen ist, ist ziemlich ungemütlich, und ich brauche jemanden, der mir hilft.«

Barry sagte okay, aber er sah schrecklich besorgt aus.

»Es ist schon in Ordnung. Mach einfach, was ich dir sage.« Jason nestelte in seiner Hosentasche nach etwas Kleingeld. »Hier hast du Kleingeld fürs Telefon. Das nächste ist da oben neben dem Schnapsladen. Wenn du das gemacht hast, geh einfach nach Hause. Ich ruf dich nachher an und erklär dir alles.«

Jason brachte Barry zur Tür, die in den Garten führte, und sie warteten, bis sie hörten, dass die Kellertür oben an der Treppe aufging. Als Gator die Treppe runtergestampft kam, schlüpfte Barry dann raus.

»Ich wusste, dass ich dich hier unten finde, du kleiner Scheißer«, sagte Gator. Er kam rüber und stieß Jason hart gegen die Brust. Jason fiel rückwärts über einen Stuhl. Seine Brille flog auf den Boden, und er krachte gegen eine Gitarre, die an der Wand lehnte. Gator zog ihn wieder hoch, griff ihn beim Hemdkragen und drückte ihn gegen die weiß getünchte Wand.

»Nun sag mir, wer in meinem Zimmer gewesen ist«, sagte er, »und sag mir, wo Karl ist.«

Jason hatte solche Angst, dass er kaum sprechen konnte. »Karl ist weg«, konnte er gerade noch sagen. »Er hat sich gestern verdrückt.«

»Ach ja? Und wo ist der Kacker hingegangen?«

Gators Gesicht war etwa einen Zentimeter von Jasons entfernt. Alles war voll Ziegenbart, Stoppeln und Mundgeruch.

»Das wollte er nicht sagen. Hat nur seinen Kram geschnappt und ist gegangen. Ich habe aber gesehen, dass er in deinem Zimmer war.«

»Diese hinterhältige Schlange«, sagte Gator und löste seinen Griff.

Jason dachte, dass er aus dem Schneider war, aber dann wurde er plötzlich auf einen der Stühle geschubst.

»Setz dich dahin und rühr dich nicht«, sagte Gator.

Jason sah zu, wie er zu einem der Verstärker rüberging und ein Kabel rauszog. Es war eines von Jasons neuen – vierundzwanzig Eier wert. Gator kam mit dem Kabel auf ihn zu und fing damit an, ihn an den Stuhl zu fesseln. Er wickelte es um Jason herum, der die Hände auf dem Rücken hatte. Jason sah zur Gitarre rüber, gegen die er gefallen war. Seine heiß geliebte schwarze, limitierte Takamine. Der Bund war zerbrochen. Die Reparatur würde eine Stange Geld kosten.

Als Gator ihn gefesselt hatte, baute er sich vor ihm auf. »Ich hab jetzt ein paar Dinge zu erledigen, und ich will nicht, dass du irgendwohin gehst. Wenn du ein guter Junge bist, kann es sogar sein, dass ich dich losbinde, bevor ich geh. Aber zuerst mal verpass ich dir einen kleinen Denkzettel, damit dir nicht etwa in den Sinn kommt, mich zu verarschen.«

Dann stand er plötzlich hinter Jason, der fühlen konnte, wie derbe Hände nach seinen griffen. Sein rechter Daumen war plötzlich in Gators Schraubstock, und er fing damit an, ihn immer weiter nach hinten zu biegen. Jason konnte kaum glauben, was mit ihm geschah. Sein Körper verkrampfte sich, als er darauf wartete, was als Nächstes kam. Er hörte seinen Daumen krachen und dann einen furchtbar lauten Schrei, der aus seiner eigenen Kehle kam. Einen Schrei, der so seltsam war, dass er zuerst dachte, er käme von einem Tier.

Aber als ihn der Schmerz traf, wusste er, dass es sein Schrei war.

21

Jesse Morgan stand mit Ian Kiddie am oberen Ende des abgerutschten Hangs und sah den Polizisten unten zu, die gerade Mr. Carrolls Leichensack zumachten. Sie schnallten ihn auf einer Bahre fest und machten sich dann daran, ihn den Abhang hochzuhieven.

Morgan schüttelte den Kopf. »Herrgott noch mal, Ian. Warum hast du nicht einfach hinter einen Stapel Rohre gepisst?«

Kiddie war verärgert. Er wusste, dass Gator ihnen gehört hätte, wenn er am Schauplatz geblieben wäre. Er tat Morgan Leid, und später würden auch noch ein paar unangenehme Fragen auf ihn zukommen, die er beantworten musste.

Innerhalb von nur ein paar Tagen war Kiddie von Frankie Bosser überlistet worden und nun auch noch, durch seine eigene Unachtsamkeit, von Gator. Superintendent Cole würde bestimmt gerne wissen wollen, wie das kam.

»Ich habe ehrlich nicht geglaubt, dass er hier auftaucht«, sagte Kiddie. »Ich hatte zwei Stunden gewartet. Und überhaupt, vielleicht ist der alte Mann ja auch einfach runtergefallen.«

Morgan sah ihn ärgerlich an. »Ich glaube, da greifst du nach einem Strohhalm.«

»Du hättest mir jemanden hier lassen sollen. Wir hätten sowieso zwei gebraucht, um mit Gator fertig zu werden.«

»Stell dir vor, Unterstützung war auf dem Weg. Daran habe ich nämlich gedacht, als ich zum Bahnhof zurückgefahren bin. Sie haben bloß über zwei Stunden gebraucht, um hierher zu kommen. Das wird auch keinen besonders tollen Eindruck machen.«

»Dann ist die Kacke also ganz schön am Dampfen.«

Morgan nahm Kiddie beim Arm. »Ich gebe dir einen Kaffee aus, in der Kantine da. Wollen mal fragen, ob da irgendjemand Gator gesehen hat.«

Sie gingen die schmutzige Straße runter zur Kantine. Auf dem Weg kamen sie an einem kleinen Trupp von Fabrikarbeitern vorbei, und ein paar von ihnen fragten, was los war. Morgan erzählte ihnen, dass der alte Mann den Abhang runtergefallen war.

Als sie in der Kantine angekommen waren, besorgte Morgan zwei Tassen Kaffee. Er fragte den Mann hinter dem Tresen, ob ihm an diesem Morgen irgendetwas aufgefallen war, irgendwer, der auf dem Grundstück nichts zu suchen hatte. Der Mann dachte einen Augenblick nach, fuhr sich durch die rotblonden Haare und nickte dann.

»Jetzt, wo Sie's sagen. Da war schon etwas Seltsames.«

Morgan war ganz Ohr.

»Ich hab gesehen, wie dieser Typ vorbeigerannt kam. Er sah so aus, als ob er's eilig hätte. Ich kenn ihn vom Sehen. Er kommt meistens zur Mittagspause hierher. Arbeitet für die Baustoffhändler. Aber die arbeiten samstags nicht, und darum konnte ich mir nicht erklären, warum er hier war.«

»Wie sah er aus?«, fragte Morgan. Kiddie war näher rangekommen.

»Er hatte ein grünes T-Shirt und Jeans an. Dreckverschmiert. Er sah aus wie ein Schwein.«

»Und wie sah sein Gesicht aus? Hatte er einen Bart?«

»Ja. Einen von diesen kleinen. So einen, wie sie heute wohl Gott und die Welt haben. Und kurze Haare. Rasiert. Der Typ sieht brutal aus. Sagt nicht viel, wenn er hier reinkommt. Ich hab ihn nicht besonders gemocht. War so einer von denen, die dir auf Anhieb unsympathisch sind.«

Morgan nahm einen Schluck Kaffee und sah Kiddie an. »Glaubst du immer noch, dass der alte Mann einfach runtergefallen ist?«, fragte er.

Frankie Bosser stieg gerade aus der Dusche, als er das Telefon klingeln hörte. Er nahm ab, und ein Angestellter des Hotels stellte das Gespräch durch. Nachdem er sich die Nachricht von Jasons angstschlotterndem Schüler angehört hatte, zog er sich schnell Jeans, T-Shirt und Turnschuhe an und rannte aus dem Zimmer.

Er nahm zwei Treppenstufen auf einmal, ging schnell durchs Foyer und sprintete dann zu seinem Auto, das auf dem Parkplatz abgestellt war. Erst auf halber Strecke nach Woodvale merkte er, dass er die Waffe im Hotelzimmer hatte liegen lassen.

Gator war in Karls Zimmer und suchte nach Autoschlüsseln. Er hatte beschlossen abzuhauen, was er schon vor ein paar Tagen hätte tun sollen. Er hatte noch schnell geduscht und sich saubere Jeans und ein T-Shirt übergezogen. Er fühlte sich fast wie ein neuer Mensch. Das Rasieren hatte er sein lassen. Er würde sich seinen Vollbart wieder wachsen lassen, um die Leute in die Irre zu führen.

Schließlich fand er ein paar Schlüssel unter einem Stapel Unterhosen in der mittleren Schublade der Frisierkommode. Es waren zwei Schlüsselbunde, und er steckte sie beide in die Hosentasche. Dann ging er mit seinem Rucksack nach unten.

Er ging aus der Haustür und fluchte, als er sah, dass Jasons Mini den blauen Nissan zugeparkt hatte. Der Fiat war noch immer in der Garage. Gator ging wieder ins Haus, nahm Jasons Schlüssel vom Flurtisch, ging zurück zur Auffahrt und stellte Jasons Wagen um. Er kletterte aus dem Mini, schloss den Nissan auf, warf seinen Rucksack auf den Rücksitz und wollte gerade einsteigen, als ihm einfiel, dass er das Geld aus dem Raubüberfall in der Tasche seiner schmutzigen Jeans gelassen hatte. Er fluchte noch mal und ging wieder rein.

Nachdem er fluchend die Treppe hochgerannt war, ging Gator ins Badezimmer, wo er seine Jeans auf einen Wäschehaufen auf dem Fußboden geschmissen hatte. Er nahm das Geld aus der Tasche und wollte gerade gehen, als er durch das offene Fenster draußen einen Wagen vorfahren sah. Ein blonder Typ stieg aus und kam eilig den Gartenweg hoch. Gator hatte den Mann noch nie gesehen, aber er sah brutal aus, und das reichte, um bei ihm die Alarmglocken zum Schrillen zu bringen.

Frankie sah, dass die Haustür offen stand, ebenso wie die Tür vom Auto in der Auffahrt. Es sah so aus, als ob sich jemand aus dem Staub machen wollte.

Er ging rein und machte die Haustür leise hinter sich zu. Er ließ die Sicherung des Schlosses zuschnappen und legte auch noch die Kette vor. Es war kein großes Hindernis, aber es würde Gator für ein paar Sekunden aufhalten, wenn er versuchen sollte abzuhauen. Dann begann Frankie, die Zimmer im Erdgeschoss zu durchsuchen.

Gator stand unbeweglich im Badezimmer und kam zum Schluss, dass der Mann ein Undercoverbulle sein musste. Er hatte dieses typisch Bullenhafte an sich – kurze Haare, kräftiger Körperbau, die richtige Größe. Wer sonst sollte zu dieser Tageszeit hierher kommen? Er sah nicht aus wie ein Gitarrenschüler.

Er überlegte, was er tun könnte. Es gab keine Chance, aus dem Haus zu laufen, den Wagen von der Auffahrt zurückzusetzen und zu entkommen. Er würde sich dem Scheißkerl stellen müssen, ihn entweder töten oder k. o. schlagen. Er sah sich um, was er als Waffe nehmen könnte. Im Badezimmer gab es nichts, alle Rasierer im Schrank hatten Sicherheitsklingen. Er schlich sich auf den Flur und ging in Jasons Zimmer. Das von Karl lag zwar etwas näher, aber er konnte sich nicht erinnern, dass er irgendwelche schweren, stumpfen Gegenstände darin gesehen hatte. Vielleicht hatte Jason noch eine Gitarre übrig, die er ihm über den Schädel ziehen konnte. Eine E-Gitarre wäre prima. Da war Gewicht drin.

Als Frankie die Treppe hochschlich, wünschte er sich, er hätte die Waffe nicht im Hotel gelassen. Es wäre so einfach gewesen, das Ding einfach auf Gator zu richten und ein Geständnis aus ihm rauszuholen. In seiner jetzigen Lage aber war ihm klar, dass er zuerst zuschlagen und dann die Fragen stellen musste. Er hoffte, dass er stark genug war, um es mit diesem Typen aufzunehmen. Er hatte eine gute Kondition, weil er den ganzen Winter Ski gelaufen war, und in den letzten paar Wochen hatte er so viele Liegestützen gemacht, dass sie für ein ganzes Leben reichen würden. Aber Kondition und Kämpfen waren zwei Paar Stiefel. Er wettete, dass Gator an regelmäßige Keilereien gewöhnt war, während er sich … wann doch noch mal zuletzt geschlagen hatte? Er konnte sich nicht daran erinnern.

Er kam oben an der Treppe an, und zu seiner Linken war die erste Tür – Jasons Zimmer. Er ging einen Schritt nach rechts, damit er etwas Abstand zur Tür hatte, drehte sich dann um und stürmte ins Zimmer.

Gator hatte nicht damit gerechnet, dass jemand durch die Tür geflogen kam, und war völlig überrumpelt. Er war mit einem Mikrofonständer bewaffnet und hatte ihn auch schon erhoben, als er sah, dass der blonde Mann direkt auf ihn zupreschte. Weil der Typ aber so schnell war, hatte er nicht genug Zeit, richtig zu zielen und seine ganze Kraft in den Schlag zu legen. Außerdem hielt der Typ seinen Arm hoch, als ob er so etwas wie einen Schlag erwartete. Der Mikrofonständer knallte auf den linken Arm des Angreifers, und dann sah Gator eine rechte Faust, die direkt auf sein Gesicht zuschnellte.

Frankie verpasste ihm eine satte Kelle und stellte erfreut fest, dass Gator seine Waffe hatte fallen lassen und rückwärts auf Jasons Bett geplumpst war. Er griff sich den Mikrofonständer und schlug ihn Gator auf den Schädel. Dabei erwischte er ihn am Kiefer. Gators Augen begannen zu funkeln. Frankie trat zurück und wartete auf den nächsten Angriff. Er wollte den Abstand halten. Wenn es zu einem Nahkampf kam, konnte Gator mit seinen Riesenpranken das Leben aus ihm rausquetschen. Gott im Himmel, sie waren wie Baseballhandschuhe!

Als er wie ein Mehlsack auf dem Bett lag, dachte Gator, dass er seinen Meister gefunden hatte. Der Schädel dröhnte, und er sah alles doppelt. Kurz überkam ihn der Drang, sich mit seiner Lage abzufinden, sich dem Bullen auszuliefern und mit dem, was folgte, zu leben. Dann schoss ihm der Gedanke an den Knast durch den Kopf, und dahin wollte er auf gar keinen Fall zurück. Aber was ihn wirklich wieder auf die Beine brachte, war die Aussicht, für den Rest seines Lebens in den Knast zurückzugehen in der Gewissheit, dass der letzte Mensch, mit dem er gevögelt hatte, ein Mann gewesen war. Er wollte nur noch eine einzige Frau, bevor man ihn schnappte.

Mit dem Mikrofonständer in der erhobenen Hand und auf alles gefasst, wusste Frankie, dass er die Situation im Griff hatte. Es war ein schlaffer Gator, der sich wieder aufrappelte und auf ihn zukam, und Frankie drückte mit einem mächtigen Schwinger auf die Tube. Der Ständer vibrierte in seiner Hand, als er sein Ziel traf, und Gator torkelte zurück, durch die Glastür und auf den Balkon. Er stand an die Brüstung gelehnt und sah Frankie verdattert an. Frankie ließ den Mikrofonständer fallen, ging raus und sah ihm ins Gesicht.

Er packte Gator an der Kehle und stieß ihn mit voller Wucht gegen die Brüstung. Gator sah ihn nur an. Das Blut vom letzten Schlag lief ihm die Stirn runter.

»Jetzt denk mal ein bisschen zurück«, sagte Frankie, »an das, was vor zwei Wochen passiert ist. Du hast einen alten Mann zusammengeschlagen, der in seinem Laster neben einem Pub gesessen hat. Erinnerst du dich daran?«

Gator schüttelte den Kopf.

»Erinnerst du dich daran?«, fragte Frankie noch einmal.

Wieder schüttelte Gator den Kopf.

Frankie kamen Zweifel. Vielleicht war es Gator am Ende gar nicht gewesen. »Du hast einen alten Mann zusammengeschlagen«, fuhr er fort, »und kurze Zeit später hatte der alte Mann einen Herzinfarkt. Dieser Mann war zufällig mein Vater, du widerliches Stück Scheiße.«

Aber Gator reagierte immer noch nicht. Frankie löste seinen

Griff ein wenig, damit Gator etwas besser Luft holen konnte. Vielleicht war sein Griff so fest gewesen, dass Gator nicht sprechen konnte. Er trat zurück, bereit zum nächsten Angriff, und wusste nicht, was er als Nächstes tun sollte.

Dann sah Gator Frankie in die Augen und grinste. »Der alte Kerl«, sagte er und rang nach Luft. »Ja.« Er nickte. »Der alte Scheißkerl, der mich mit seinem Laster nass gespritzt hat. Na und? Der alte Drecksack hat's verdient zu sterben.«

»Was meinst du damit, er hat dich mit seinem Laster nass gespritzt?«

»Ich bin die Straße entlanggegangen, und er ist voll in eine Pfütze reingefahren und hat mich nass gespritzt. Das war eine hundsgemeine Schweinerei.«

Darum drehte sich also alles. Ein dummes Missgeschick mit einer Pfütze. Frankie wusste, dass sein Vater so etwas niemals mit Absicht getan hätte. Aber er kannte ein paar Leute, denen das zuzutrauen war. Und dieser Gator gehörte definitiv dazu.

Frankie trat noch einen Schritt zurück. Dann holte er zu einer Rechten aus, in die er alles reinlegte. Gator flog rückwärts über die Brüstung und landete unten auf der Terrasse. Frankie sah runter auf den zusammengesackten Körper. Aus dem Kopf floss jetzt noch mehr Blut und lief über die Steine. Er legte seine Arme auf die Brüstung und wischte sich den Schweiß von der Stirn.

Er zeigte mit dem Finger auf die Leiche und sagte: »Gator, ich hab dich!«

22

Frankie fand Jason unten im Keller. Er war noch immer an den Stuhl gefesselt, auf seinem Gesicht waren getrocknete Tränen, und sein Daumen war auf groteske Art zurückgebogen. Er band ihn los, und Jason fing wieder an zu weinen. Frankie konnte nicht sagen, ob vor Erleichterung oder Schmerzen. Er half ihm vom Stuhl runter und sagte: »Komm, wir bringen dich ins Krankenhaus.«

»Wo ist Gator?«, fragte Jason.

»Auf der Terrasse hinterm Haus«, sagte Frankie. »Er tankt ein bisschen Sonne.«

Er brachte Jason raus zum Wagen und sagte ihm, dass er einen Augenblick warten solle. Dann ging er wieder ins Haus zurück und raus auf die Terrasse. Dort bückte er sich neben Gator. Er fand das Geld in einer von Gators Hosentaschen und brachte es in den Keller. Dort stopfte er es ins Loch auf der Vorderseite der kaputten schwarzen Gitarre. Jason würde es erst finden, wenn er die Gitarre zur Reparatur brachte, und bis dahin hatte er den Bullen alle Fragen beantwortet. Aber er würde ihnen nicht erzählen können, wo das Geld abgeblieben war. Die Bullen würden es als Verlust abschreiben müssen.

Als er wieder im Wagen war, fuhr Frankie schnell ins Krankenhaus von Redgate. »Ich lass dich bei der Notaufnahme raus«, sagte er. »Wenn du dir irgendeine Lüge einfallen lassen kannst, wie du deinen Daumen gebrochen hast, dann hab ich etwas mehr Zeit, um abzuhauen. Erzähl ihnen einfach, dass du die Kellertreppe runtergefallen bist oder so was. Wenn du dann wieder zu Hause bist, kannst du die Bullen rufen und ihnen alles erzählen. Aber lass den Teil aus, wo du sie nicht angerufen hast. Sag einfach, Gator sei vorbeigekommen, und du hättest dir Sorgen gemacht und mich deshalb angerufen. Du wirst ihnen sagen müssen, wo ich gewohnt habe, also werde ich mich im Hotel abmelden, sobald ich dort bin. Die Hauptsache ist, dass du die Dinge so hinkriegst, dass du keine Schwierigkeiten bekommst. Dein Gespräch mit Karl brauchst du nicht zu erwähnen. Du weißt bloß, dass er einfach verschwunden ist. Du wirst ein paar Stunden im Krankenhaus sein. Da hast du genug Zeit, dir deine Geschichte auszudenken. Okay?«

»Du willst also, dass ich ihnen alles von dir erzähle?«

»Ich wäre froh, wenn du das tätest«, sagte Frankie, und dann verriet er Jason den wahren Grund, weshalb er vor drei Jahren aus England geflohen war. »Wenn sie wissen, dass ich einen dreifachen Mörder zur Strecke gebracht habe, könnte sich das auf lange Sicht günstig für mich auswirken. Aber ich werde hier nicht rumhängen, um rauszufinden, ob das tatsächlich so ist. Es hält mich jetzt nichts mehr in England. Ich habe ein Leben in Italien, auf das ich mich freuen kann.«

Auf dem Rest der Fahrt erzählte Frankie Jason von seinem Kampf mit Gator. Jason wollte alle Einzelheiten wissen, und Frankie bemerkte die Achtung, die in seiner Stimme mitschwang.

»Das ist nichts, auf das man stolz sein kann«, sagte Frankie. »Jedes Arschloch kann sich mit den Fäusten schlagen. Bleib du nur bei deiner Musik. Das ist viel intelligenter.«

Als der Wagen bei der Notaufnahme hielt, stieg Jason aus. Er hatte große Schmerzen und konnte gar nicht schnell genug reinkommen. Die beiden Männer gaben sich die linke Hand, und Frankie sagte, dass er von sich hören lassen würde. Aber er wusste, dass er es vermutlich nicht tun würde.

Als er wieder im Hotel war, raffte Frankie all seine Sachen zusammen und stopfte sie in seinen Koffer. Er ließ die vier Elmore-Leonard-Romane auf dem Nachtschrank liegen und ging runter, um seine Rechnung zu bezahlen.

Er brachte den Koffer in den Sierra und ging über die Straße zum *Home Cottage*. In der Bar fand er den Mann, den er suchte, und setzte sich neben ihn.

Er hieß Tommy, und solange Frankie sich erinnern konnte, war er im *Home Cottage* Stammgast gewesen. Er war ein Gangster aus der Ära der Kray-Brüder und hatte sich in Redgate zur Ruhe gesetzt. Frankie kannte ihn nicht besonders gut, aber er hatte immer ein bisschen Angst vor ihm gehabt, als er in den Siebzigerjahren bei Fuller's Earth gearbeitet hatte. Wenn er nach der Schicht in die Bar kam, war Tommy auch da, immer auf demselben Platz. Ein paar alte Kumpels saßen um ihn rum und hingen gebannt an seinen Lippen. Der Mann hatte etwas an sich, dieses harte Äußere, das alle Kriminellen haben, die Ich-kümmer-mich-einen-Scheißdreck-und-ich-bin-der-Herr-der-Welt-Einstellung. Frankie hatte ihn nie gemocht, aber jetzt war die Zeit gekommen, ein paar Informationen von ihm zu erhalten.

Tommy war allein, ein alter Mann Ende siebzig, dessen Gesichtszüge jetzt etwas weicher geworden waren. Das war es, was Frankie an den meisten Gangstern verabscheute. Wenn sie erst einmal in die Jahre gekommen waren, versuchte jeder, wie ein harmloser, guter alter Junge auszusehen. Alle wollten die Welt glauben machen, dass sie in ihren jungen Jahren niemals jemandem auch nur ein Haar gekrümmt hatten. Aber Frankie wusste aus sicherer Quelle, dass Tommy einmal jemandem eine Axt durch den Schädel gezogen hatte. Das hatte er einmal in einem Buch mit wahren Kriminalgeschichten gelesen. Und es gab noch viel mehr, was er auf dem Kerbholz hatte – Dinge, von denen Frankie nichts wusste, Dinge, von denen Frankie auch lieber gar nichts wissen wollte.

Tommy sah Frankie verdattert an. »Kennen wir uns?«, fragte er.

»Ich bin Frankie Bosser. Ich hab mal einen Polizisten umgebracht.«

Es dauerte eine Weile, bis bei Tommy der Groschen fiel. Aber dann streckte er seine Rechte aus, und Frankie schüttelte sie. Früher einmal war Tommy ein Hüne gewesen, über einsachtzig und mit breiten Schultern. Wie er da aber so zusammengesackt auf seinem Stuhl saß, sah er aus, als wäre er mit dem Alter geschrumpft. Seine Haare hingegen hatte er noch alle. Sie waren schwarz gefärbt und sahen lächerlich aus.

»Ich erinnere mich«, sagte Tommy und nickte. »Dann bist du nach Europa abgehauen. Was hast du die ganze Zeit so getrieben?«

»Ich schlag mich so durch«, sagte Frankie. »Aber im Augenblick sitz ich ganz schön in der Patsche. Sie können es bald in der Zeitung lesen. Ich muss ganz schnell raus aus England. Ich brauch ein Flugzeug. Kennen Sie jemanden, der mich hier rausbringen kann?«

Tommy saß da und dachte nach. Er nahm einen Schluck Bier und fasste dann in die Innentasche seines Blazers. Er holte ein Adressbuch raus und blätterte es durch. »Wollen mal sehen, wen wir finden«, sagte er.

Frankie ging zum Tresen und holte sich einen Orangensaft und Zigaretten. Er ging zum Tisch zurück und zündete sich eine an. Der Rauch entspannte ihn ein bisschen. Es war die Erste, die er rauchte, seit er Gator getötet hatte.

»Da haben wir's ja«, sagte Tommy. Er langte in eine andere Tasche und holte ein Notizbuch mit einem kleinen Stift hervor. Er schrieb zwei Namen und zwei Telefonnummern auf, riss die Seite raus und gab sie Frankie.

»Einer von denen müsste die Sache für dich regeln können«, sagte Tommy. »Aber das kostet.«

»Ich hab das Geld«, sagte Frankie und kippte den Orangensaft mit einem Zug. Töten macht durstig. »Vielen Dank. Ich muss jetzt gehen. Die Bullerei wird jeden Augenblick hinter mir her sein.« Er zwinkerte Tommy zu.

»Pass auf, dass sie dich nicht schnappen. Viel Glück.«

Sie gaben sich die Hand, und Frankie war verschwunden. Er suchte die nächste Telefonzelle.

Direkt vor dem Bahnhof fand er eine und wählte die erste Nummer – keine Verbindung. Bei der zweiten Nummer klappte es, und eine Stimme sagte: »Ja?«

»Ich muss mit Billy Cracken sprechen«, sagte Frankie.

»Wer muss mit ihm sprechen?«

»Mein Name ist Frankie Bosser. Ich habe die Nummer von Tommy ...«, aber Frankie konnte sich nicht an Tommys Nachnamen erinnern. »Tommy in Redgate. Seinen Nachnamen habe ich vergessen.«

»Tommy in Redgate. Ja, den kenn ich. Wie geht's ihm? Färbt er sich immer noch die Haare?«

Frankie lachte. »Schwarz wie die Nacht.«

»Das ist unser Tommy. Warum hat er dir meine Telefonnummer gegeben?«

»Ich bin auf der Flucht vor der Polizei. Ich brauche ein Flugzeug nach draußen. Er hat gesagt, Billy könnte das für mich regeln. Er hat gesagt, er wäre der Mann, der Wunder vollbringt.«

»Nett von Tommy, so was zu sagen. Nun, hier spricht Billy. Wohin brauchst du ein Flugzeug? Frankreich?«

»Frankreich wäre klasse.«

»Kein Problem. Aber das kostet. Vier Mille. Drei für den Piloten, eine für mich. Hast du so viel Geld?«

»Hab ich.«

»Was hast du gemacht? 'ne Bank überfallen?«

»Na ja, ich hab vor einer Weile mal einen Polizisten umgebracht, und darum sind sie jetzt hinter mir her.«

»Da hast du was angestellt, Frankie.« Billy kicherte. »Also, ich sag dir jetzt, was du machen musst. Hast du schon mal vom Flughafen Lydd gehört?«

»Ja. An der Küste. In der Nähe von Ashford.«

»Genau. Fahr da einfach hin, und frag nach einem Mann namens Simmonds. Er ist der Pilot, den wir dafür einsetzen. Gib ihm die vier Mille, und er fliegt dich bis in die Mongolei, wenn du ihn nett darum bittest.«

»Das ist großartig«, sagte Frankie. »Vielen Dank.«

»Gern geschehen«, sagte Billy. »Bullenmörder sind hier immer willkommen.« Er kicherte noch einmal, dann war die Leitung tot. Frankie ging zurück zum Hotelparkplatz.

Die Fahrt nach Lydd dauerte über anderthalb Stunden. Frankie fuhr in Woodvale auf die M25, von da aus in Richtung Osten nach Sevenoaks und dann auf die M20, die nach Süden führte. Als er Ashford erreichte, musste er auf die M2070, und das war das längste Stück. Er war noch nie in Lydd gewesen, aber er kannte die

Südküste aus den alten Euro-Alk-Tagen wie seine Westentasche. Er wusste, dass Lydd praktisch an der Küste lag und es nur ein kurzer Flug über den Kanal sein würde.

Frankie nahm an, dass Jason den Bullen seine Geschichte mittlerweile wohl schon erzählt hatte. Die Polizei informierte wahrscheinlich gerade alle größeren Flughäfen, damit man dort die Augen nach ihm offen hielt. Aber sie würden kaum in Lydd Bescheid sagen, und Frankie war ganz sicher, dass jetzt nichts mehr passieren konnte.

Der Flughafen war gut ausgeschildert, und Frankie fuhr auf den Zubringer. Um ihn rum war flaches Land, vereinzelt standen ein paar Häuser. Der Flughafen selbst sah aus wie eine Geisterstadt – leere Hangars, heruntergekommene Gebäude und weit und breit keine Menschenseele.

Frankie parkte vor einem Kasten, der wie das Hauptgebäude aussah, und ging rein. Auf der rechten Seite war eine Cafeteria, und links standen Tische und Stühle, von denen man auf die Rollbahnen sehen konnte, wo reihenweise Privatflugzeuge abgestellt waren. An den Tischen saßen ein paar Frauen mit Kinderwagen, und Kinder liefen in Scharen durch die Gegend. Aber Frankie sah keinen offiziellen Mitarbeiter, an den er sich hätte wenden können, also ging er zum Tresen der Cafeteria und fragte die Angestellte nach Simmonds. Sie sagte ihm, wo er hinmusste.

Frankie musste wieder nach draußen und über den Parkplatz in ein anderes Gebäude gehen. Er lief durch eine Schwingtür und kam in einen Raum, der früher einmal eine Nobelbar gewesen war. Der Fußboden war mit karminrotem Teppich ausgelegt, die Sitze waren eingebaut und die Tische am Boden festgeschraubt. Jetzt wurde das alles aber nicht mehr benutzt, und Frankie musste über eine tote Möwe steigen, die auf dem Boden lag. Er fragte sich, wie man einen solchen Ort so verkommen lassen konnte.

Er hörte, dass irgendwo ein Fernseher lief, und sah ein paar Männer, die in einem Hinterzimmer rauchten und Kricket schauten. Als er sie nach Simmonds fragte, schickten sie ihn nochmals in ein anderes Gebäude. Frankie ging denselben Weg wieder raus, den er gekommen war, hob die tote Möwe auf und legte sie draußen auf die Wiese.

Er ging zu einem zweistöckigen Bürogebäude rüber und zog eine ziemlich verklemmte Tür auf. Die anderen Piloten hatten Frankie erzählt, dass Simmonds in die Büroräume im ersten Stock gezogen war und daraus eine Wohnung gemacht hatte. Am Ende einer Holztreppe klopfte Frankie an eine Tür. Niemand antwortete, also stieß er sie auf und ging rein. Das Zimmer stand voll mit Gerümpel und Möbeln, so als ob jemand seinen Kram noch nicht ganz ausgepackt hatte. In einem anderen Zimmer auf der rechten Seite sah es genauso aus. Aber aus dem Zimmer auf der linken Seite hörte er Liebesgestöhne. Er ging darauf zu und sagte laut Hallo.

Das Liebesnest war ein Gesellschaftsraum mit Sofa und Sessel, einem kleinen gläsernen Beistelltisch und einem Fenster, das erst auf ein Flachdach und dann auf den Flugplatz rausging. Neben dem Fenster standen eine Stereoanlage und ein Fernseher. Im Fernseher war ein Pornovideo in vollem Gange. Frankie blieb stehen und schaute eine Weile zu. So brutal hatte er es noch nie gesehen.

Er suchte in den anderen Zimmern, und bald fand er das große Schlafzimmer, wo ein Mann in einem Doppelbett schlief. Auf dem Nachtschrank stand eine leere Weinflasche. Frankie ging zu dem Mann rüber und rüttelte ihn wach.

»Mr. Simmonds?«, sagte er ein paar Mal laut. Nach einigem Schütteln wachte der Mann auf und sah Frankie an.

»Wer sind Sie?«, fragte er.

»Mein Name ist Frankie Bosser. Billy Cracken hat mir Ihren Namen gegeben. Er hat gesagt, Sie könnten mich nach Frankreich bringen. Ich habe ein bisschen Geld für Sie.«

Die Augen des Mannes leuchteten auf, und er quälte sich in eine aufrechte Position. »Tja, warum haben Sie das nicht gleich gesagt? Ich könnt ein bisschen Geld gebrauchen. Würd mich aus diesem Scheißloch rausholen. Das Problem ist nur, wir können nicht vor morgen fliegen. Die reparieren grade mein Flugzeug.«

»Können wir nicht ein anderes Flugzeug nehmen?«, fragte Frankie.

Simmonds sah zu ihm auf. »Das hier ist kein Taxiunternehmen. Entweder mein Flugzeug oder gar keins.«

Frankie war enttäuscht. Er wollte auf der Stelle aus dem Land kommen. Aber er wusste, dass er keine andere Wahl hatte.

»Wann morgen früh können wir also los?«, fragte er.

»Sobald die Sonne aufgeht«, sagte Simmonds.

»Kann ich heute Nacht hier knacken?«

»Natürlich«, sagte Simmonds, »aber knacken sagen wir hier nicht.«

»Wie bitte?«

»Sie können auf dem Sofa schlafen. Holen Sie sich was zu trinken. Sehen Sie sich ein paar Pornos an, wenn Sie wollen.«

»Nein danke«, sagte Frankie. »Wenn keine Frau dabei ist, sind sie nur halb so schön.«

»Wem sagen Sie das«, sagte Simmonds.

23

Jason verbrachte den Großteil des Samstagnachmittags auf der Polizeiwache von Woodvale. Sie steckten ihn in ein Vernehmungszimmer, und ein Mann namens Mulligan stellte ihm Fragen. Dann übernahm ein Mann, der Morgan hieß. Es hing auch noch ein Polizist mit Namen Mills rum, und Jason wurde allmählich etwas verwirrt durch all die verschiedenen Namen, die mit einem M anfingen.

Er hatte erreicht, dass ein Anwalt bei ihm sitzen durfte, ein großer Mann namens Lawrence. Er war ihm von dem Rechtsanwalt empfohlen worden, der ihm damals beim Hauskauf geholfen hatte. Aber Lawrence rauchte Zigarren, und mit dem zusätzlichen Qualm von Mulligans Zigarette war im Vernehmungszimmer die Luft schon bald so gesund wie in den Clubs, in denen Jason spielen musste. Seine Klamotten begannen zu stinken, seine Haare wurden speckig, und sein Daumen schmerzte wie die Hölle. Er wollte nur noch nach Hause und ins Bett kriechen.

Kurz nach elf brachten sie ihn zurück. Sie waren noch immer nicht ganz zufrieden mit seiner Geschichte. Aber Jason hatte sich alles ganz genau eingeprägt, als er im Krankenhaus gewesen war, und langsam glaubte er das Märchen schon selbst.

Er hatte Frankies Version der Geschichte ein kleines bisschen umgedichtet. Frankie war bei Jason gewesen, als Gator nach Hause kam. Sie hatten sich unterhalten, und Gator war rausgerutscht, dass er vor ein paar Wochen einen Mann verprügelt hatte, der ihn nass gespritzt hatte. Es stellte sich raus, dass dieser Mann Frankies Vater gewesen war. Dann hatte sich Frankie mit Gator geschlagen und ihn den Balkon runtergeworfen. Jason hatte den Teil weggelassen, als er Frankie im Hotel angerufen hatte. So konnte er sagen, dass er nicht wusste, wo Frankie abgestiegen war, und das würde ihm mehr Zeit geben, sich aus dem Staub zu machen, obwohl Jason annahm, dass er das schon längst getan hatte. Er sagte, er wüsste nichts über den dreifachen Mord, aber die Polizei war sich ganz sicher, dass

Gator damit zu tun hatte, als sie den roten Fiat in der Garage fanden. Und jetzt suchten sie auch nach Karl. Jason hatte ihnen widerstrebend eine Beschreibung von ihm gegeben. Karl tat ihm immer noch Leid, und er hoffte, dass sie ihn nicht finden würden.

Als Jason wieder zu Hause war, nahm er ein ausgiebiges, heißes Bad. Neben ihm stand ein Becher mit Rotwein. Er dachte über eine Menge nach, aber hauptsächlich darüber, dass er jetzt in genau derselben Lage war wie vor vierzehn Tagen – er wohnte in einem Haus, das er sich nicht leisten konnte, und er hatte keinen Untermieter. Der einzige Unterschied bestand darin, dass er jetzt einen gebrochenen Daumen und eine kaputte Gitarre hatte. Er konnte sich auf gar keinen Fall vorstellen, wieder eine Annonce für einen Untermieter aufzugeben. Was also sollte jetzt mit ihm geschehen?

Nachdem er eine halbe Stunde im Dampf gesessen hatte, stieg Jason aus der Wanne und trocknete sich ab. Er lief nackt vom Badezimmer in sein Schlafzimmer, zog sich ein Paar Boxershorts an und ging auf den Balkon, um ein bisschen Nachtluft einzuatmen. Er sah sich an, wie weit Gator gestürzt war. Es war nicht sehr tief gewesen, aber tief genug, um einen Schädel zu spalten. Die Terrasse war noch immer mit dem blauweißen Band abgesperrt, das die Polizei angebracht hatte.

Jason ging durch den Flur in Karls Zimmer, machte das Licht an und wühlte eine Weile in dessen Siebensachen rum. Noch wollte er nichts davon wegwerfen. Er wartete am besten, bis Karl geschnappt wurde, und dann würde er sehen, ob Karl sich bei ihm meldete. Ob er ihn im Knast besuchen würde? Wohl kaum.

Er stand am Fenster und sah in den Garten runter. Die Hecke musste immer noch gestutzt und der Rasen gemäht werden. Aber er bezweifelte, dass er das mit einem gebrochenen Daumen machen konnte.

Er wollte gerade in sein Zimmer zurückgehen, als er einen Blick nach links warf und den blauen Nissan in der Auffahrt stehen sah. Warum, zum Teufel, war der immer noch da? Aber andererseits, warum, zum Teufel, sollte er nicht mehr da sein? Jason spürte ein Kribbeln in der Magengrube. Die Polizei hatte wahrscheinlich gedacht, dass der Wagen ihm gehörte. Und wer sollte mit Bestimmtheit sagen, dass das nicht so war? Er konnte den Wagen entweder für drei oder vier Mille verkaufen oder ihn statt Heathers Mini behalten. Sollte sie ihn doch mit nach London nehmen. Dann wäre das letzte Band zwischen ihnen gekappt.

Plötzlich sah die Zukunft gar nicht mehr so trostlos aus. Jason lächelte vor sich hin und verließ das Zimmer. Er würde nach draußen gehen und den Nissan in die Garage stellen, bevor ihn irgendjemand bemerkte.

Es war Sonntagnacht um eins, als Jesse Morgan endlich von der Polizeiwache kam und zu Nicola ging. Jetzt lag er vollständig angezogen auf dem Bett, während Nicola nackt, nur von einem Laken bedeckt, neben ihm lag. Morgan trank eine Dose Carlsberg Special Brew und versuchte abzuschalten und nicht zu viel an Nicolas nackten Körper zu denken.

»Du bist also zu diesem Gitarrenmenschen gegangen und hast Gator hinten auf der Terrasse gefunden?«, fragte Nicola.

»Er lag da in seinem Blut«, sagte Morgan. »Vom Balkon geschmissen von niemand anderem als unserem alten Freund Frankie Bosser, diesem Phantom auf der Flucht.«

»Ich glaube, ich komme da nicht mehr ganz mit. Kannst du einen Gang zurückschalten und mir alles ganz genau erklären?« Nicola drehte sich auf die Seite und sah ihn an. Er streichelte ihren nackten Arm mit denselben Fingern, die vor nicht allzu langer Zeit einen Toten berührt hatten.

Morgan erzählte ihr, was – laut Jason Campbells Bericht – an jenem Tag geschehen war. Die Geschichte steckte seiner Meinung nach voller Ungereimtheiten, aber was machte das schon? Phil Gator war gefasst, und das war die Hauptsache. Karl Spoiler würde innerhalb von einer Woche geschnappt werden, es sei denn, er war viel cleverer, als sie dachten. Die Lokalzeitungen und die überregionale Presse würden zu ihrer Geschichte kommen, und in ein paar Tagen würde im Ort wieder alles so sein wie früher.

»Und was machen die jetzt mit dir?«, fragte Nicola. »Wirst du befördert, weil du den Mörder gefunden hast?«

»Wer weiß?«, sagte Morgan achselzuckend. »Wen interessiert's?«

»Das meinst du doch nicht ernst.«

»Oh, wirklich nicht?«

»In Wirklichkeit liebst du das.«

»Oh, tu ich das?«

»Ja, das tust du.«

»Oh nein, das tu ich nicht.«

»Und was ist mit Ian? Bekommt er Schwierigkeiten?«

»Ich glaube nicht. Was können die schon machen? Ihm einen Verweis geben, weil er mal pissen war?«

»Weil er seinen Posten verlassen hat.«

»Das glaube ich nicht. Vielleicht kriegt er einen Klaps auf die Pfoten, aber das war's dann auch.«

Morgan stieg vom Bett und ging rüber zum Fenster. Er zog die Vorhänge zurück und sah zum Kloster rüber. Aber das Licht im Zimmer war noch an, und er konnte nicht viel sehen. Er trank die Dose aus und drehte sich um.

»Warum ziehst du dich nicht aus und kommst ins Bett?«, sagte Nicola.

»Das ist eine gute Idee«, sagte Morgan und stellte die Dose auf den Fernseher. Endlich war es so weit.

Er zog sich bis auf die Unterhose aus und stieg ins Bett. Sie kuschelten sich aneinander, und Morgan spürte, wie erregt er wurde. Er unterbrach einen Augenblick und sagte: »Weißt du, worüber ich staune?«

»Was?«

»Diese ganze Kettenreaktion wurde ausgelöst von Gator, der Stanley Bosser verprügelt hat, weil der ihn nass gespritzt hatte. Nur ein erbärmlicher kleiner Wasserspritzer. Findest du das nicht ein bisschen beunruhigend?«

»Nicht unbedingt. Gator und Karl wären trotzdem ins Postamt gegangen und hätten drei Menschen umgebracht.«

»Aber Frankie Bosser wäre nicht auf der Bildfläche erschienen, oder?«

»Nein, das wohl nicht.«

»Dieser Job überrascht mich doch immer wieder. Vielleicht bleibe ich ja deswegen dabei.«

Sie küssten sich, und Nicola sagte: »Hmm, das ist gut. Du solltest dir was ausdenken, damit du das öfter machen kannst.«

»Ich gebe mein Bestes«, sagte Morgan.

»Ich bin gleich zurück«, sagte Nicola, kroch aus dem Bett und ging ins Badezimmer. Morgan sah ihre nackte Gestalt verschwinden. Er konnte es gar nicht erwarten, dass sie zurückkam.

Er reckte sich und machte die Augen zu. Das Bier war ihm zu Kopf gestiegen, und er war furchtbar müde. Wie würde er sich im Bett anstellen, wo er doch schon so lange nicht mehr geübt hatte? Wäre das so wie mit dem Fahrradfahren?

Eine wohlige Müdigkeit überkam ihn. Er konnte sich nicht dagegen wehren, also ließ er es geschehen und segelte rüber ins Land der Träume.

Am Sonntagmorgen wachte Frankie Bosser früh auf. Es roch nach gebratenem Speck und Eiern. Er quälte sich mit steifen Knochen vom Sofa, wo er eine schlechte Nacht hinter sich gebracht hatte, und zog die Vorhänge auf. Draußen war es hell, und die Uhr auf dem Videorekorder zeigte zehn nach sechs.

Er ging in Boxershorts und T-Shirt durch den Flur zur Toilette und sagte guten Morgen zu Simmonds, der schon in voller Montur in der Küche stand. Frankie erleichterte sich, spritzte sich ein bisschen Wasser ins Gesicht und ging dann zu Simmonds.

»Orangensaft ist im Kühlschrank«, sagte Simmonds. »Frühstück kommt in ein paar Minuten.«

»Du wirst mal eine gute Ehefrau«, sagte Frankie.

»Das hab ich auch vor.«

Sie hatten gestern den ganzen Abend Musik gehört und sich gegenseitig ihre Lebensgeschichte erzählt. Frankie hatte Pizza liefern lassen, und Simmonds hatte dazu eine Flasche Wein vernichtet. Er war ein gut aussehender Mann, aber er sah aus wie einer, der zu viel trank – roter Kopf, Bierbauch, unreine Haut. Frankie hatte von Simmonds beruflichem Abstieg erfahren. Er war zehn Jahre lang Pilot bei British Airways gewesen, bis man ihn wegen seiner Sauferei auf die Straße gesetzt hatte. Dann war er ein paar Jahre arbeitslos gewesen, bis er den Job auf dem Flugplatz in Lydd bekommen hatte. Seine Frau und seine beiden Kinder wohnten fast fünf Autostunden entfernt, also sah er sie nur ab und zu mal am Wochenende. Jetzt hatte er die Faxen dicke. Mit den dreitausend, die Frankie ihm gegeben hatte, würde er alles hinschmeißen, zu seiner Frau zurückgehen und sich einen Job suchen – egal, was für einen –, der ihn bei ihr halten würde.

Die beiden hatten sich bis Mitternacht unterhalten. Frankie hatte Simmonds über seine Kinder ausgequetscht, weil er sich fragte, ob es nicht langsam Zeit wurde, selbst welche zu haben. Nun, wo sein Vater tot war, war er der letzte Bosser. Es war eine schöne Vorstellung, dass jemand anders in seine Fußstapfen treten würde. Aber erst müsste er eine Frau finden. Vielleicht sollte er es mit Veronica versuchen, wenn er wieder zurück war.

Beim Frühstück unterhielten sie sich über belangloses Zeug. Frankie hatte Hummeln im Hintern und wollte los, aber er mochte Simmonds nicht hetzen. Er spürte, dass dem Piloten seine Gesellschaft gefiel.

Endlich stand Simmonds auf, klopfte sich zufrieden auf den Bauch und rülpste. »Auf geht's«, sagte er.

Über dem Kanal – die Sonne schien durch das Cockpitfenster des kleinen Viersitzers – dachte Frankie Bosser, dass doch alles möglich war im Leben. Zum ersten Mal in zwei Wochen spürte er, dass nun alles wieder gut würde, das ganze Leben würde wieder gut. Simmonds unterhielt sich mit Frankie in abgehackten Wortfetzen. Obwohl er einen Kater hatte, flog er die Maschine mit spielerischer Leichtigkeit. Vor dem Start hatte Simmonds ihm versichert, dass es leichter war, besoffen ein Flugzeug zu fliegen, als Auto zu fahren, weil es da oben kaum Verkehr und ganz bestimmt keine Fußgänger gab. Dem konnte Frankie nicht viel entgegensetzen.

»Wenn ich zurückkomme«, sagte Simmonds, »stell ich dieses Ding ab und flieg nie wieder. Du solltest dich geehrt fühlen, du bist mein letzter Passagier.«

»Tu ich«, sagte Frankie.

»Dann fahr ich nach Hause und bleib für immer bei meiner Frau und meinen Kindern. Alles andere interessiert mich dann einen Scheißdreck. Von da an kommt zuallererst meine Familie. Sie sind die Einzigen, die zählen. Ein Mann ist ohne seine Familie nichts Halbes und nichts Ganzes. Du weißt das, nicht wahr?«

Frankie nickte. Er sah rüber zu Simmonds, einem Mann, der etwas jünger war als er, einem Mann, der seine eigenen Probleme hatte und versuchte, sie zu lösen. In einem anderen Leben hätten sie gute Freunde sein können, dachte Frankie.

Er sah raus in die Wolken und dachte wieder an Veronica. Wenn er nach Hause kam, würde er sich mit ihr zusammensetzen und sehen, ob sie gemeinsam was auf die Beine stellen konnten. Er war froh, dass es wieder nach Italien ging, und der Gedanke, dass er England vielleicht niemals wieder sehen würde, machte ihm gar nichts aus. Wenn er es auch nicht mehr geschafft hatte, seinen Vater noch einmal zu sehen, ehe sie ihn unter die Erde gebracht hatten, so hatte er doch wenigstens seinen Mörder zur Strecke gebracht. Und er hatte auch für sich ausgemacht, in welchem Land er leben wollte.

Er lächelte vor sich hin, als er Frankreich in der Ferne sah. Schon bald würden sie landen, und er konnte in einen Zug nach Italien springen.

Er zeigte aus dem Fenster und rief Simmonds zu: »Frankie Bosser kommt heim!«

Jerry Raine

1955 in Yorkshire geboren, wuchs Jerry Raine in Somalia als Sohn eines britischen Kriminalinspektors auf. 1961 nach England zurückgekehrt, besuchte er in Surrey die Schule, bevor er 1971 nach Australien ging. Dort arbeitete er als

Automechaniker und Landarbeiter, bevor er in einigen von Sydneys schäbigsten Bars als Folksänger aufzutreten begann. Er war Gärtner, Gabelstaplerfahrer, verbrachte zwei Jahre in Spirituosenläden (arbeitend, nicht trinkend), bevor er 1983 in London beim Buchhandel landete. Er verbrachte drei Jahre bei *Sherrat and Hughes*, zwei bei *Books Etc.*, neuneinhalb Jahre bei der Krimi-Buchhandlung *Murder One* und leitet zurzeit *High Stakes*, Londons einzigen Gambler-Buchladen.

Als Folksänger ist er mit Iris DeMent, Christy Moore, Steven Forbert und Gretchen Peters aufgetreten.

1986 gehörte er zu den sechs Gewinnern des *Mail on Sunday's Fiction Prize*.

Bibliografie

Smalltime. Do-Not Press, London 1996. *Frankie Bosser Comes Home*. Victor Gollancz, London 1999 (dt. *Frankie Bosser kommt heim*. Unionsverlag, Zürich 2000). *Slaphead Chameleon*. Victor Gollancz, London 2000.

Jerry Raine über Leben und Schreiben

Ein Gespräch mit Mark Campbell

Erzählen Sie mir, wie Sie zum Kriminalautor wurden.
Ich glaube, das hängt mit Lesegewohnheiten zusammen. Als ich anfing zu lesen, waren das so genannte ernsthafte Autoren wie Hemingway, Orwell oder Scott. Dann habe ich Dashiell Hammett und Patricia Highsmith gelesen. In diesem Alter ist man sich noch nicht darüber bewusst, dass man Krimis liest, man liest Bücher, die lesenswert und spannend sind. Erst ein paar Jahre später wurde mir klar, dass ich Krimis las. Ich war schon immer am Schreiben interessiert, tatsächlich begann ich aber mit der Musik.

Mit sechzehn Jahren lernte ich Gitarre spielen, und zu diesem Zeitpunkt fing ich an, Songs zu schreiben. Als ich zwanzig war, belegte ich einen Creative-Writing-Kurs, um meine Songtexte zu verbessern. Doch ich begann, Prosa zu schreiben, und so traten die Songtexte etwas in den Hintergrund. Aber ich brauchte sehr lange, um einen eigenen Stil zu finden. Ich schrieb *Smalltime* erst, als ich zweiunddreißig war, ich brauchte einfach zwölf Jahre, um meinen Stil zu finden.

Was haben Sie während dieser zwölf Jahre geschrieben?
Das waren nur Stückchen und kleine Arbeiten – Kurzgeschichten und allgemeines Zeug. Selbstbeobachtung, Selbstfindung … Nicht sehr …

… gut verkäuflich?
Nee. Aber komisch, als ich mit den Krimis anfing, las ich Elmore Leonard und Charles Willeford, meine zwei bevorzugten Krimiautoren, und übernahm wohl deren Stil. Besonders den von Elmore Leonard. Das waren keine »Whodunits« im eigentlichen Sinne, es waren »Whydunits«. Es ging mir um das Warum und Weshalb. *Smalltime* war mein Versuch, einen Elmore-Leonard-Roman zu schreiben, der in England spielt.

Ist es Ihnen gelungen?
Ich habe gute Kritiken bekommen, aber nicht allzu viel verkauft.

Wie kam es überhaupt zur Veröffentlichung?

Nun, als ich das Buch angeboten habe, hat es Simon Brett gelesen, und es hat ihm gefallen. Das war vor elf Jahren, als ich noch bei *Murder One* gearbeitet habe. Er gab es an seinen Agenten weiter, der es eine Zeit lang angeboten hat. Es wurde von neun Verlegern abgelehnt, und ich hatte allmählich die Schnauze voll, also trennte ich mich von dem Agenten. Zu jener Zeit wurden nur wenig interessante Kriminalromane veröffentlicht, der Markt war sehr mittelmäßig, und *Smalltime* ließ sich nicht so recht einer bestimmten Kategorie zuordnen.

So steckte ich das Buch schließlich in die unterste Schublade.

Dann sprach Maxim Jakubowski (der Besitzer der Krimi-Buchhandlung *Murder One*) mit Jim Driver darüber. Jim ist Chef von Do-Not Press und natürlich Kunde bei Maxim. Jim fragte mich, ob er es lesen könne, und dann nahm er es auf der Stelle. Es war genau der richtige Zeitpunkt, denn nach acht Jahren hatte sich der Markt verändert, es wurden zunehmend auch ungewöhnliche Titel publiziert.

Und dann?

Als *Smalltime* dann tatsächlich erschien, sagte Pam Smith, meine neue Agentin, zu mir: »Du solltest etwas nachschieben, für den Fall, dass etwas passiert.« Eines Tages war ich bei ihr zu Besuch, und als ich ging, sagte ich: »Mein nächstes Buch heißt *Frankie Bosser Comes Home.*« Es fiel mir einfach so ein. Ich schrieb den ersten Entwurf in zweieinhalb Monaten und beschäftigte mich dann sechs Monate damit. Wir haben einfach Fahnen gebunden und die Rezensionen über *Smalltime* drangehängt und sie verschickt. Das Buch hatte einen leuchtend gelben Umschlag, sodass es zwischen all den langweiligen Manuskripten auf dem Schreibtisch der Lektoren auffallen musste. Wir erhielten sehr positives Feedback, und Gollancz kaufte es.

Worum geht es in *Frankie Bosser kommt heim*?

Das Buch handelt von einen Kriminellen, der in Italien untergetaucht ist und zur Beerdigung seines Vaters nach Hause kommt, und als er dort angekommen ist, findet er heraus, dass sein Vater ermordet worden ist. Also bleibt er, um herauszufinden, wer es getan hat.

Ein bisschen wie *Get Carter* von Ted Lewis, ein Klassiker der britischen Kriminalliteratur …

Stimmt, ich habe die Ähnlichkeit wirklich nicht gesehen, während ich geschrieben habe, aber ich habe dann viel von Ted Lewis gelesen.

Aus: *Crime Time on line*
www.crimetime.co.uk

Die Übersetzerin

Maike Harms, geboren am 23. September 1964 auf der Insel Borkum. Nach dem Abitur eine Weile als Au-Pair-Mädchen in der Nähe von Tunbridge Wells in Kent. Dort auf dem soliden Schulenglisch die lebendige Sprache gebaut. Seit dem Abschluss des Studiums in Oldenburg (slawische Philologie und Anglistik) Lehrerin an diversen Sprachschulen in Hannover und freiberufliche Übersetzerin.

Im Dickicht der Städte

Chester Himes *Fenstersturz in Harlem*
Während einer Trauerfeier stürzt ein Mann aus dem Fenster. Er bleibt unverletzt: Er ist in einen Brotkorb gefallen. Wenige Minuten später liegt ein anderer Mann im Korb. Mit einem Messer in der Brust.

David Goodis *Schießen Sie auf den Pianisten*
Eddie, einst ein bejubelter Pianist, verdient sein Geld in einer schäbigen Spelunke. Plötzlich taucht sein Bruder auf, der ihn wieder um Hilfe anfleht. Eddie bleibt hart, kommt aber nicht ungeschoren davon.

Friedrich Glauser *Matto regiert*
Der Direktor der Irrenanstalt ist verschwunden, der Kindsmörder Pieterlen ausgebrochen. Wachtmeister Studer leuchtet hinter die Kulissen psychiatrischer Theorien und Therapien. Matto, der Geist des Wahnsinns, regiert und spinnt seine silbernen Fäden.

Assia Djebar *Nächte in Straßburg*
Eine Frau erlebt mit ihrem Liebhaber neun Nächte voll sinnlicher Trunkenheit und geteilter Erinnerungen. Selbst in den lustvollen Stunden können unter der Oberfläche beklemmende Schatten der Vergangenheit aufbrechen wie schlecht verheilte Wunden.

Alan Duff *Warriors*
Leben im Maori-Ghetto von Pine Block. Duff verschweigt nichts, bricht Tabus und begegnet doch all seinen Figuren mit dem Verständnis, das ihnen im Leben verwehrt bleibt.

Yaşar Kemal *Zorn des Meeres*
Ein alter Mann und das Meer: Der Fischer Selim jagt auf dem Marmarameer seinem Traum nach. Derweil wird ein jugendlicher Mörder durch ganz Istanbul gehetzt.

Meja Mwangi *Nairobi, River Road*
Der berühmteste unter den Stadt-Romanen Afrikas: Turbulent und hart wie die glitzernde Metropole, wo das kleine Glück im Überlebenskampf nicht länger anhält als ein Glas Bier.

Monireh Baradaran *Erwachen aus dem Alptraum*
Neun Jahre lang lebte Monireh Baradaran in den berüchtigten Gefängnissen von Teheran. Von ihren Mitgefangenen zeichnet sie einfühlsame Porträts und geht dem Rätsel nach, wie Menschen sich verändern, Freunde zu Feinden werden.

Lao She *Vier Generationen unter einem Dach*
In einer kleinen Gasse Pekings lebt mit seiner ganzen Familie der ehrwürdige Herr Qi. So gerne hielte er an den Traditionen fest, wären da nicht die japanischen Eroberer, die sein gewohntes Leben aus der Bahn werfen.

Mochtar Lubis *Dämmerung in Jakarta*
Mochtar Lubis entwirft in kräftigen Bildern das Panorama einer Großstadt – die Welt der Kaufleute, Beamten, Politiker, Schurken, der debattierenden Intellektuellen und der ewig zu kurz Kommenden.

Nagib Machfus *Die Midaq-Gasse*
Einst glänzte die Midaq-Gasse wie ein Stern in der Geschichte des mächtigen Kairo. In diesem Roman des Nobelpreisträgers wird eine Altstadtgasse von Kairo zum Mikrokosmos einer Welt im Umbruch.

UT *metro*

Jean-Claude Izzo *Total Cheops*
»Total Cheops«, rappen die Kids vom Marseiller Hafen, wenn es drunter und drüber geht. Daran ist Fabio Montale nicht ganz unschuldig, der Polizist mit dem Hang zum guten Essen und einem großen Herz für all die verschiedenen Bewohner der Hafenstadt.

Helen Zahavi *Donna und der Fettsack*
Kampf der Geschlechter oder Duell um die Macht? Donna, das Mädchen von nebenan, und Henry, der fiese Kredithai, haben sich ineinander verbissen. Als die Achterbahn der Gefühle zum explosiven Ende kommt, ist völlig ungewiss geworden, wer hier der Sieger ist.

Walter Mosley *Socrates in Watts*
Nach siebenundzwanzig Jahren im Knast will Socrates wieder ein ordentlicher Mensch werden. »Mosley ist ein Künstler und ein Meister des Kriminalromans zugleich.«
New York Times Book Review

Stan Jones *Weißer Himmel, schwarzes Eis*
Als sich im Städtchen Chukchi die Selbstmorde häufen, wird Nathan Active neugierig. Bald steckt er in einem Umweltskandal, der ihn Kopf, Kragen und Karriere kosten kann. »Eine packende Lektüre, die einen seltenen Einblick in die Kultur der Inuit ermöglicht.«
Extreme Conditions

Christopher G. Moore *Haus der Geister*
Privatdetektiv Vincent Calvino kennt sich bestens aus in den Unter-, Ober- und Halbwelten von Bangkok. Nicht immer zur Freude derjenigen, die die ganz großen Räder im Fernen Osten drehen. »Bangkok – hier lebe ich. Ganz nah bei den Knochen, unter der samtenen Haut.« *Christopher G. Moore*

Rebecca Bradley, Stewart Sloan *Temutma*
Ein Mörder macht Hongkong unsicher. Das ist nichts Ungewöhnliches. Aber dass in seinen Opfern kein Tropfen Blut mehr ist, fällt auf. »Hongkongs Schauplätze, Geräusche und Gerüche rasen an uns vorbei im Rennen gegen die Zeit.« *South China Morning Post*

Chester Himes *Plan B*
Das Finale furioso des legendären »Harlem Zyklus«: ein visionäres Szenario des Aufstands der schwarzen Bevölkerung der USA. »Mit fast selbstmörderischem Vergnügen nimmt Himes den Leser mit in die Hölle.«
Fréderic Vitoux

Jon Ewo *Torpedo*
Oslo ist zur Drehscheibe geworden: Alkohol, Drogen, Macht. Selbst einem hartgesottenen Geldeintreiber wird es da zu heiß. Aber wie aussteigen, wenn er Schulden hat? »Was wir über die osteuropäische Kriminalität wissen, macht aus dieser Geschichte mehr als eine Fiktion.« *Bergens tidende*

Mongo Beti *Sonne, Liebe, Tod*
Zam, der Journalist, kommt zwischen die Mühlräder: eine Leiche in der Wohnung, die Geliebte entführt, Überfälle. Was ist los in dem fiktiven afrikanischen Land? Unter der sengenden tropischen Sonne ist rein gar nichts und niemand unschuldig.

Jerry Raine *Frankie Bosser kommt heim*
Dumm gelaufen: Kaum ist der Ganove Phil Gator wieder in England, bringt er versehentlich einen alten Mann um. Peinlich, dass dessen Sohn ein ganz anderes Kaliber ist. »Jerry Raines Prosa ist unwiderstehlich, und sein Blick ins Innere der Verbrecher großartig.«
The Times